Future Fiction

Collana diretta da
Francesco Verso

Aa.Vv.

Correnti future

Antologia di fantascienza marina

traduzione di Stefano Ternavasio

Pubblicato da Associazione Future Fiction
Via Valentiniano 40 – 00145 Roma
C.F. 97962020588

Titolo *Correnti future*
© 2020 Associazione Future Fiction, Roma
I edizione ottobre 2020

info@futurefiction.org

In occasione della Giornata mondiale degli oceani, la XRIZE – una fondazione senza scopo di lucro – ha collaborato con 18 autrici di fantascienza, provenienti da sette continenti, per creare un'antologia di racconti ambientati in un futuro in cui la tecnologia ha contribuito a svelare i segreti degli oceani. La raccolta è un vero e proprio "tuffo nel profondo" di alcune innovazioni particolarmente promettenti di oggi che potrebbero avere un impatto positivo sul destino degli oceani in futuro, e intende ricordarci il mistero e la maestosità degli oceani insieme al bisogno fondamentale di cura e di gestione degli stessi.

Madre Oceano

Vandana Singh

Vandana Singh è nata e cresciuta in India e risiede attualmente nell'area di Boston, dove è professoressa di fisica in una piccola e dinamica università statale. Diversi tra i suoi racconti di fantascienza sono stati ripubblicati nelle antologie Year's Best e selezionati per le shortlist di vari premi. La sua seconda raccolta, Ambiguity Machines and Other Stories, *è uscita nel 2018 per Small Beer Press negli Stati Uniti e per Zubaan in India, ed è stata finalista al premio Philip K. Dick.*

Nell'oceano, a volte Paro dimentica di essere umana. È in parte perché l'acqua è il suo elemento e l'acqua, come sappiamo tutti, offusca, confonde e diluisce ogni confine. Non ricorda il nome che sua nonna le ha dato quando è nata – è perso tra i frammenti di memoria che rimangono di quei primi e difficili anni. Sua madre, cercando di nasconderla nella massa di persone che popola l'entroterra, l'India continentale, l'ha chiamata Parvati, che è diventato Paro. Sua madre l'ha portata il più lontano possibile dall'oceano, nella calura accecante e polverosa delle baraccopoli di Delhi, sperando che la bambina dimenticasse, che l'inferno che aveva tormentato la famiglia potesse risparmiare la bambina. Nasconditi, non sei al sicuro, ti devi nascondere. Non parlare mai della storia. L'unica realtà è il presente, l'unica sicurezza è sulla terraferma, dove sotto ai piedi hai del solido terreno. Il volto freddo, arrabbiato e distante di sua madre è quello che a volte sogna quando è addormentata sulla barca, o quando fa ritorno alla sua angusta cuccetta sulla nave.

Ma Paro ha un altro nome. Mentre cresceva, si sentiva come se ci fossero due persone dentro lei: la prima, una bambina ansiosa che le provava tutte per placare i timori di sua madre, la brava figliola che si sforza più che può negli studi. L'altra, una creatura il cui nome è andato perduto insieme alla sua storia, una creatura attratta, come sua nonna, dall'acqua, dall'oceano.

Lei non conosce il suo altro nome.

Che è una delle molte ragioni per cui è qui, in questa barca che sfreccia sott'acqua nell'Oceano Indiano, sulle tracce di un maschio di balenottera azzurra. Il natante veleggia alla stessa andatura rilassata della balenottera – una barca dallo strano progetto, un tempo yacht di lusso per un eccentrico milionario, ora convertita a nave d'esplorazione, alimentata perlopiù dall'energia del sole e del vento, le vele flessibili e manovrabili risplendenti d'oro alla luce dell'alba. Qui, in mezzo all'oceano, non ci sono prove che la terra esista, che ci siano esseri umani su questo pianeta – qui è dove capisci che questo pianeta è davvero per la maggior parte oceano, un puntino blu che veleggia attraverso lo spazio come una donna che porta una brocca d'acqua, una donna che nuota, una donna che è lei stessa per la maggior parte acqua salata.

La barca riaffiora, il tettuccio si dischiude e si spalanca, i pannelli solari si spiegano come ali, volti a inseguire la luce del mattino. Lei manda un breve messaggio alla nave, che non è lontana; la scorge, in equilibrio sull'acqua come un insetto esotico. Nell'aurora l'oceano sembra infinito, solo a est l'orizzonte è chiaramente delineato, sullo sfondo di un cielo rosa. All'orizzonte occidentale il mare e il cielo sono una cosa sola, la linea di mezzo sfumata in una misteriosa oscurità. La balenottera è vicina alla superficie, risale a respirare, ogni sbuffo d'aria una grande fontana sui mari rigonfi. Paru si stiracchia pigramente sullo stretto ponte della barca, sorseggiando del tè da una tazza con il beccuccio, e pensa al sogno che le ha fatto visita quella notte.

Nel sogno c'era un'isola incorniciata dalle palme, e in piedi sulla spiaggia bianca, che verdi onde cristalline lambivano senza frangersi, ristava una donna snella, come lei dalla pelle scura come cioccolata. A un capo della spiaggia c'era un gruppo di arbusti, con radici aggrovigliate e sollevate come dita che si estendevano fin sulla battigia. La donna si immergeva nell'oceano, ci entrava camminando con calma dignità, come si potrebbe entrare in un giardino, finché l'acqua non le arrivava sopra la testa. L'aria luccicava, e le strane radici degli alberi la seguivano dentro l'oceano, trasformandosi nel frattempo in cupe figure umane. Il mare si chiudeva sulle loro teste, lasciando sull'acqua cerchi sempre più larghi.

Sì, questo è un sogno che Paro ha fatto fin da quando era piccola; allora, la riempiva di un indicibile senso di perdita, e si svegliava piangendo. Adesso pensa che la donna scura potrebbe essere sua nonna, ufficialmente scomparsa per annegamento quando Paro era bambina, ma sua madre non ha mai voluto dirle niente. Una volta, quando aveva otto anni, aveva visto le smagliature sulla pancia di sua madre mentre si cambiava la maglietta e aveva indicato e detto "Onde!", e quando il viso di sua madre si era serrato dalla rabbia, non aveva capito.

Una volta Paro era quasi affogata. Stava nuotando al largo della costa a nord di Chennai, quando una corrente di risacca la prese. Gli altri studenti del suo primo e ultimo anno di università erano sulla spiaggia a bere birra. Lei era entrata in acqua con la sicurezza pericolosa dell'eccellente nuotatore da piscina, tanto forte da tener testa alle onde, finché la scarica di adrenalina del battagliare con gli elementi fu sovrastata da un nuovo e irresistibile desiderio: nuotare per la gioia di immergersi in un elemento che sentiva realmente suo. Poi la corrente la catturò e lei non fu più in grado di contrastarla – *corrente di risacca*, diceva la sua mente, mentre veniva rapidamente trascinata in mare aperto, e poi *nuota parallela a riva*, ma intorno a lei c'erano solo acque impetuose e non riusciva a vedere la spiaggia. Fu colta dal panico – i suoi respiri erano brevi e affannosi rantoli strozzati mentre lottava contro le onde – ma l'acqua la tirava inesorabilmente di sotto, e lei pensò: sto per morire. Mamma, perdonami per essere stata una figlia cattiva. Mentre l'acqua la portava via, una calma inattesa si impadronì di lei. L'acqua era calda, l'abbracciava come nessun amante avrebbe mai saputo fare, e lei pensò: sto andando a casa. Era tutto a posto, poteva abbandonarsi al mare. Smise di lottare, si sentì trasportare via dolcemente, e d'improvviso ci fu una mano forte che le strattonava il braccio, e qualcuno che la guidava verso la superficie, verso l'aria e la vita al di sopra delle onde rigonfie. Buttò fuori il fiato dai polmoni, inspirò l'aria in un rantolo, si avvinghiò al suo salvatore – uno sconosciuto che, ha appreso in seguito, era un pescatore del villaggio a cui gli studenti angosciati avevano chiesto aiuto quando l'avevano vista in difficoltà. Da quell'esperienza ha capito due cose: uno, che l'oceano esigeva rispetto – l'arroganza e la presunzione potevano uccidere – e due, che quella era casa sua, che doveva tornare. Non aveva importanza che sua madre le avesse permesso solo di nuotare in piscina – "devi imparare a nuotare per motivi di sicurezza, ma non nuotare mai nell'oceano" – e si era molto intristita quando Paro era andata all'università a Chennai invece di restare a Delhi – il terrore di sua madre per l'acqua aveva qualcosa a che fare con la morte di sua nonna, quando Paro era troppo piccola per ricordare.

"Raccontami di come è morta," aveva detto Paro a sua madre quando era tornata a Delhi per le vacanze invernali, qualche mese dopo il semi-annegamento. Si erano sedute sul balcone dopo cena perché nel piccolo appartamento faceva troppo caldo; ma l'aria fuori non era molto meglio, e puzzava di fumi esausti. Nel cielo denso di smog non si vedevano stelle, e il rumore del traffico era un ruggito costante.

"Non c'è molto da raccontare," aveva detto sua madre, facendo una pausa per usare l'inalatore. Si era schiarita la gola. "C'è stato un incidente in barca ed è affogata, insieme a qualche altra persona. Visto che tu sembri decisa a seguire quella strada…"

"Mamma, aspetta. Dove è successo? Io… io ho visto l'incidente? C'ero?"

Una lunga pausa.

"A Chennai. Dove sei cresciuta. No, certo che tu non c'eri. Ci hanno informati dell'incidente solo dopo. Perché ti sei fissata su questa storia? È nel passato. Basta parlarne! Ascolta, Paro, conosco persone che possono darti una mano a entrare in un buon college a Delhi…"

Paro si era lasciata investire dalle parole familiari, pensando "se la nostra famiglia viene da Chennai, perché mia madre non parla tamil in modo fluente? Perché continuo a fare lo stesso sogno fin da quando ero piccola? Il posto che vedo nel mio sogno non somiglia a nessuna spiaggia a Chennai." Non aveva mai detto a sua madre del sogno.

Quando è sola sull'oceano, a Paro piace fare apnea seminuda. "Sola" significa nessun altro essere umano, ovviamente – a nuotare con un cetaceo per due mesi, non si è certo sentita sola. Non c'è terra in vista, e la sua barca è l'unico natante nei paraggi fatto dall'uomo, se si ignora la nave appena visibile in lontananza. La barca beccheggia dolcemente sulla superficie, con i pannelli solari aperti come fossero petali di un fiore esotico, a catturare il sole tropicale. Ha già inviato un messaggio alla nave per dire che sta per immergersi, e che dovrebbero ricontattarla tra cinque minuti. Vuole scendere fino alla cima di una montagna sommersa – la sommità è a soli 87 metri sotto la superficie dell'oceano – si trovano qualche grado a sud dell'equatore, vicino al confine orientale della dorsale Chagos, circa 1.500 chilometri al largo dello Sri Lanka. Ril, rimasto sulla nave, non approva le sue immersioni – *non si dovrebbe mai*

fare apnea da soli, perché devi prenderti rischi del genere?
– dice la sua voce tornata in mente a Paro dalla conversazione di qualche minuto prima, ma è una discussione familiare e lui ne è già uscito sconfitto molte altre volte. *Che pedante, fratellone*, pensa, sorridendo un po', anche se non è suo fratello. Lei è in grado di scendere in apnea con un solo respiro per 140 metri, e lui si preoccupa per 87. La sua balenottera, di cui ha imparato il nome nella sua lingua – lo si può cantare o rappresentare con una forma d'onda, ma le parole sono inadeguate; chiamiamolo ~>~^ per comodità – la sua balenottera ormai è sotto da quasi quindici minuti – le balenottere azzurre non scendono alle profondità di altri cetacei, e lei si domanda che cosa stia facendo. Controlla che il cavo guida sia sicuro, inspira ed espira lentamente per calmarsi – trae un respiro profondo e si immerge.

Nuota con niente addosso oltre alle pinne e una cintura con telecamera subacquea, altoparlante e idrofono. Giù, giù giù, un metro, due metri, cinque, dieci, venti, mentre la luce del sole pian piano svanisce, rendendo le acque verde pallido più scure e più blu – e poi inizia ad avverarsi la magia – l'esperienza per cui ha rischiato la vita più e più volte. Mentre raggiunge il galleggiamento neutro, il suo petto si contrae per la pressione dell'acqua, il respiro trattenuto, rinchiuso nei polmoni. A questa profondità l'oceano smette di provare a riportarla su, e lei è sospesa nel blu profondo, contenuta nell'acqua calda come un feto nell'utero. Accettazione, accettazione. Ora sente la dolce, ma inesorabile, attrazione verso il basso dell'oceano e attraversa l'acqua in una caduta senza sforzo, spinta lateralmente dalla corrente locale, in risalita dalla fossa oceanica a ovest. Più sotto, vede la cima del monte subacqueo, un grigio pallido nella luce blu, avvicinarsi rapidamente. Allarga braccia e gambe per rallentare – le sue dita nude toccano piano la roccia – e si ritrova in piedi sulla vetta di una montagna sotto l'oceano.

C'è così tanta pace qui, così tanta calma sotto il tumulto delle onde e del vento in superficie. Solo la placida corrente sottomarina la spinge di lato, verso est, e i suoi capelli si agitano in quella direzione come mossi dal vento. Sulla sommità ci sono colonie di anemoni dalle bocche rotonde circondate da tentacoli rossi e gialli. Delicati coralli simili a merletti, cetrioli di mare, un lumacone di qualche tipo, viola e giallo con orpelli rosa, un piccolo banco di pesci. Sul versante ovest la montagna digrada via via nelle tenebre – la dorsale Chagos, che può arrivare a una profondità di 6000 metri in queste zone. Ergersi leggera su una montagna sotto il mare, camminare per questo giardino subacqueo come se vivesse lì, come se fosse a casa – è un desiderio che ha avuto per molto tempo, fin da quando era bambina.

Non c'è traccia di ~>~^. Preme il tasto dell'altoparlante sulla cintura – prima emette i trilli per il nome del grande cetaceo, poi una breve sequenza di suoni che per lui rappresenta il nome di lei. Il nome è invenzione di Paro, con l'aiuto di Stella. Stella, la specialista srilankese di cetologia a bordo, si è assicurata che il segnale identificativo unico di Paro non coincidesse con nessuno tra le locuzioni, i richiami e i canti noti della popolazione srilankese di balenottere azzurre. >‡>‡ è il nome di Paro, dunque, e lei ha sviluppato, nel corso dell'ultimo mese, alcuni altri significanti vocalici per tentare di colmare la distanza tra umano e cetaceo.

Ma qui, sotto le onde, è l'acqua stessa a colmare la distanza tra un essere e l'altro. Ricorda di averlo sentito dire dal suo maestro al centro di apprendimento in un villaggio di pescatori sulla costa del Kerala. Le cose che pensi a terra, aveva detto l'anziano, sono diverse da quelle che pensi con il mare. Nel mare impari a pensare con l'acqua, con i pesci. È per questo che le persone che prendono decisioni a terra, separati dal mondo da vetro e cemento, aria condizionata e software, hanno idee tanto *terribili* per il mondo. Il pescatore-maestro non aveva mai frequentato un istituto di istruzione formale – era stato, aveva detto, educato dall'oceano, e che maestro migliore c'era? Le idee non ti nascono in testa così, diceva – sono modellate dal tuo *ambiente* – la noce di cocco può essere quello che è senza l'albero, la sabbia, il vento e l'oceano? No! Allora fai sempre caso a come cambiano i tuoi pensieri, il tuo corpo, in base all'ambiente che hai intorno. Usa quella noce di cocco!

Al centro di apprendimento, una delle migliaia di branche clandestine del movimento del Barefoot College di inizio ventunesimo secolo, gli insegnanti sono in gran parte illetterati, oppure accademici estromessi dall'appropriazione delle università da parte dell'Eletto, umilmente disposti a barattare le loro competenze con chi possiede generazioni di esperienza su come sopravvivere nelle precarietà – pescatori, membri di tribù, poveri delle campagne. "Gente inutile" è l'appellativo che l'Eletto e i suoi scherani riservano a chi ostacola la grande Marcia del Progresso. Mentre il resto del paese corre avanti e indietro come stordito, perso nell'eterno ciclo di acquisti irrazionali, queste sono le persone che osservano come il clima e le correnti stanno cambiando, che si chiedono perché le balene si spiaggiano morte lungo le coste, con la pancia vuota, o a volte piena di rifiuti in plastica. Fanno le domande che nessuno ha il coraggio di considerare. I pescatori avevano intuito molto prima degli scienziati che il mondo stava andando in rovina – i venti e le acque avevano parlato loro di un grande e terribile disfacimento, ma non sapevano perché, finché non si erano uniti a loro degli scienziati rinnegati in fuga. Anche se parlarne in pubblico significa scatenare le rappresaglie dei poteri costituiti, loro sanno che questo disfacimento si è verificato perché la Terra munifica è stata confiscata, saccheggiata a beneficio di pochi, a danno di molti. Università improvvisate hanno proliferato nel segreto di cucine e vicoli, baraccopoli e villaggi, dove la "gente inutile" insegna, impara e fa le domande difficili. Ed è a loro nome, con il loro assenso, che Paro è qui.

Eccola, 87 metri sotto la superficie dell'oceano, l'ultimo posto dove sua madre vorrebbe che fosse. Ma è ora di tornare su a respirare. Nuota verso l'alto seguendo il cavo guida, frange la superficie, sbatte gli occhi alla luce del sole, piena di gioia. Respira a fondo una volta o due. Un conto è leggere da qualche parte che l'oceano fornisce più della metà dell'ossigeno globale, tutt'altra cosa è sperimentare questa meravigliosa vitalità, come se ogni cellula del suo corpo si mettesse a cantare. Il cielo è di un azzurro terso. L'acqua è più fresca qui grazie alla corrente di risalita. È un'area di alimentazione per balenottere azzurre e capodogli, ma di recente se ne sono visti ben pochi. I numeri sono calati drasticamente.

Paro chiama di nuovo la balenottera, un po' più forte… Poi vede il cetaceo emergere dal buio della fossa a ovest. Lancia un richiamo che lei avverte con il corpo intero, e conclude con la breve sequenza del proprio nome. Si è immerso più a fondo di quanto faccia di norma la sua specie, ma ~>~^ è anomalo sotto molti aspetti. È meno timido, più audace – dopo tutto, ha accettato la sua presenza in acqua accanto a sé nel primo mese insieme, e capisce anche (così crede lei) che quella strana barca con cui lei a volte si immerge nell'oceano non è una cosa da temere. Per il primo mese, Paro aveva nuotato con lui senza attrezzatura se non per le cuffie, la cintura e le pinne, e aveva percepito, assaporato e attraversato il suo mondo. Non dimenticherà mai la prima volta che lui l'aveva lasciata avvicinarsi, e anzi si era mosso verso di lei, emettendo una serie di profondi gorgheggi che si erano riverberati per il suo corpo. Stella l'aveva avvertita che i suoni della balenottera azzurra sono così forti da poter uccidere un uomo con le vibrazioni, e come minimo procurare danni ai timpani, e anzi glielo stava ricordando proprio in quell'istante, tramite le cuffie, dalla nave a un chilometro di distanza. Ma sul momento Paro non aveva provato che meraviglia, e un calore che si spandeva per il corpo, mentre l'enorme stazza del maschio di balenottera le occupava sempre di più la visuale, e lei vedeva se stessa nel grande occhio, catturata in quel curioso e benigno sguardo che le era al tempo stesso alieno e sorprendentemente familiare, come uno stupito riconoscersi tra apparenti estranei. Esitante, aveva teso la mano a toccarlo – la sua pelle chiazzata, grigio-azzurra era dura al tatto. Lui vocalizzava dolcemente; lei percepì il suono nel suo corpo come il lento ribollire di un calderone e seppe di essere esaminata, esplorata. All'improvviso lui emise una scarica sonora che fu come un'esplosione nelle sue orecchie – si fiondò attraverso l'acqua, mulinando le braccia, fino a tornare in superficie, ansimante. *Stai bene? stai bene?*, ripeteva isterica la voce di Stella nel suo orecchio, e lei si accorse che ci sentiva, e che le cuffie antirumore le avevano salvato i timpani, ma il suo corpo era sfibrato – provava dolori ovunque. Proprio allora il cetaceo le riemerse accanto, voltandosi per fissare lo sguardo su di lei, e Paro si rese conto che aveva interrotto quel suono non appena lei aveva cominciato a soffrire. Un tremolo appena percettibile proveniva da lui mentre le nuotava intorno. *Credo proprio che abbia capito quanto sono fragile*, ha detto poi a Stella, mentre si rimetteva in sesto sulla nave. Da allora il cetaceo non aveva mai più emesso quei rumorosi vocalizzi in sua presenza. Lanciava i suoi canti e richiami più forti quando lei era sopra il livello dell'acqua, con la barca sommergibile in modalità di galleggiamento. Per onorare quella fiducia – oltre che per evitare di avere un arnese in più ad appesantirla – Paro ha smesso di indossare le cuffie protettive in immersione.

Tre giorni dopo aveva potuto vedere ~>~^ nutrirsi di un grande banco di krill – anzi, per la precisione, una specie di gamberetti più in alto nella catena alimentare, le aveva detto Stella dalla nave. Le riprese video sono state eccezionali. Nella regione non c'era ancora nessun'altra balenottera azzurra – un branco di capodogli era stato avvistato appena oltre la fossa oceanica mentre si tuffava in caccia di calamari. A un certo punto un giovane capodoglio si era avvicinato a ~>~^ e aveva lanciato un richiamo, ma Paro era sulla nave per prendere dei rifornimenti per la barca sommergibile, e ha potuto solamente osservare dal ponte, frustrata. L'idrofono della nave ha registrato quella che avrebbe potuto essere una conversazione, ma senza aver modo di osservare i cetacei sott'acqua era difficile a dirsi.

Paro è lieta di essere di nuovo sulla barca con scorte di cibo per tre giorni, di nuovo in acqua con ~>~^. È un pomeriggio limpido; le onde placide fanno una melodia sul fianco della barca. La nave è una vaga macchia distante. È così che dovrebbe essere la vita, pensa, mentre si immerge per stare con la balenottera, sott'acqua. Vorrebbe che sua madre fosse lì a vederla, la sua figlia che ha mollato l'università, che non ha alcuna prospettiva se non nel nuoto agonistico, ma Paro aveva voltato le spalle anche a quello, scegliendo invece di frequentare la plebaglia, la gente inutile. Sua madre, l'ultima volta che si erano viste, aveva negli occhi quella familiare espressione rassegnata, che diceva più forte che poteva con gli occhi, la postura rigida delle spalle e i piatti sbattuti nel lavandino: io ho lavorato sodo per darti una vita buona, e tu guarda dove sei finita. Paro vorrebbe poter dire a sua madre: c'è tutta un'altra realtà al di fuori della tua piccola bolla di mondo artificiale, e io preferisco vivere lì.

Immergendosi per circa trenta metri, Paro vede ~>~^ venire verso la superficie dalle profondità della fossa. È concentrato su una nuvola indistinta dai colori pallidi nell'acqua sopra l'abisso. Un banco di gamberetti? Accelera la risalita – Paro vede la bocca cavernosa aprirsi e inghiottire la nuvola tutta intera – e per lei è ora di tornare su a prendere una boccata d'aria. In superficie, trae respiri lenti e profondi, ma in quel momento si ode uno schianto lacerante sull'acqua, e un'onda gigantesca la manda a sbattere con forza contro la fiancata della barca. La pinna caudale del cetaceo si solleva e sbatte di nuovo sull'acqua; la sua testa si impenna, e Paro resta senza fiato – lungo la sua testa, e agganciato alla sua bocca, c'è un groviglio di cavi e reticoli. Colpisce ancora l'acqua con la coda, emettendo un suono così forte che lei deve issarsi sulla barca per proteggere il proprio fragile corpo. Paro si guarda intorno con frenesia, ma la nave non è in vista. Accende la radio di bordo, ma proprio quando sta per chiedere aiuto, vede che la nave le ha già inviato un messaggio, mentre era in immersione. È in codice. Significa: Ci hanno abbordati. Non comunicare con la nave. Stai nascosta.

Significa che è accaduto ciò che temevano: l'imbarcazione di un gruppo armato al soldo di una multinazionale, o una nave governativa – non che tra le due cose ci sia sempre una gran differenza – ha deciso di investigare la loro copertura. Oppure è pirateria – il vicino arcipelago di Chagos, un tempo una base militare per cinque delle maggiori potenze mondiali in rapida successione, è stato infine occupato da una fazione ribelle che (si vocifera) non si farebbe scrupoli a saccheggiare le navi di passaggio delle loro scorte.

Tutti questi pensieri attraversano la mente di Paro in una frazione di secondo. Il panico lascia strada alla calma ponderata che ha esercitato per quasi un decennio. E va bene, quindi è tutta sola con una balenottera in pericolo. Il cavo, o reticolo, o quello che è, dovrà essere tagliato. Bisognerà tranquillizzare ~>~^ quanto basta per avvicinarglisi con il tronchese – fa' che non siano cavi d'acciaio. Accostare una balena nel panico significa morte certa – un colpo della coda o della pinna pettorale, e l'avrebbe sfracellata.

Prende il tronchese dalla scatola degli attrezzi e lo collega alla cintura con un cavo corto. Esercita la respirazione, profonda e lenta. ~>~^ è ancora sotto la superficie dell'acqua. Gli idrofoni della barca stanno rilevando i richiami lunghi e bassi, del tipo che viaggia per cento chilometri, che sono probabilmente richieste d'aiuto, preghiere di soccorso. Ma in quest'area le balenottere azzurre sono poche, se ce ne sono, e in ogni caso non possono aiutarlo.

Paro scavalca agilmente la fiancata della barca e si lascia scivolare nell'acqua calda e chiara, chiamando all'altoparlante il suo nome, seguito dal proprio identificativo >‡>‡. Nel lessico dei suoi richiami e canti compilato da lei e da Stella, c'è una sequenza che hanno registrato quando ~>~^ aveva viaggiato per un breve periodo insieme ad altre balenottere azzurre. Ciascuna balenottera aveva usato questa sequenza quando ne incontrava un'altra, aggiungendo quelli che probabilmente erano i loro identificativi unici. Una sequenza simile era stata registrata da una balenottera madre mentre chiamava il suo piccolo che si immergeva più a fondo di lei – dopodiché il piccolo era ritornato dalla madre. Significava *vieni da me*? Significava *piacere di vederti*? Non lo sa nessuno, ma ora non c'è tempo per le ipotesi. Scorre rapidamente il suo catalogo di richiami, trova quello che sta cercando, e riproduce la sequenza. Il cetaceo ha interrotto i suoi richiami – dov'è?

Eccolo, una mole enorme di fronte a lei, risalito a respirare, poi di nuovo in immersione. Rimane fermo nell'acqua, solo un paio di metri sotto la superficie, il capo chino, come prima i cavi e i fili aggrovigliati sulla testa, il ritratto della tristezza e della paura. A Paro sembra di vedere parte della rete scendere nell'acqua più profonda della fossa, sparire nell'oscurità. Mentre emette la sequenza dei trilli di richiamo, nuota verso di lui, al contempo rallentando, trattenendo nel corpo il respiro. C'è una corda o una rete, più sottile dei cavi intorno alla testa, avvolta a una delle pinne pettorali. Forse è meglio cominciare da lì, così lui potrà vedere quello che fa. *Stai fermo*, gli dice con la mente. Stringe con attenzione il tronchese e trancia la parte più spessa della corda. Ci vuole un po'. Un brivido percorre ilcetaceo, ma la pinna è quasi libera. Deve respirare. Si lascia risalire a galla, fa un respiro veloce, e torna di nuovo sotto. Grazie al cielo è vicino alla superficie – se decide di immergersi, questo diventerà impossibile. Taglia la rete più sottile intorno alla pinna, fino a riuscire a liberarla. ~>~^ muove guardingo la pinna, osservando Paro con occhi che esprimono – così le sembra – tanto terrore quanta speranza. *Ben fatto*, gli dice con la mente. *Ora comincia la vera sfida.*

Inizia a tranciare la corda – è un qualche tipo di plastica spessa e porosa, non acciaio, siano lodati tutti gli dei del mare – intorno alla testa. Risale a respirare altre tre volte. La quarta volta il cetaceo riemerge con lei. Sembra più calmo, emette brevi e riverberanti gorgheggi di quella che secondo lei dev'essere sofferenza. Quando scendono di nuovo sotto la superficie, vede con orrore che la confusione di cavi continua fin dentro la bocca – sono molto probabilmente impigliati nelle frange dei fanoni della mascella superiore che usa per setacciare l'acqua alla ricerca delle sue minuscole prede animali. *Come devo fare, ~>~^? Aiutami. Non posso farcela da sola.*

Ma quando prova a tirare con cautela uno spesso cavo che gli esce da un lato della bocca, l'acqua è percorsa da un tremore che la scuote letteralmente fin dentro le ossa: non c'è bisogno di afferrare i dettagli della comunicazione tra cetacei per capire che questo è un No. Percepisce, prima di udire il fragore di tuono del rumore che segue, di essere pericolo – è riemersa e tornata a bordo della barca quando l'urlo la colpisce. Lui si immerge.

Paro è seduta sul minuscolo ponte della barca, e compie respiri profondi, ansimanti. Sente le braccia come piene di piombo caldo, e le dita sono livide e gonfie per l'uso del tronchese. All'orizzonte non c'è nient'altro che il mare rigonfio. Dov'è la nave? Per una frazione di secondo si chiede che cosa succederebbe se la nave non tornasse a prenderla – sulla barca ha cibo solo per tre giorni – ma deve concentrarsi sul problema immediato, la possibilità di perdere ~>~^ – un cetaceo con dei cavi impigliati nella bocca non può nutrirsi. Ma non si può fare niente se non sarà lui a scegliere di tornare da lei. *Forza, bastardo, montagna di lardo, forse ultimo della tua specie, torna indietro e lascia che ti aiuti, maledetto.* Ma il mare, sotto il sole del pomeriggio, è calmo. Non si è mai sentita tanto sola.

Di nuovo in acqua, lo sente chiamare. Non riesce quasi a credere alle proprie orecchie, perché la sta chiamando per nome, il nome inventato da lei e Stella: >‡>‡. Si erge dalle profondità e si distende tranquillamente accanto a lei che gli nuota incontro.

Ascolta adesso, devi aprire la bocca per me, più che puoi. Ti prego, ti prego. Hai un cervello molto più grande del mio; sai che devo farlo. La tua specie ha vissuto su questo pianeta più a lungo degli umani. Siete rimasti così pochi al mondo. Non voglio che tu muoia. ~>~^.

Lui, come se l'avesse sentita, apre lentamente le mascelle, di circa due metri appena. Le corde e i fili sono impigliati tra le placche dei fanoni lunghe un metro pendenti dalla mascella superiore, alcune delle quali sono rotte – e alla luce della cintura lei vede che tutto quella confusione continua fin dentro la caverna della sua bocca. Aveva pensato che forse avrebbe potuto tagliar via il groviglio da fuori, quanto bastava per poterlo estrarre in piccoli pezzi, ma questo è impossibile. Non ce la può fare in nessun modo. Si costringe a restare calma. *Pensa con il mare. Usa quella noce di cocco!* Le parole del maestro-pescatore le riecheggiano in mente. Un lento terrore si impadronisce di lei, perché è il mare a dirle cosa fare. Deve infilarsi sotto le placche dei fanoni e nuotare nella bocca del cetaceo.

Si infila con prudenza sotto le frange dei fanoni ed entra nella grande caverna. Tenendosi al bordo interno, ossuto e gibboso, inizia a tranciare i cavi. Deve procedere con molta attenzione perché ci sono detriti nell'acqua e anche con la luce intensa della cintura è difficile vedere. Davanti e sotto di lei giace l'enorme lingua carnosa, e molto più avanti la buia galleria della gola. *Be', ci credo che quelli della tua specie sono gli animali più grandi mai vissuti su questa Terra.* Sente un tratto di corda allentarsi tra le sue mani. Ora di riprendere fiato. Esce nuotando dalle fauci, con in mano la massa tagliata di corde e reti. Un respiro rapido nella luce troppo forte del sole, poi sott'acqua e nella caverna buia a tagliare, tagliare, tagliare. Ancora e ancora e ancora, finché le sembra di non aver mai fatto altro in vita sua. Il cetaceo attende paziente in acqua, sopportando un'operazione che dev'essere molto dolorosa. L'interno della sua bocca sa di mare, di sale e pesce, ma c'è un gusto che è tutto suo, caratteristico. L'equivalente dell'odore a terra in mare è il gusto. *Adesso conosco il tuo nome nel gusto oltre che nel suono*, gli dice. Le mani le sanguinano, avrebbe dovuto indossare dei guanti. Quando torna di nuovo su a respirare, lui riaffiora con lei, soffiando vigorosamente. Sa che è relativamente giovane, probabile che abbia poco più di trent'anni, come lei. Respira, sale in barca per bere un sorso di succo di frutta, e si rimette all'opera.

Non so per quanto ancora posso andare avanti, pensa. Ha perso il conto delle volte che si è immersa ed è risalita. *Sono così stanca, e se morirò di sfinimento chi ti aiuterà?*

Quando ~>~^ apre la bocca questa volta, è molto più larga – ha rimosso con la lingua parte della corda allentata. *Bravo, montagna di lardo*, dice mentre riprende a lavorare su quel che resta del cavo. Questo è il pezzo che ha un lungo segmento di corda che sporge fuori dalla bocca ed entra nel profondo abisso sotto di loro. Ci lavora con costanza, mentre la calma fiducia della balenottera la rilassa, l'aiuta a tenere a bada il tremito indolenzito delle braccia. Finalmente. Esce dalle grandi fauci, portando con sé l'ultimo pezzo del groviglio. Spera che lui non ne abbia ingoiato qualche frammento. Riemerge, respira e nuota fino alla barca, dove fissa la confusione di cavi alla fiancata. Si volta a guardare il cetaceo.

Lui sprigiona una fontana di respiri che ricade come pioggia intorno a lei. Rimane fermo in acqua. Un fremito di paura la attraversa. Il tormento è stato troppo? L'ha reso tanto debole che non può più sopravvivere? Nuota verso di lui, immergendosi per toccare il suo fianco. Viene colta nel suo sguardo; il grande occhio a esprimere un complesso misto di emozioni che lei pensa di capire. Si riprenderà, almeno per adesso. La sua vita, come la vita di lei, è irta di pericoli ignoti nel futuro (*la nave tornerà?*), ma per adesso entrambi stanno bene.

La nave non viene a riprenderla fino al secondo giorno. Prima del suo arrivo è scesa in immersione nella fossa oceanica fin dove osa farlo – centoventi metri – per vedere dove finiscono i cavi. Ma questa parte della fossa è troppo profonda; i cavi proseguono fino a perdersi nell'oscurità. Conosce la storia dello scarico di rifiuti nell'oceano – non solo effluenti plastici e chimici, ma anche scorie nucleari – testate missilistiche e sottomarini, tonnellate di scorie radioattive scaricate durante il ventesimo secolo, una pratica che probabilmente ha ripreso piede in questa nuova e caotica era. Conoscendo qualcosa del passato di sfruttamenti subito dall'atollo di Chagos – colonialismo seguito da militarizzazione in cui cinque superpotenze si sono avvicendate l'una dopo l'altra – non può fare a meno di chiedersi quali orrori riposino sul fondo della fossa. Questi cavi non sono attrezzi da pesca – qualcuno sulla nave sarà in grado di dire che cosa sono, spera.

E così la nave fa ritorno – Ril le dice che ad accostarli era stata la Gente Libera di Chagos – in fin dei conti la voce che le isole fossero occupate dai ribelli era vera, ma questi non erano pirati. Erano discendenti degli abitanti originali, che nel 1700 i Francesi avevano deportato qui dall'Africa e dall'India per farli lavorare nelle piantagioni di noce di cocco. Conosce qualcosa della loro storia: dopo essersi stabiliti nelle isole, e aver sviluppato una cultura unica, i Chagossiani furono allontanati con la forza quasi ottant'anni prima da Inglesi e Americani per fare spazio a una base militare. Entro la metà del ventunesimo secolo la base era stata affittata a tre altre potenze militari – India, AsiaCorp e Cina Unita. In seguito alla sua distruzione in una grande tempesta qualche anno prima, la base è stata abbandonata, anche se è tuttora un sito conteso. Dopo decenni di esilio e sofferenza, i Chagossiani sono tornati. Stanno cercando, come Paro e i suoi amici, di rivendicare il mondo che hanno perso.

Sdraiata sul ponte della barca sotto un cielo trapunto di stelle, Paro pensa a sua madre. Ieri le ha mandato un messaggio dalla nave, tramite un percorso tortuoso attraverso l'insediamento chagossiano. *Penso a te. Spero tu stia bene. Tua, Paro.* Sta iniziando a rimettere insieme i pezzi della sua frantumata storia familiare, e del sogno che la perseguita fin dall'infanzia. Parlando con il rappresentante chagossiano sulla nave, sta iniziando a ricostruire il proprio passato a partire da brandelli di memoria e fatti che sua madre si è lasciata sfuggire: lei non è di Chennai, né di alcuna altra parte dell'India continentale – il suo popolo è la gente delle isole. Sono stati costretti a lasciare la loro casa. Mentre la barca dei profughi sfrattati se ne va, la bambina Paro è in piedi alla ringhiera e guarda indietro, verso la curva bianca della spiaggia, dove le palme si stagliano in un cielo di un azzurro impossibile. Stanno lasciando casa – forse perché l'innalzarsi dei mari ha contaminato le fonti di acqua dolce sull'isola. O forse l'isola ha qualcosa che fa gola al governo o a qualche multinazionale. Non ha importanza; il fatto è che hanno perso la loro casa, e la nonna e qualche altra persona ha scelto di rimanere, ed entrare nell'oceano. E la bambina, Paro, lasciata sola per un momento, ha visto, dalla barca che si allontanava, la nonna camminare nell'acqua, senza capire quello che vedeva, ma sentendo sgorgare dentro di sé il dolore che le ha tenuto compagnia per tutta la vita. Non sa da quale gruppo di isole provenga il suo popolo – le Andamane o le Laccadive, forse – ma quando farà ritorno a Delhi troverà un modo per chiederlo a sua madre. Sua madre, che ha imparato a odiare ciò che un tempo amava – il mare.

In lontananza, nel buio, sente la balenottera soffiare. Attraverso l'altoparlante lei trilla il suo nome. Lui risponde con una lunga sequenza che lei riconosce come parte del lessico che è stato registrato in altre occasioni, tuttora incomprensibile. Riverbera dolcemente attraverso il suo corpo, questa nuova lingua che sta imparando, in cui lei ha un nome, e un maestro. L'acqua sciaborda armoniosa contro la barca.

L'acqua offusca, confonde e diluisce ogni confine.

Lei è Paro. Lei è >‡>‡.

Sheila Finch

Nata in Gran Bretagna, Sheila Finch è stata ricercatrice in linguistica e storia medievale all'Università dell'Indiana. È la pluripremiata autrice di otto romanzi di fantascienza e racconti che sono apparsi su riviste come Fantasy & Science Fiction, Amazing, Asimov's, e molte antologie, compresa la sua raccolta The Guild of Xenolinguists. *Recentemente ha inoltre pubblicato un'opera di saggistica,* Myth, Metaphor and Science Fiction, *esplorando le connessioni tra i temi del mito e una letteratura del futuro. Vive a Long Beach, California, dove visita regolarmente l'Acquario del Pacifico in cerca di ispirazione.*

"Mi dispiace molto," disse la donna al bancone delle registrazioni di *DolphinAdventures* a Noli.

Dietro di lei, il caldo sole del Mediterraneo traboccava dai finestroni. Stanca per il lungo viaggio, Lena Kehaloha lanciò un'occhiataccia al gruppo di persone vocianti, perlopiù giovani, che risalivano il percorso per l'edificio dell'amministrazione.

"Tutti i delfini con cui lavoriamo sono assegnati a un gruppo che è arrivato ieri. E dato che lei non era qui…"

Lena trattenne il respiro. "In questo gruppo sono tutti ricercatori interspecifici?"

"No." L'addetta agli ingressi sembrava perplessa. "Turisti che cercano avventure subacquee presso i relitti."

Erano state fatte varie ricerche, anche decenni prima, che classificavano i suoni dei delfini e i loro significati elementari – e Lena le conosceva praticamente tutte – ma comunicare in modo migliore rispetto ai gesti usati dagli addestratori dei parchi acquatici era ancora impossibile.

Almeno, così era stato, prima dei recenti progressi nella tecnologia degli impianti neurali. La tesi di dottorato di Lena sarebbe stata avanguardia pura, e non aveva intenzione di farsi scoraggiare tanto facilmente.

"*DolphinAdventures* offre la possibilità di interagire con cetacei allo stato brado," affermò Lena. "Non specifica che devo partire per la vostra avventura organizzata."

"Già non eravamo a ranghi completi neanche prima," ribatté la segretaria. "Abbiamo perso un delfino due giorni fa. Uno dei nostri piccoli. Di punto in bianco non si è più presentato per il lavoro."

Lena dimenticò la propria lamentela per un momento. "Capita spesso che spariscano?"

"Questo branco è molto affidabile. Ma sono selvatici, liberi di andare e venire come vogliono."

Decise di fermarsi per un paio di giorni e poi, se non fosse emerso niente, avrebbe preso l'aereo per tornare all'Università delle Hawai'i, anche se questo significava accettare la noiosa opzione che le aveva proposto la commissione di dottorato. Adam sarebbe stato felice di riaccoglierla a casa – o forse no, visto che avevano litigato. Non si sarebbe mai dovuta aspettare che un dottorando occupato a scrivere una tesi sui molti mondi di Everett capisse.

Gli impianti neurali, minuscoli pacchetti di elettrodi, erano in uso da decenni per le funzioni più disparate, dal controllo delle protesi al monitoraggio dell'epilessia, alla trasmissione di informazioni da un impianto cerebrale all'altro. E agli scienziati dell'Università di Washington non ci era voluto molto per dimostrare la comunicazione da cervello a cervello – tre persone in stanze separate, che giocavano a *Tetris*. Ma l'avanzamento che più entusiasmò Lena fu quando i neuroscienziati sperimentarono il cyberpensiero, inviando messaggi da un cervello fornito di impianto a uno che non lo era.

Uno dei suoi professori le aveva raccomandato un vecchio libro scritto da uno psicologo degli animali autistico, riguardo a come gli animali pensassero per immagini. Il progetto concepito da Lena avrebbe provato se un impianto poteva trasferire un'immagine a un cervello che ne era privo, un cervello che usava il sonar invece delle parole. La sua commissione di dottorato pensava che fosse diretta ai centri di ricerca di cetologia a San Diego, dove il suo lavoro sul campo sarebbe stato monitorato e le procedure di sicurezza garantite. Ma che senso aveva lavorare con delfini addomesticati? Era partita per l'Italia.

Abbandonò l'attrezzatura da sub e il borsone nella stanza indicata dall'addetta e uscì. Il mar Ligure era nella fase di quiete tra alta e bassa marea. Non c'era traccia di una singola pinna dorsale che frangesse la superficie. Così diverso dal surf libero nel Pacifico con cui lei e Adam erano cresciuti a Kaua'i. Avevano passato così tante ore in acqua, prima a fare snorkeling, e in seguito con le immersioni subacquee lungo la barriera corallina. Lei aveva inseguito il suo sogno all'università – prima linguistica, poi comunicazione interspecifica.

Si sedette su un muretto in riva al mare, le vecchie pietre calde contro le sue gambe nude, a guardare una barchetta che entrava in porto. Due persone a bordo. La donna saltò fuori, longilinea e abbronzata, pronta ad afferrare il cavo di ormeggio. L'uomo spense il motore e mise un piede sul molo.

"Ciao!" disse la donna.

Lena salutò con la mano.

"Già stanca di Noli?" L'inglese della donna era migliore dell'italiano di Lena.

"Speravo di fare delle ricerche sulle comunicazioni," disse. "Ma *DolphinAdventures* è a corto di delfini pronti a cooperare."

"Che sfortuna! Allora che cosa farai?"

Lena scrollò le spalle.

"Tutto quel viaggio fin qui per niente." La donna si voltò verso l'uomo. "Roberto? Possiamo aiutare?"

Lui smise di tirare fuori l'attrezzatura da sub dalla barca e squadrò Lena. "Potresti fare ricerca nella nostra piccola biosfera."

La donna le porse la mano. "Mi chiamo Sofia."

"Lena," disse lei. "Non sapevo che ci fossero ancora delle coltivazioni subacquee in attività." Aveva sentito parlare delle biosfere subacquee, sperimentate più di trent'anni prima in questa piccola baia.

"L'acqua più profonda offre condizioni ambientali migliori," disse Sofia. "La società Gamberini affitta a cittadini come noi un paio di quelle originali che non si sono deteriorate. Possiamo mostrartela."

Le biosfere non la entusiasmavano, ma era sempre meglio di star lì a deprimersi in attesa di un delfino che poteva tornare al lavoro oppure no. "Sarà un piacere."

"Domani alle sei," disse Roberto. "Fatti trovare qui."

Raggiunse il molo con quindici minuti di anticipo. L'aria era fresca e c'era un leggero odore di pesce. E là in acqua – qualche metro al largo del molo – una pinna dorsale. *Delphinus delphis*, il delfino comune, si alzava presto anche se i turisti non lo facevano.

Sofia le fece cenno di avvicinarsi. "Benvenuta a bordo."

Roberto prese la sua attrezzatura. Il fuoribordo si accese scoppiettando e uscirono in mare. Lena lasciò una mano in acqua e guardò un piccolo branco di delfini dal muso corto che sfrecciavano verso la barca. La raggiunsero e nuotarono insieme a loro, rincorrendo la scia, poi si voltarono e si diressero a riva. *Ohana*, li chiamavano gli Hawai'iani. Famiglia. Tutte le mattine prima del liceo, lei e Adam andavano in cerca delle onde più difficili perché amavano le sfide, e ogni volta i delfini facevano surf con loro. Se il suo progetto avesse funzionato, avrebbe aperto un nuovo mondo di possibilità nelle comunicazioni interspecifiche. Una collaborazione tra delfini e umani per capire ed esplorare l'oceano e curarne le ferite.

E forse anche di più, se un giorno fosse venuto a farci visita e.t. Magari avrebbe dovuto usare quella battuta con Adam.

"Come fate a comunicare con i delfini?" urlò Sofia sopra il rumore del fuoribordo. "Parlano inglese o italiano?"

Lei rise. "Nessuno dei due. Cominciamo con le flashcard, singole immagini, un po' come quando si lavora con i corvi o gli scimpanzé – ti ricordi dello scimpanzé Washoe e del pappagallo Alex? Ricevono una ricompensa – un chicco d'uva, o magari un cracker – quando scelgono bene. Poi gradualmente si arriva a cose più complesse. Ma io voglio andare ancora più in là."

"I delfini lavorano in cambio di chicchi d'uva?" chiese Roberto.

"In cambio di sardine, di sicuro," disse Sofia.

"L'Università di Hilo ha piscine-laboratorio dove ho fatto pratica con un paio di delfini recuperati dai parchi acquatici. Ma erano addestrati a seguire le indicazioni di un essere umano ed è stato difficile provare l'esperienza della comunicazione reale."

"Quindi l'esperienza la farai qui?"

Si rese conto che Sofia la ascoltava solo per cortesia. Le possibilità della comunicazione interspecifica non entusiasmavano tutti.

Roberto spense il fuoribordo e ormeggiò la barca accanto a un lacero tricolore italiano annodato a una piccola boa. Lena indossò la muta. Roberto le controllò gli strumenti di misurazione. Sofia entrò in acqua per prima, seguita da Lena; il mare era fresco e setoso sulle sue gambe nude. Si immersero lentamente per sette metri, seguendo la catena di ancoraggio della boa nell'acqua cristallina. Un piccolo banco di pesci passò accanto a loro, poi un minuscolo cavalluccio marino.

Sofia le toccò il braccio e indicò. Sotto di loro, una cupola simile a un pallone traslucido era ancorata al fondale marino. Sofia sganciò un chiavistello ed entrarono da un cancelletto nella rete d'acciaio sotto la cupola. Risalirono a nuoto verso l'aria intrappolata nella parte alta della struttura. Sofia sbarrò il cancello dall'interno.

Appena fu con la testa fuori dall'acqua, Lena si tolse di bocca l'erogatore. L'aria era umida – la condensa scorreva lungo le pareti della cupola e le copriva la maschera di goccioline – e aveva il verde odore pungente delle piante giovani. File di ripiani sopra il livello dell'acqua ospitavano dozzine di piante da vaso sane, fagioli e fragole e molte altre a cui non sapeva dare un nome.

"Adesso le piante si procurano l'ossigeno da sé," disse Sofia. "All'inizio dovevamo pomparlo nelle cupole."

Ora che potevano discutere normalmente, le chiese del cancello sul fondo della rete.

"Non sono i ladri umani a preoccuparci. Ma le creature marine trovano questo posto affascinante. E alcune di loro adorano fare merenda con le nostre piante."

"Delfini?"

Sofia rise. "Può darsi. Ma guarda laggiù, c'è un granchio aggrappato alla rete. Farebbe grossi danni se potesse entrare. Oh! Ed ecco un polpo che è venuto a mangiarselo per pranzo."

"*Octopus vulgaris*," disse Lena. Alcuni ricercatori a Hilo studiavano i cefalopodi, creature interessanti, ma troppo aliene per chi nel cuore aveva i delfini.

Nella cupola c'era poco spazio: era abbastanza grande da dimostrare che coltivare piante sott'acqua era possibile ma era senz'altro scomoda per più di due umani alla volta. La novità di guardare Sofia e Roberto che si occupavano delle coltivazioni dopo un po' venne meno. Lei non era una coltivatrice, era una linguista. Solo che in quel momento non lo era.

"Vi dispiacerebbe se uscissi a dare un'occhiata fuori?" chiese.

"In subacquea da sola?" disse Roberto. "È una cosa che fanno gli americani?"

"Non proprio, ma non andrei lontana…"

"Non lo consiglio!"

"Faccio immersione fin da quando ero piccola, nelle Hawai'i."

Sofia si voltò, con le braccia piene di propaggini vegetali. "Roberto, qui non è così tanto profondo."

"*Madonna mia! Gli americani!*"[1] disse brusco Roberto.

"Stai alla larga dalle cupole," la avvertì Sofia. "La maggior parte non è sicura. E tieni d'occhio l'ora. Non restiamo molto oggi."

Si sistemò la maschera, si infilò sotto i ripiani e uscì dal cancello nella rete. Scivolò attraverso un alto banco di alghe laminarie, guardando i cavallucci marini allontanarsi.

Qualcosa le toccò la gamba.

Colta di sorpresa, vide il tentacolo grigio ricoperto di ventose scorrerle sulla coscia, una sensazione che le diede un formicolio sulla pelle. Cercò di districare la gamba dalla presa del polpo, ma lui sembrava deciso a restare aggrappato. Un altro tentacolo si allacciò al suo braccio nudo. Ora sentiva la forte suzione delle ventose. Scrollò il braccio e la creatura lasciò andare; scalciò con forza e scattò verso la cupola abbandonata che si stagliava davanti a lei. Frotte di pesci gremivano la struttura e le loro squame balenavano nelle fumose colonne di luce solare. La cupola era invasa dai cirripedi e dalle erbe di mare.

Il polpo la raggiunse e le avvolse un tentacolo intorno al polpaccio, mentre i cromatofori nella sua pelle si accendevano di colore a imitazione della pelle marrone di Lena. Da cima a fondo, doveva essere lungo ben più di mezzo metro, il corpo a forma di bulbo e otto tentacoli, pupille rettangolari. Lei colpì il tentacolo e liberò la gamba. Il polpo guizzò via.

La cupola in rovina era incrinata, e l'acqua al suo interno torbida. Anche l'aria intrappolata nella parte superiore della cupola doveva essere pessima. Dei pezzi di metallo

---

1 In Italiano nel testo originale.

caduti dalla struttura giacevano sul fondale marino o incastrati tra le catene dell'ancora, il cancello arrugginito della rete sul lato inferiore pendeva aperto dai cardini. Ricordando l'avvertimento di Sofia, non aveva alcuna intenzione di entrare nella cupola.

C'era qualcosa all'interno, una forma vaga, confusa, al livello di ciò che restava dei ripiani, appena sotto la linea dell'aria. Attraverso l'acqua fangosa era difficile distinguerla. Premette la maschera contro la cupola e strinse gli occhi. C'era di sicuro qualcosa dentro – una forma un po' allungata, grigia…

Era scomparso un piccolo, le aveva detto l'impiegata di *DolphinAdventures*.

Il cuore le picchiava nel petto. Ma come aveva fatto a entrare, e perché adesso non poteva più uscire? Era vivo? Doveva fare qualcosa. *Pensa!* Si disse

Ma certo. Pensa.

Respirò più volte lentamente per rilassarsi, liberò la mente dal brusio e si concentrò. Non era così che si faceva! Ma non c'era tempo di cominciare dall'inizio, di preparare flashcard e organizzare ricompense; se era ancora vivo, era in pericolo. Il cuore le picchiava nel petto. L'agitazione e il nervosismo rendevano le cose più difficili – sulle prime non le riuscì altro che un'accozzaglia di immagini confuse. Ma dopo un po' le ore di pratica in laboratorio presero il sopravvento. Era molto simile alla meditazione. Liberata la mente, l'immagine che stava formando divenne più chiara: il cancello aperto della cupola e un delfino che lo attraversava. Seguì il protocollo che le era stato insegnato per attivare il microchip, toccando con la lingua un punto del palato. Una lieve fitta di emicrania alla tempia sinistra, subito passata, fu l'unica sensazione del funzionamento dell'impianto neurale.

Non accadde nulla.

Perché non si liberava? Sarebbe dovuta entrare ad accertarsi che fosse ancora vivo. Precisamente quello che era stata ammonita di non fare – ma non poteva certo lasciar lì il piccolo di delfino senza controllare.

Riapparve il polpo, sospeso in acqua appena sopra la sua spalla, con un tentacolo sul cancello della rete. Schizzò dentro la cupola davanti a lei. Lena afferrò il lato inferiore della cupola e si issò per metà dentro, dove l'acqua era troppo torbida per vedere bene. Allungò le braccia più che poteva e arrivò a toccare il delfino. Lui non si mosse. Era quasi verticale, con lo sfiatatoio appena alla superficie dell'acqua sporca, e fin troppo immobile.

Eccola. Una leggera increspatura nell'acqua come se dallo sfiatatoio fosse sfuggita dell'aria. Vivo – ma per quanto ancora? Le riserve d'aria nella cupola erano viziate, senza filtri o piante a rinnovare l'ossigeno.

Diede una spintarella all'animale, ma sembrava incastrato. I movimenti erano difficili in quello spazio buio ostruito dai resti di attrezzature rotte e scartate, dai grovigli di materiale vegetale in decomposizione. Il suo cuore accelerò i battiti. Per la prima volta da quando aveva imparato a nuotare sott'acqua, soffriva di claustrofobia.

Che cosa ti blocca, piccolo? Proprio brava, come comunicatrice interspecifica! Si costrinse a calmarsi e formò un'altra immagine, un delfino che nuotava libero. Qui era molto più difficile da fare, rispetto a come sembrava nella sicurezza del laboratorio.

Niente. Era arrivata troppo tardi. L'animale stava morendo.

Il polpo allungò un braccio sul corpo del delfino, poi scivolò sulla pelle dell'animale dando a Lena l'idea di un dottore che studia una ferita. Per un secondo si intrufolò sotto il delfino e sparì alla vista. Poi riapparve in gran fretta, facendo ondeggiare tutte e otto le braccia, mentre sul suo corpo i colori mutavano senza sosta. Ignorando il pericolo, Lena si issò per intero all'interno della cupola e stese una mano verso il delfino, esplorando con le dita la pelle liscia. Uno spesso segmento di cavo di scarto, servito a fissare i ripiani dove sarebbero dovute essere le piante, si era impigliato a una pinna pettorale. Poteva vedere dove il delfino aveva lottato, nel tentativo di liberarsi, ma riuscendo soltanto a conficcarsi il cavo più a fondo nella carne. Difficile dire da quanto fosse intrappolato, ma occorreva fare qualcosa al più presto, o gli sarebbe mancata l'aria.

Quello che le serviva era un tagliacavi, ma non aveva altro che un coltello subacqueo con una lama in titanio da dieci centimetri. Lo sganciò dalla sua cintura da immersione. Con cautela, iniziò a sfilacciare il cavo con il coltello, non volendo ferire il delfino. Un lavoro che richiedeva tempo.

Tempo! ricordò. Quanto era stata là sotto? Non poteva fermarsi proprio ora.

Per fortuna il vecchio cavo era quasi marcito e si ruppe senza troppi sforzi. Lo estrasse con cura dalla pinna ferita. *Vai!* Pensò, e si concentrò il più possibile su un'immagine del cancello della cupola.

Il delfino rabbrividì, poi sfilò lentamente dalla parte della coda verso il cancello aperto.

Lena sentì un'ondata di euforia e sollievo. Aveva avuto ragione a credere nella comunicazione con i cetacei. Si poteva fare. *Lei* lo poteva fare! Il futuro le prometteva possibilità infinite. Si immaginò mentre strabiliava la commissione di dottorato con i suoi risultati – magari proprio con questo delfino.

Tremando per il residuo di tensione, rinfoderò il coltello nella guaina e seguì il delfino fuori dalla cupola.

Adesso vedeva chiaramente la pinna ferita e si rese conto che doveva riportare il povero piccolo dal veterinario di *DolphinAdventures*. Ma trasmetterlo per immagini sarebbe stato troppo complicato; dubitava che un delfino selvatico avrebbe riconosciuto il concetto di veterinario. Fece un compromesso, e si concentrò sul formare una semplice immagine del muretto in riva al mare vicino a dove i sub e i delfini si incontravano.

Non accadde niente. Fece un respiro profondo, svuotò la mente e riprovò.

Il risultato la sbalordì. Il giovane delfino guizzò via, dimenando furiosamente la pinna caudale E il polpo le cozzò contro la testa con una violenza tale da tirarle via la maschera.

Sofia e Roberto erano fuori dalla loro cupola e riempivano di vegetali i sacchi di rete per il viaggio di ritorno, quando Lena arrivò. Non ci fu modo di conversare finché non furono risaliti alla barca ormeggiata e poterono togliersi le maschere.

Raccontò loro del salvataggio. "Credo che sia il piccolo di cui avevano perso le tracce. Avevo sperato di poter lavorare con lui quando si fosse ripreso. Voglio dimostrare che una vera comunicazione con i delfini è possibile. Non solo agitare le mani e usare i fischietti come fossero cani."

"Sono creature selvatiche," tagliò corto Roberto. "Libere di nuotare lontane dagli uomini."

"Roberto," disse Sofia. "Lena non gli farebbe del male. Vuole soltanto esplorare possibilità future."

"Non ha più importanza, tanto dubito che mi ricapiterà l'occasione."

"Ti verrà in mente qualcosa," disse Sofia.

Guardò con aria cupa l'acqua oltre la fiancata della barca, dove i delfini avevano nuotato accanto a loro solo quella mattina. Era da stupidi restare aggrappati ai concetti infantili di *ohana*. I delfini erano solo una specie tra le tante; non esistevano legami speciali. Forse avrebbe dovuto ascoltare il suo tutor e andare a San Diego dove avrebbe fatto conoscenza con i pronipoti di Flipper in tutta sicurezza.

Qualcosa si agitò in acqua e lei strinse gli occhi contro il bagliore del sole per vederlo.

Il piccolo polpo li stava seguendo. Comportamento strano, no? Che genere di cervello aveva un cefalopode? Un polpo ne aveva nove, si ricordò, uno nella testa e uno per ogni braccio. Uno di quei cervelli era cosciente? O tutti? Avevano ciascuno pensieri diversi? I ricercatori sapevano da decenni che quelle creature erano un esempio di evoluzione cognitiva avanzata, con un sistema di comunicazione che gli umani non erano riusciti a decifrare. Aveva sentito gli aneddoti, le relazioni preliminari, ma era troppo concentrata sui delfini per fare attenzione. Già era difficile immaginare come pensava una qualsiasi creatura marina, anche i mammiferi. Cercare di comunicare con nove cervelli insieme non sarebbe stato facile come parlare per immagini. Sarebbe stato come comunicare con gli extraterrestri.

Non poteva funzionare.

O forse sì?

Si sporse più avanti che poteva sull'acqua e lasciò che la mente si svuotasse dai pensieri. Decenni prima, gli etologi avevano deciso che la consapevolezza di sé era lo standard aureo per dimostrare il possesso di una coscienza. Sarebbe stato un inizio. Lentamente, costruì un'immagine del polpo stesso.

Il risultato fu istantaneo. Il polpo schizzò via, lontano dalla barca, si girò e sfrecciò indietro, il corpo trasformato in un caleidoscopio di colori. Tenne il passo della barca mentre si dirigevano a riva, e se ne andò solamente quando raggiunsero il muretto sull'argine. Sembrava proprio che il polpo avesse ricevuto la trasmissione.

La sua formazione scientifica prevalse. I risultati dovevano essere ripetuti per contare. Sarebbe stato molto più arduo che lavorare con i delfini, dove da parte dei cetacei c'erano secoli di storia di disponibilità alla cooperazione. Eppure quanto più gratificante poteva essere affrontare un problema così difficile! Comunicare con tutte quelle menti in una sola creatura avrebbe forse richiesto la collaborazione di un fisico quantistico abituato a pensare molte versioni della realtà.

Conosceva proprio la persona giusta.

"Credo che andrò a casa," disse a Sofia.

Improvvisazioni su un richiamo oceanico

Rochita Loenen-Ruiz

Rochita Loenen-Ruiz è una scrittrice filippina residente nei Paesi Bassi. È diplomata al Clarion West Writing Workshop ed è stata insignita dell'Octavia Butler Scholarship Award per il 2009. Nel 2018 ha ricevuto la Borsa di studio Milford Writers of Colour (BAME). Le sue opere sono apparse in svariate pubblicazioni online e a stampa, compresi Weird Tales Magazine, Clarkesworld Magazine, Lightspeed, Interzone *e le antologie* The Philippine Speculative Fiction *e* Ruins and Resolve. *Sta lavorando al suo primo romanzo.*

Liwan è una rockstar. Se lo chiedi ai suoi fan, è così che la vedono. Mentre l'anno ciclico volge al termine e il raduno annuale dei mammiferi degli abissi marini si avvicina, le locandine promozionali sono ovunque.

Liwan, figlia di Umwi, si esibirà al raduno in coppia con Ha'wi, figlio di Bag'wi.

La locandina fa parte di una serie di grafiche realizzate dai fan: colori psichedelici che si espandono e si ritirano intorno all'immagine di un delfino festoso e una balena che ride.

A volte mi chiedo quanto capisca il grande pubblico della musica e della danza, per non dire il contesto e quello che rivela sui rapporti tra i variegati branchi di cetacei e sulle nostre storie condivise.

Ecco Valari, crooner di spicco tra le Orche.

So che potrei essere criticata per averli presentati nel modo più vicino ai loro nomi che sia pronunciabile nel linguaggio umano. Per ogni persona che vede i mammiferi degli abissi marini come individui con certi diritti, c'è un gruppo di persone più ampio che li vede come oggetti di adulazione. Quando mi prendono i sensi di colpa, mi dico che se non fosse stato per la pubblicità e per le nostre trasmissioni periodiche sul benessere di balene e delfini, sulle comunicazioni interspecifiche e sui raduni musicali delle acque profonde, non saremmo mai arrivati così lontano nella lotta per i diritti dei cetacei.

Quest'anno porterò un numero scelto di partecipanti nel Noctilus fino a toccare il limite della zona di mezzanotte, dove potranno vedere e ascoltare e sperimentare tutto quello che succede quando i cetacei prendono il ritmo.

Ispirata alla cassiopea mediterranea, la navetta subacquea è stata progettata appositamente per i frequentatori di concerti che vogliono qualcosa di più dell'esperienza da spettatore. Abbiamo dotato il veicolo di dodici bozzoli individuali realizzati con un materiale gelatinoso a base vegetale che simula un utero. È al tempo stesso una protezione e la cosa migliore che siamo riusciti ad avere per simulare la vulnerabilità umana nell'acqua.

C'è voluto un anno intero per completare i test sul Noctilus, ma sono certa che farà precisamente quello per cui è stato progettato.

Il nostro pubblico sarà direttamente in acqua, proverà che cosa vuol dire nuotare insieme ai mammiferi degli abissi marini in un modo molto simile a chi pratica apnea.

Allungo la mano – eccolo, il primo indizio che in me c'è qualcosa di diverso dagli altri umani. Mi è servito del tempo per arrivare ad accettare ciò che sono, ma ora penso di essere pronta. Penso di poter rientrare nell'oceano. Posso tornare indietro e ripresentarmi davanti a Liwan e al mio branco.

Cinque giorni al concerto, Base Gyges, N 18°39'41.0" E 121°35'27.0"

L'aria è carica d'attesa e io so di trasudare agitazione perché tutti quelli che tocco diventano tesi o estatici. Per darmi una calmata, mi sono nascosta nella cabina di mia mamma a sfogliare i suoi file e curiosare tra i suoi archivi video.

In questo file ho quattro anni. Mia mamma è sullo sfondo.

"Ayessa," dice. "Torna in orario, okay?"

Si batte un dito sul polso come per sottolineare quello che sta dicendo.

Il fatto è che avrebbe dovuto saperlo, a quel punto, che io non percepivo il tempo come faceva lei. Quando ho compiuto quattro anni, c'erano prove più che sufficienti che la scelta di mia nonna di sottoporsi alla manipolazione genetica era giunta a compimento in me.

Non so davvero per quanto ne abbiano discusso, ma a quattro anni io non sapevo niente di questioni e dilemmi etici, né mi interessavano. Vivevo su una stazione circondata da adulti che erano tutti impegnati a studiare l'oceano e chi ci viveva dentro. A volte l'oggetto dei loro studi ero io, ma essere studiata faceva parte della mia vita e in fondo era logico che mi studiassero, se anche Madre Umwi e il nostro branco erano materia di indagine.

"Ys," il richiamo di Madre Umwi risuona attraverso l'acqua.

Su uno schermo, una balena salta fuori dall'acqua e si esibisce in una capriola prima di tuffarsi di nuovo dentro l'oceano.

Io dondolo le gambe sul bordo. Non si può vedere da questa angolazione, ma quando saluto verso la telecamera si nota chiaramente dove la mutazione ha avuto i suoi effetti.

"Ciao mamma," dico.

Una bolla sfugge dalla membrana tra le mie dita mentre soffio come per mandarle un bacio e svanisco nell'abisso.

Mi appoggio allo schienale della sedia e soffio in aria.

Mia madre e io abbiamo vissuto su questa base per sedici anni. Già nel 2030 era stato creato il prototipo degli arcipelaghi semoventi, sotto forma di placche interconnesse e sistemate su una superpiattaforma capace di spostarsi con l'alta e bassa marea dell'oceano.

C'è voluto un altro paio d'anni prima che il prototipo diventasse una realtà abitata. Costruito per fini di ricerca, il nostro arcipelago è stato occupato da scienziati, ingegneri, sognatori e un essere mutante (io). È stato anche acquisito e finanziato da un'organizzazione ombrello sostenuta da diversi conglomerati, tutti con un bisogno incalzante di esplorare e capire gli abissi marini.

Le istruzioni di mia madre erano di studiare gli schemi di comunicazione tra cetacei. Balene, delfini, focene… era la sua specialità. Restava seduta per ore a fare registrazioni, prendere appunti, analizzare segnali e combinazioni di frequenze, inviando le proprie trasmissioni. Non ricordo la prima volta che siamo andate a fare apnea, ma il mio più antico ricordo del branco è di loro che girano intorno a mia madre e me.

Mi tornano ancora in mente i suoni incerti che emettevano verso di noi. Un brivido di calore mi risaliva lungo la spina dorsale e viaggiava in tutto il mio corpo. La voce di Madre Umwi che mi chiamava con toni che sapevano di benvenuto e di famiglia.

Non so per quanto tempo sia rimasta di sotto con il branco. Non mi sono neanche accorta di mia madre che risaliva in superficie e poi tornava giù per stare con me.

"Ti vedono come una di loro," ha detto poi mia madre. "È un dono, Ayessa."

"Ys," ricordo di averle detto.

"Cosa?"

"Ys," ho ripetuto. "È così che Madre Umwi mi ha chiamata."

Suppongo che non sia rimasta granché stupita. Era logico che io li capissi, proprio come loro sembravano capire me.

Mi chiedo che cosa avrebbe fatto se le scelte di mia nonna si fossero manifestate appieno in lei, invece che in me.

La decisione d'impulso di mia nonna era stata una fortuna o una disgrazia? Lei se n'era mai pentita? Non ho mai potuto chiederglielo, perché quando sono diventata abbastanza grande da pensare di farle le domande giuste, lei non era più con noi.

Il fatto è che gli umani hanno sempre analizzato il comportamento dei cetacei. Ci piace sovrapporre le nostre interpretazioni a quello che succede quando si radunano, o a quello che vuol dire quando ci invitano nelle loro cerchie. Annotare i loro canti e ripeterglieli – non vuol dire che abbiamo decifrato il codice. Non vuol dire che stiamo parlando con loro o che li stiamo ascoltando come loro vogliono essere ascoltati.

Base Cottus, S 31°34'42.7" E 171°28'28.6", tre giorni al concerto annuale.

Sto sfogliando i miei appunti per il concerto e dando gli ultimi ritocchi a quello che ho scritto. In parte sono cose note. Per esempio, le megattere e i capodogli incroceranno il percorso di orche, balene e delfini dal naso a bottiglia tra fine autunno e inizio inverno, e spesso questi incontri si trasformano in veri e propri concerti con tanto di volteggi e danze.

Anche se io di quando in quando fornisco una traduzione simultanea, certi schemi sono prevedibili. Scambi di informazioni, morti e nascite, possibili pericoli, saghe e avventure del branco, la creazione di nuovi legami e l'affermazione di quelli vecchi, tutto questo fa parte del rituale annuo. Ci sono ovvi momenti di scambio musicale quando i cetacei condividono certi pensieri che evidenziano ricordi memorabili. Prendono un tema, ci improvvisano su, a volte lo fissano e includono nel repertorio di ciascun branco a seconda se le idee condivise facciano presa o meno.

Le nostre prime trasmissioni dal vivo erano incentrate sugli incontri tra i branchi, ma quest'anno trasmetteremo una diretta dal piano batiale proprio nel momento in cui le nostre balene e i nostri delfini ci entreranno. Abbiamo scoperto che i saluti via sonar e l'attività che ne consegue fanno talvolta da sprone per i curiosi abitanti degli abissi. Il plancton, i funghi marini e le meduse fluorescenti prorompono in una danza di luce che ricorda la consuetudine che avevano gli umani di lanciare fuochi d'artificio in cielo. Con un po' d'aiuto da parte dei banchi di meduse, speriamo di tenere vivo lo spettacolo di luci fino alla fine dell'intero concerto.

Durante lo spettacolo di luci avremo intermezzi di danze e canti da parte dei vari branchi e, stavolta con l'uso dell'interfaccia, trasmetteremo un tema che abbiamo deciso insieme e se saremo fortunati potremo sentire la loro risposta.

Mi gratto nervosamente la pelle dell'avambraccio. Sono stata sulla terraferma per troppo tempo e non sono nemmeno sicura che questo sia il modo giusto di procedere. Mi dico che devo farlo e basta. Che serve soltanto quest'unico passo.

"Dovresti provarci," ha detto mia madre l'ultima volta che ci siamo parlate. "Dovresti provare a riallacciare i contatti con loro."

"Tu non capisci," ho risposto. "Non sono più Ys. Non sono più quella che ero prima."

"Saranno felici di rivederti," ha detto.

Nel suono della voce di mia madre sentivo l'eco di quella di Liwan. Mi ricordo di quando ho ripreso i sensi sulla superficie dell'acqua, la faccia rivolta al cielo, e mi sentivo come se una mano enorme mi schiacciasse così forte da portarmi via la vita, e Liwan che mi sussurrava perdono all'orecchio insieme a un potente comando di risvegliarmi e vivere.

Spengo il ricordo e mi concentro sul prossimo compito.

Estate 2046, Base Gyges
"Sai che cosa piace ascoltare alle balene?"

Avevo letto alcuni vecchi articoli sui primi tentativi di comunicare con i cetacei e avevo ascoltato le clip musicali usate al tempo dai ricercatori.

"Che cosa piace ascoltare alle balene?" dice mia madre.

So che è un riflesso automatico e non mi sente davvero. Sono abituata a mia madre in modalità da lavoro, ma in questo giorno particolare la me stessa sedicenne non può sopportare che non mi dedichi la sua completa attenzione.

"Mamma," dico.

"Zitta," risponde. "Ci sono quasi."

Le sue parole fanno scattare qualcosa dentro di me ed emetto un suono simile a quello di Madre Umwi quando rimprovera uno di noi perché non le presta attenzione.

Questo la risveglia dalla sorta di trance in cui si era rintanata.

"Ayessa!"

"Non mi stavi ascoltando nel modo giusto", dico.

"Stavo cercando di trascrivere un motivo particolare," ribatte. "Adesso l'ho perso."

"Le balene come i Doors" mi lascio sfuggire.

"Eh? Cosa stai dicendo?"

"I Doors," strillo. "E i Rolling Stones e Sting."

"Ayessa!"

Strillo contro di lei.

C'è un torrente di fuoco nel mio corpo e non riesco a placarlo.

"Smettila di parlarmi in balenese," dice mia madre. "Torna subito qui, signorina."

"Non sono una signorina," strillo. "Non sono nemmeno propriamente umana."

Il mio corpo sembra sul punto di andare in fiamme. Solo l'acqua mi calmerà. Solo l'oceano mi placherà.

"Ayessa."

Faccio finta di non sentirla. Tutto ciò che sento è il richiamo degli abissi. Sono travolta da una febbre di impazienza e non mi fermo a pensare che a quest'ora del giorno il mio branco potrebbe non essere nei paraggi per sentirmi quando lo chiamerò.

Le balene si immergono a fondo.

Ci sono state ricerche sufficienti a stabilire dei paralleli tra la fisiologia dei cetacei e la nostra.

Crescendo con l'ombra della madre del branco accanto a me, attorniata da una cerchia di zie, fratelli e sorelle, cugini, nipoti, c'è sempre stato qualcuno pronto a sospingermi in superficie se mi avvicinavo troppo a quella che il branco considerava una profondità pericolosa per me.

Guidata da impulso a cui non sapevo dare un nome, ho lanciato un richiamo mentre scendevo. Per la prima volta, ho sentito il peso dell'acqua che mi schiacciava. Ho sentito il freddo filtrare nelle mie vene e ho visto le tenebre allargarsi fino ad accogliermi. Il battito del mio cuore ha rallentato, il mio corpo è diventato freddo.

Non ho un chiaro ricordo di cosa sia successo dopo.

Mia madre ha detto che devo essere diventata più sensibile a certi stimoli meccanici e questo potrebbe aver scatenato qualcosa di simile a un attacco di panico.

Avevo letto qualcosa sulle reazioni dei cetacei a certe frequenze e su come la presenza umana nell'habitat naturale dei mammiferi marini possa avere gli effetti più negativi. Ma mi sono rifiutata di stare a pensarci troppo perché quello che leggevo mi rattristava. Balene che si spiaggiano a gruppi, che muoiono sulla riva, soffocate a morte dal peso dei loro stessi corpi.

A quanto pare, la mia reazione è stata di scendere più giù, dove pensavo di poter trovare silenzio. Ho dato voce alla mia disperazione prima che la tenebra e il freddo avessero la meglio su di me.

Il mio salvataggio è stato ripreso dalla diretta della Base Gyges e il video è diventato virale.

Eccomi, mentre scendo in picchiata come un missile verso il punto dove la luce annega nell'oscurità. Posso indicare il momento esatto in cui perdo i sensi perché proprio allora l'ombra di Madre Umwi emerge da sotto di me, proprio allora si gira e mi fionda verso l'alto, lontano dalle tenebre che si annidano laggiù.

Mi prende in groppa e mi porta in superficie, dove Liwan mi afferra mentre Madre Umwi sprofonda sotto le onde.

Ci sono delle ragioni logiche per cui non ce l'ha fatta. Era la nostra matriarca, ma aveva già vissuto per otto decenni interi. Il riflesso di panico che l'ha spinta a immergersi in tutta fretta dietro di me e riaffiorare con la stessa rapidità le ha procurato l'equivalente di quella che per noi è la sindrome da decompressione.

Era la sua ora.

Il video mostra il branco che forma un cerchio intorno a me, mi rivolge i suoi canti, tenendomi in superficie con le pinne fino a quando compare la barca di salvataggio.

Le balene mi hanno salvata. Liwan e il branco si sono guadagnate un seguito di ammiratori.

Sono stata in coma per sei mesi.

Mia madre mi ha detto che a volte aprivo gli occhi e chiamavo, poi ricadevo nel buio e dormivo.

"Il tuo corpo ne aveva bisogno," ha detto.

Credo di aver sentito Liwan cantare mentre ero immersa in quel sonno profondo. Credo di aver sentito il branco piangere la perdita di Madre Umwi. Ho sognato il suo corpo che cadeva. Funghi che risalivano da ogni parte intorno a lei per farle da ali. Imprigionata nelle tenebre, prendevo anch'io parte al loro lutto.

Quando mi sono svegliata, i dottori mi hanno detto che non c'era ragione per cui non potessi tornare a immergermi negli abissi. Volevo crederci, ma ogni volta che ci provavo mi ritrovavo ad affondare. Incapace di nuotare, incapace di galleggiare, incapace perfino di emettere un singolo suono.

C'è voluto tempo per sviluppare il Noctilus, per mettere a punto l'interfaccia.

Ha aiutato il fatto che il team avesse in me la cavia perfetta. Fuori dal bozzolo, non potevo nuotare e nemmeno galleggiare, ma avvolta nella protezione dell'involucro gelatinoso potevo immergermi e sentire ancora il calore dell'abbraccio dell'oceano.

Mia mamma diceva che continuavo a procrastinare. Scuoteva la testa per quella che chiamava "la mia pazzia".

"Credi che al tuo branco interessi qualcosa di fama e popolarità?" diceva. "Però guarda, tu fai quello che credi di dover fare, finché finalmente capirai cos'era che Madre Umwi voleva che capissi."

Nei miei sogni, vedo Madre Umwi. Sento il suo richiamo e avverto la sua presenza ovunque intorno a me.

"È un ciclo," dice Madre Umwi. "Scendiamo nell'abisso. Scegliamo. Amiamo. Restituiamo quello che ci è stato dato. Cosa più importante, Ys, ci siamo e basta."

So che non potrò mai spiegare a parole che cosa intendeva. I miei geni di cetaceo mi hanno permesso di passare del tempo con il branco, e l'esserci, il crescere con loro, l'avere imparato chi erano e quello che avevano da tramandare mi ha cambiata.

Il dolore irrompe dal mio cuore e io mi sveglio in lacrime nel buio, conscia di essere sola.

Cavolo. Mi manca il branco. Mi manca Madre Umwi. Mi manca la mia sorella di branco, Liwan.

Liwan è una rockstar.

Rido dell'immagine che ho creato per lei. Cavolo. Volevo soltanto raccontare una storia. Volevo soltanto che il mondo capisse che non possiamo semplicemente continuare a vivere come abbiamo sempre fatto. Che ci piaccia ammetterlo o no, loro che vagano negli abissi marini sono legati e connessi a noi. L'unica cosa a separarci è un semplice anello nella catena evolutiva.

Albeggia, e le condizioni sono perfette. Non c'è modo di predire quando o dove verranno, o anche quando comincerà il concerto, ma sento nelle ossa che accadrà oggi.

Abbiamo il tempo di preparare i partecipanti e sistemarli nei loro bozzoli. Vincere la paura è il primo passo dell'esperienza. Superato quel momento, l'interfaccia assume il controllo. Il transfer consente ai partecipanti di associarsi alla flotta di cetacei. Sentirli come loro sentono noi, conoscerli come vogliono essere conosciuti.

Guardo fuori sopra la distesa d'acqua e penso ai branchi di balene e delfini e orche che saltano fuori dall'acqua e cantano. Senza mai smettere di condividere le conoscenze e rinforzare i legami, trovano anche il tempo di rilassarsi e celebrare l'esserci. Potremmo imparare così tanto da loro.

"Ayessa," mi volto al suono della sua voce.

Era ovvio che sarebbe venuta. Mia madre non poteva perdersi questo momento. Per niente al mondo.

Quando mi stringe a sé, mi rendo conto che il tempo ha avuto effetto anche su di lei.

Oltre a dove arriva il mio sguardo, Liwan salta fuori dall'acqua. Anche da terra, posso sentire il suo richiamo raggiungermi.

"Ys," dice mia madre. "Sii, e basta."

Inverno, Base Gyges, 2039

"Dove vanno le balene quando muoiono?"

Ho nove anni quando faccio questa domanda. Una delle matriarche anziane non è tornata con il branco e Liwan mi ha detto che hanno eseguito il canto funebre delle balene per nostra zia.

"Dipende," dice mia madre. "Le balene ritornano all'oceano proprio come gli umani ritornano alla terra. I loro corpi diventano una ricca risorsa. Non solo nutrono altri abitanti dell'oceano, ma nel profondo degli abissi un nuovo habitat sorge dai resti della balena e questo a sua volta può portare alla nascita di nuovi organismi."

"Quindi, se morirò," dico, "anche il mio corpo nutrirà l'oceano?"

"Ayessa."

Vedo che la mia domanda l'ha turbata. Non ho bisogno dei miei sensi extra per sapere che sta trattenendo le lacrime.

"Scusami," dico.

"No," risponde. "È una domanda del tutto legittima. È solo che non mi piace pensare alla tua morte, né ora né mai."

Adesso mi chiedo se mia madre sapeva che un giorno avrebbe dovuto lasciarmi per sempre al mare.

"Tornerò da te," dico.

"Sì. Ne sono certa."

Mi sorride ed è come se fossimo tornate a quel momento in cui ho quattro anni.

Giorno del concerto, Base Cottus

In piedi sul bordo della piattaforma, guardo il Noctilus che scende e scompare dalla mia vista. So esattamente cosa proverà ognuno dei partecipanti. Un leggero senso di panico, poi sicurezza, poi euforia mentre l'acqua si chiude intorno a loro e sentono l'abbraccio dell'oceano.

Ho comunicato al team la mia decisione e dopo un breve dibattito hanno accettato la mia proposta. Mia mamma prenderà il mio posto in uno dei bozzoli e loro potranno trasmettere in diretta il mio ritorno al branco.

Scendere dalla piattaforma è semplice. Il mio corpo intero si apre e tutto quello che sono ricorda com'è davvero essere liberi. L'abisso è caldo e luminoso e pieno di luci accoglienti e appena più in là, li sento chiamare.

"Ys."

Il mio nome riecheggia attraverso l'acqua come una risata e lei è proprio lì accanto a me. Mi volto e mi stringo a Liwan mentre risale dalle profondità e mi porta con sé dentro la luce.

Nalo Hopkinson

Nalo Hopkinson è un'autrice giamaicano-canadese. Il suo romanzo del 1998, Brown Girl in the Ring, *ha vinto il Warner Aspect per la migliore opera prima. Il suo romanzo del 2013,* Sister Mine, *ha vinto il premio Andre Norton. Ha anche ricevuto i premi Campbell, Locus e World Fantasy e il premio Sunburst per la Letteratura Canadese del Fantastico. È professoressa di scrittura creativa all'Università di California-Riverside. Attualmente sta scrivendo* House of Whispers, *una graphic novel a puntate per la Vertigo Comics, ambientata nell'universo di* Sandman *di Neil Gaiman.*

Incredulo, ho alzato gli occhi verso l'enorme mole d'acciaio bianco della nave ormeggiata al molo. "In crociera, Jerry?" ho detto. "Davvero mi porti in crociera per il mio compleanno?"

"Sì, Carlton. Smettila di stare in ansia, eh? Questa ti piacerà. Promesso."

A mio marito aveva dato di volta il cervello. Da bambini siamo cresciuti insieme guardando le navi da crociera che attraccavano sulla nostra isola e appestavano il molo con l'odore di catrame del carburante e depositavano torme di turisti esteri che avrebbero gozzovigliato per qualche ora per poi saltare di nuovo a bordo dei loro hotel semoventi fino al prossimo scalo. Noi li fissavamo, con le dita strette nei buchi a forma di diamante della recinzione metallica che impediva a noi locali di accedere al nostro stesso porto a meno che lavorassimo per la linea di crociera e potessimo mostrare dei documenti che lo provavano. Siamo cresciuti assistendo alla feroce competizione per gli indispensabili dollari dei turisti che incrostavano il porto: centinaia di banchetti che vendevano lo stesso vecchio ciarpame, bambole di plastica da due soldi e vestiti sgargianti prodotti in massa in fabbriche all'estero e timbrati col nome del nostro paese; le sbarre dentro l'area protetta per le navi da crociera dove i cocktail avevano nomignoli spiritosi e i D.J. sfoderavano il loro miglior accento americano per passare gli stessi dodici pezzi pop dove ogni riferimento a razza o classe sociale era stato censurato. *Play that funky music, biip biip*. E allora come cazzo gli era venuta 'sta idea che per il mio quarantesimo compleanno avessi voglia di passare al lato imperiale della Forza? Diventare uno di quegli stranieri svagati e scialoni che si ammazzavano di lavoro per tutto l'anno e non volevano altro che spararsi una settimana di vacanza serviti e riveriti in tutto e per tutto? Che credevano di vedere i "veri" Caraibi dal sicuro delle loro enclave? Che continuavano a riempirsi la bocca di quanto era bello qui il clima, senza vedere l'inquinamento che soffocava il molo e la povertà e la globalizzazione che soffocavano le isole che venivano a visitare?

Neanche riuscivo a odiarli. Erano solo persone, facevano le scelte che potevano nella pancia della stessa vecchia bestia, la merda di sistema che ci sta divorando il pianeta. Invece odiavo quello che rappresentavano. Solo perché adesso vivevamo all'estero non voleva dire che fossimo come loro. Avevamo dovuto trasferirci in America perché l'innalzamento dei livelli del mare e il riscaldamento globale stavano distruggendo la nostra regione, ci rubavano la salute e la speranza e la vita. Non voleva mica dire che dovevamo metterci in mostra come…

Un attimo. Le persone in coda intorno a noi, in attesa di attraversare il varco doganale della Florida per imbarcarsi. La loro pelle; nera e marrone come la nostra. Le loro voci; lo stesso accento nostro. Le loro facce; accese dall'emozione, dalla gioia.

Ho toccato Jerry sulla spalla. "Aspetta. Esattamente dove stiamo andando?"

Lui ha sfoggiato il suo sorriso segreto. "Vedrai. È una sorpresa."

Odiavo le sorprese. Grazie a lui ero diventato più scontroso ogni settimana che passava in vista di questo compleanno. Stava sempre lì a riempire una valigia dopo l'altra di cose che a suo dire ci sarebbero servite per questo viaggio misterioso. A portar via la posta dalla casella prima che io la potessi vedere.

Ci stavamo avvicinando all'ingresso del checkpoint, un argine di alte scrivanie presidiato da persone in divisa che squadravano la gente da sopra a sotto, ci esaminavano i documenti, scrutavano le nostre facce, facevano domande indiscrete, ci timbravano i passaporti. La consueta apprensione che accompagnava il varcare il confine americano da nero e da gay mi stava stringendo un nodo allo stomaco. Ho trafficato nel portafoglio in cerca del passaporto. "Il biglietto! Dov'è il mio biglietto?"

Jerry mi ha accarezzato il braccio. "Ce l'ho io, amore."

"Ma ciascuno deve tenere il proprio biglietto e documento! È sempre così!"

"Ma rilassati, eh?" Ignorando le mie proteste, ha proseguito fino alla donna bianca al checkpoint, ha appoggiato entrambi i biglietti sul tavolo davanti a lei, mi ha indicato con il pollice e ha detto: "Il suo regalo dei quarant'anni. Ce l'ho messa proprio tutta per tenere il segreto."

Lei l'ha degnato di uno sguardo di generica severità e ha teso verso di me la palma levata di una mano, accennandomi con impazienza di farmi avanti. "Prego. Il suo passaporto."

Gliel'ho consegnato, rendendo amichevole il mio sorriso. Lei ci ha osservati entrambi dalla testa ai piedi, ha scrutato le foto dei passaporti, ha illuminato con la lucina blu della torcia i nostri biglietti. Io ho cercato di vedere che destinazione c'era scritta sopra, ma Jerry si è sporto un po' più vicino a lei, ostruendomi la visuale. Lei ha consegnato a Jerry i nostri documenti e ci ha invitati a proseguire oltre una fila di macchine a raggi X.

Ho messo la valigia sul nastro trasportatore. Mi sono tolto scarpe e cintura e ho messo lì sopra anche quelle. Mi sono chiesto, non per la prima volta, a quanti anziani ebrei venissero flashback post traumatici nel compiere quel particolare rito. Ovunque intorno a noi i nostri compagni viaggiatori ridevano e scherzavano. Ho visto passare dallo scanner più di una grossa scatola di cartone piena fino a scoppiare, tenuta insieme da rotoli e rotoli di nastro adesivo. Già lo sai che se te ne vai a vivere all'estero poi quando torni a far visita gli devi riportare indietro pacchi e pacchi di roba, alla tua gente rimasta a casa. "Jerry? Dove sono quelle valigie che hai riempito per tutto il mese?"

Mi ha dato un bacetto sulla guancia. "Ci aspettano in stiva. Le ho fatte portare già da qualche giorno."

Dopo che entrambi siamo passati dallo scanner e dal riconoscimento facciale, mi sono rilassato un pochino. Prima di proseguire, ho ricambiato il suo bacio. "Sto crepando di curiosità," ho detto.

"Presto."

Noi e gli altri passeggeri ci siamo incolonnati lungo un percorso pedonale a rampe, sempre più su, spingendo/portando/trascinando i nostri bagagli. In breve tempo avevo il respiro pesante, grato che la mia valigia fosse un *hoverdeck* che si librava in aria accanto a me e teneva il passo come un cane fedele. "È una vacanza allenamento?" ho scherzato.

"Lo sai che mi piace troppo vederti sudare."

La scalata sembrava non finire più, ma probabilmente erano passati solo dieci minuti quando ci siamo trovati sopra una lunga passerella d'acciaio accanto a quella montagna galleggiante che era la nave da crociera. Da così vicino, vedevo che lo scafo non era tanto immacolato come mi era parso prima. C'erano chiazze di ruggine qua e là. Donne e uomini in calzoni neri e camicie bianche a maniche corte ci hanno accolti e guidati. "Benvenuti, benvenuti. Lieti di vedervi a fare questo splendido viaggio qui con noi." Sembrava che avessero tutti il nostro accento. Mi sono stizzito per la benigna rievocazione di secoli di servitù dei neri, imbarazzato dall'agio che provavo a stare dalla parte dei privilegiati. Sia per identificarmi come un compatriota, sia perché mi andava di farlo, mi sono lasciato andare alla familiarità dei ritmi del parlato e dei modi di fare di casa mentre rispondevo ai saluti del personale: "Com'è, signora? Io? Al solito, al solito, lo sa com'è."

Ci hanno controllato i biglietti, hanno indirizzato le persone alle loro cuccette tramite gli ascensori e le scale a prua e poppa, a sinistra e a dritta. Adesso io e Jerry stavamo esplorando uno stretto corridoio fiancheggiato da porte numerate di cuccette individuali. A quanto pareva, un tempo il corridoio era stato a pannelli. Adesso era a tubazioni a vista in acciaio, dipinte dello stesso bianco scrostato dello scafo della nave. Jerry ha visto che lo osservavo perplesso. Ha detto: "Ecco, c'è questa roba che si chiama biorock."

"Pare il nome di una band di dodicenni venuta fuori da Children's Television Network. Sorrisoni da scoprire le gengive, street dance all'acqua di rose. Lì a rappare da schifo sull'ABC e sul non giudicare le persone dalle apparenze."

"Wow. Sarà un vero spasso questo viaggio con te, sicuro…"

Mi stavo comportando da idiota. "Scusa, scusa."

In questa parte della nave le divise erano diverse. Adesso, a ogni pochi metri ci salutava una persona sorridente dalla pelle marrone con i calzoni neri e una camicia hawaiana decorata da danzatrici di hula, alberi di palma e il nome della linea di crociera. Ho sussurrato a Jerry: "È che mi sento come fossi su una piantagione navigante."

"Lo so. Fa girare le palle anche a me. Non faccio che dirmi che queste persone sono impiegati, non schiavi."

"Un villaggio turistico navigante allora."

"E siamo nel ventunesimo secolo, dopotutto." Ha sospirato. "Adesso se non altro non frustano più la manodopera."

"E allora perché mi hai portato con te in questo incubo di crociera?"

"Avevo un buon motivo. Presto ti dirò."

Eravamo arrivati alla nostra cuccetta. La porta ha scansionato le nostre facce e con un suono di errore ha fatto apparire sullo schermo di fronte a Jerry una grossa X rossa accompagnata dall'immagine danzante di un cappello a cilindro. Jerry si è innervosito dall'impazienza. "Che cazzo. Le fanno ancora così stupide che non sanno riconoscere uno con un cappello in testa?" Si è tolto il cappellino da baseball. La porta lo ha ricompensato con un enorme segno di spunta verde, ha tintinnato le note metalliche di una soca e si è aperta con un clic. *Matilda, you take me money and gone with a biip man.*

La nostra stanza era compatta e pulita, anche se le lenzuola sul letto erano un po' sottili. Avevamo anche una porta in vetro scorrevole che dava sull'oceano e un balconcino stile Giulietta dove affacciarci. Ci siamo messi a disfare le valigie.

La sirena della nave è risuonata da fuori, forte e profonda come il richiamo di un kraken. La nave ha cominciato a uscire lentamente dal porto. Emozionato mio malgrado, ho sorriso a Jerry. Gli ho dato la mano. "Ti va un giro sul ponte di coperta con me?"

'Sta dannata nave era così grande che il ponte principale aveva le vie. Con i nomi. E pure i negozi. Fornai. Caffè. Gioiellieri. Farmacie.

Qualcosa non era tanto giusto, però. Più di metà dei negozi erano chiusi e sprangati. E tutto quanto sembrava appena un pochino, come dire, trasandato. Ho detto a Jerry: "Si chiama Banana Boat, 'sta nave, o cosa? Si tengono la peggiore che hanno in riserva per i neri?"

"Presto andrà meglio."

"Sì? C'entra quella roba che stavi dicendo prima... com'è che era? Il prog rock? Il gyp rock?"

Lui ha ridacchiato. "Fuochino. Lo usano per costruire strutture marittime."

Molto in alto sopra le nostre teste, gli altoparlanti hanno sparato fuori due note. "Qui è il vostro capitano Hazel Joiner che vi parla." Sentivo lo stesso messaggio echeggiare dalle cuccette avanti e indietro per il corridoio. "La nostra velocità di crociera toccherà i trenta nodi per coprire la distanza di 964 miglia nautiche in poco più di un giorno. Siete invitati a trovarvi con me agli otto rintocchi – cioè le otto di sera – nella Sala da ballo dell'Ammiragliato, dove lo chef Gaetan Boitano e il suo staff saranno onorati di servirvi il loro ultimo pasto ufficiale qui a bordo del Cetaceo dei Mari in rotta per Falmouth, Jamaica."

"Il loro ultimo pasto? Tutto il personale della cucina si licenzia in blocco?"

"Il biorock è una cosa meravigliosa, vedi?" Mi stava portando a un ascensore. "Vieni. Su al ponte superiore." In ascensore ha proseguito: "Se metti un ponteggio in acciaio sott'acqua, e lo fai attraversare da una leggera e innocua corrente elettrica, la corrente libererà dalla ruggine ogni parte arrugginita. Poi il metallo diventerà bianco per via dei depositi di calcio."

La vista dal ponte superiore scoperto era pazzesca. Ma a chi era venuta l'idea di piazzare su una nave tre enormi piscine d'acqua dolce tipo parco acquatico? Con giochi d'acqua alti tre metri dai colori fluorescenti? Frotte di bambini ci sguazzavano dentro, strillando di gioia.

Ho guardato l'ampio ponte delle piscine, l'oceano sotto di noi, che filava via a trenta nodi all'ora. "Tutta quell'acqua, e loro fanno una spiaggia finta. Però non ci sono più spiagge ai margini di Falmouth Town." Il riscaldamento globale ha portato i supertornado che hanno eroso la sabbia fino a farla sparire. Lo scioglimento della calotta polare ha innalzato i livelli dell'oceano tanto da sommergere definitivamente moltissime delle nostre città costiere.

C'era una pedana palco rialzata con sopra una classe di aerobica in pieno svolgimento, con tanto di musica boom-chik diffusa dal petto dell'istruttore, uno dell'ultimissima generazione dei robot che fanno parkour. Anzi no, non l'ultimissima. Di tanto in tanto un rotore da qualche parte nel suo corpo si inceppava e lui si bloccava un secondo.

"Jerry, perché stiamo andando in Giamaica su questo cumulo di bulloni? Credevo che le navi non attraccassero più a Falmouth, no?"

Dovunque c'erano persone che si rilassavano sulle sdraio, mentre membri sorridenti del personale li rifornivano di snack e drink con l'ombrellino.

Lui mi ha portato alla ringhiera, il più vicino possibile alla prua. Il mare che dona, il mare che uccide, oscillava sotto e intorno a noi molti piani più in basso. "Una volta che la corrente elettrica ha depositato il calcio sulla struttura in acciaio," mi ha detto, "il corallo e le piante marine ci crescono sopra, più in fretta e più in salute di prima. Il corallo resiste allo sbiancamento, anche se l'acqua diventa troppo calda. Le ostriche che ci crescono sopra sono grasse e hanno il guscio spesso e sano. Le stelle marine smettono di sciogliersi."

"Le stelle marine si stanno sciogliendo, adesso?" ho chiesto, inorridito.

Un bambino ci ha oltrepassati correndo a zigzag e ridendo a crepapelle, mentre una donna che doveva essere sua nonna lo inseguiva gioiosa.

Jerry ha ripreso: "Se crei una barriera corallina galleggiante in biorock di fronte a un'altra che sta morendo e a una spiaggia erosa, questa aiuterà a filtrare gli agenti inquinanti dell'acqua. E agisce da freno quando sopraggiungono le mareggiate. Attutisce il moto ondoso e deposita sabbia. Ricostruisce da zero la spiaggia, Carlton! Spiagge e barriere coralline nuove e pulite. E la cosa migliore sai qual è? Qualche mese appena e già si vede la differenza. Serve soltanto un manciata d'anni per riparare i danni, per pulire i mari. Riavremo la nostra Falmouth!"

"Siamo in vacanza lavoro, allora?" ho scherzato. "Ti metterai a farmi posare reti da pollaio nell'acqua melmosa fuori Falmouth?"

Lui si è sporto in fuori e ha indicato. La sua faccia era illuminata dalla gioia quanto quelle dei nostri compagni di viaggio. "Carlton, guarda." Distesa in una linea diagonale accanto a noi c'era una fila di navi da crociera arrugginite, tutte rivolte verso la nostra stessa direzione.

"Che succede?" ho chiesto.

"Sono tutte navi vecchie," ha risposto. "Acciaio vecchio. Ora di ritirarle. Quando sbarcheremo a Falmouth, le navi faranno dietrofront e getteranno l'ancora appena oltre la barriera corallina morta, quella stessa barriera corallina che la linea di crociera ha polverizzato per farci un porto. Affonderanno le navi appena sotto la cresta dell'acqua. E cominceranno a farci scorrere dentro un'innocua corrente elettrica. Adesso lo capisci cosa sta succedendo?"

Ho trattenuto il fiato, sbalordito. "Stanno ripristinando le acque al largo di Falmouth!"

"*Yeah, man.*"

"Ma se la nostra nave affonda, come faremo a tornare indietro?"

"Ho fatto mettere in stiva tutto quello che ha valore per noi. Come tutti questi altri passeggeri. Tesoro, non siamo in crociera." Con dolcezza, mi ha preso per le spalle e mi ha fatto voltare per guardarmi in faccia. C'erano lacrime nei suoi occhi. "Se lo vogliamo, possiamo restare. Torniamo a casa."

Tappeti galleggianti

Mohale Mashigo

Mohale Mashigo (anche nota con il nome d'arte di "Black Porcelain") è cantautrice, scrittrice pluripremiata ed ex presentatrice radiofonica. Il suo romanzo d'esordio, The Yearning, *ha vinto nel 2016 il premio dell'Università di Johannesburg per scrittori sudafricani esordienti ed è stato incluso nella longlist per l'International Dublin Literary Award del 2018.*

Zuko è cresciuto a terra ma io appartengo all'oceano. Mi circonda quando mi addormento; è ciò che vedo appena mi sveglio e passo il mio tempo a liberarlo dalle spine. Siamo venuti a vivere qui quando avevo solo due anni. Lui ne aveva ventidue quando sono nata e ventiquattro quando sono morti i nostri genitori. "Tu non hai abbastanza paura dell'acqua, Ella." Ha ragione, ma questo non vuol dire che non nutra un sano rispetto per il posto che chiamo casa.

Al Giornalista è stato consentito l'accesso perché ha giurato che avrebbe mantenuto segreto il *dove* della nostra casa. Invece di un nome, ha optato per "da qualche parte dopo Hermanus e prima del Capo Orientale." Gliel'ho visto scrivere sul suo taccuino, appena è arrivato. I vicini di casa erano preoccupati, e altrettanto gli anziani: il ricordo dello Svedese era ancora troppo fresco. Non volevamo nasconderci ma era necessario se avevamo intenzione di proteggere il nostro stile di vita. Il Giornalista l'ha definito "una via di mezzo che potrebbe benissimo salvare il nostro futuro." La sua scrittura era disordinata e il suo laptop e la telecamera erano nuove fiammanti. Ho cercato di evitarlo finché ho potuto.

Il Giornalista è rimasto sorpreso dalla mia altezza. Fantastico. Adesso ha gli occhi incantati sui miei piedi piatti. Zuko ha detto che dovevo fargli fare un giro e rispondere a ogni sua domanda. Ero già nei guai per essere partita per una missione RR (Rimozione delle Reti) per conto mio. Quando Zuko ha scoperto che avevo cancellato le e-mail del Giornalista, per me è stata la fine. La RR non è davvero stata colpa mia; l'infezione all'orecchio di Shireen significava che lei non lo poteva fare. Stava dormendo nella stazione principale, a terra, in attesa che l'infezione guarisse. Era la stagione delle balene e questo voleva dire che i sistemi radar lanciavano allarmi in continuazione. Ho capito quasi subito qual era il problema appena ho guardato lo schermo del radar dei cetacei nell'angolo in basso a destra. Era una balena intrappolata in una rete fantasma e non si poteva dire da quanto tempo stesse soffrendo. Il resto del branco si stava muovendo ma lei arrancava dietro gli altri a fatica. Shireen e Zuko avevano creato il software che rendeva possibile osservare la vita marina senza essere invasivi – un po' come un Grande Fratello Sottomarino. Serviva anche a rendere il lavoro di tutela più sicuro per noi. C'era sempre qualcuno alla Stazione Principale che vigilava sulla nostra sicurezza. Era per questo che agli occhi di mio fratello la mia RR in solitaria era stata così orribile, nonostante io fossi un'ottima nuotatrice e le balene in genere tranquille. I mammiferi marini più grandi sembrano essersi innamorati della finestra di camera mia, e a volte mi addormento con uno di loro che mi guarda.

Zuko stava aspettando dentro quella che chiamavamo per scherzo la Grotta Orrenda quando io sono emersa dall'acqua con una lunga rete e la mia attrezzatura da sub dietro di me. Nessuno usava davvero la Grotta Orrenda, non sarebbe mai entrata in nessuna lista turistica di "cose da non perdere". Era piccola e molto francamente sembrava coperta di acne rocciosa. A me piace nascondermi lì. "Ella, questo non è carino." Non ho risposto, così lui ha continuato: "Non usciamo mai da soli là fuori. Conosci le regole." Quella sera è entrato nella mia stanza mentre stavo guardando una balena che continuava a nuotare nei pressi della finestra. Ero convinta che fosse quella che avevo aiutato a liberare dalla Rete Fantasma qualche ora prima. Zuko mi ha detto, senza giri di parole, che dovevo cooperare con il Giornalista. Prima di uscire dalla stanza mi ha fatto capire che sapeva delle e-mail che avevo cancellato dalla sua casella. "Per favore non curiosare tra le mie mail. Diventa spiazzante quando non so più quali ho letto e quali no." Ho annuito e mi sono coperta la faccia con il piumone per nascondere l'imbarazzo. Ho cancellato le mail perché non volevo che qualcuno scrivesse di noi come se fossimo chissà che "tribù perduta di conservazionisti". Noi siamo molto di più.

Ci sono tante attrazioni sottomarine in giro per il mondo: hotel, villette, acquari sottomarini, tour di navi abbandonate, eccetera. Ma il nostro quartiere è diverso perché non avrebbe dovuto esserci. Una comunità sottomarina è un'anomalia ma il nostro lavoro di conservazione ci rende ancora più unici.

Gli Anziani pensano davvero che avere qua un estraneo dalla National Geographic sia una buona idea. "Ella, questo potrebbe aiutare la gente a capire. Potremmo fare una differenza enorme." Non volevo mancare di rispetto, perciò sono uscita dalla sala conferenze dell'edificio principale e mi sono diretta in spiaggia, dove il Giornalista mi aspettava.

"Sei più bassa di quello che pensavo," ha detto il Giornalista. Era una battuta, io non ho riso. Lui ci ha riprovato: "Le parole esatte di tuo fratello sono state: 'Ella è una nuotatrice migliore di coloro che il tempo e l'acqua hanno solcato di rughe'. Poetico".

"Hai portato la roba per nuotare?" ho chiesto.

"Uh. Sì, l'ho portata. Mi chiamo James, comunque."

"Ho detto agli anziani che ero contraria alla tua presenza qui. Questa è una sorta di punizione."

James ha fatto un mezzo sorriso. "Capisco. Se tutto va bene arriverai a fidarti di me." Sapevamo entrambi che era altamente improbabile.

Degli estranei avevano messo fine al nostro vecchio stile di vita con poche parole popolari. Parole che erano una bugia e un'accusa: pesca di frodo. "La pesca di frodo impoverisce le risorse marine," era quello che continuavano a ripetere le persone in giacca e cravatta. Alle bugie fece seguito la polizia e poco dopo arrivò lo Svedese con i suoi grandi sogni. Portò i bulldozer nel nome del turismo. Le case abbandonate sul lungomare erano già dentro l'acqua fino agli stinchi e la vigilanza privata era di ronda giorno e notte per "mantenere il luogo sicuro". "Sicurezza" significava disoccupazione e fame per chi non era mai stato una minaccia. Lo Svedese, nel frattempo, aveva dato il permesso ad alcuni pescatori commerciali di lavorare nei paraggi "dietro compenso" finché il suo resort sottomarino non sarebbe stato realtà. Molti degli adulti disoccupati accettarono di lavorare al cantiere perché voleva dire che potevano tornare in acqua e che per i loro bambini il cibo non sarebbe più stato un lontano ricordo.

"Ti dispiace se ti faccio qualche domanda?" Era senza fiato dopo la nuotata. Ci siamo seduti sullo *stoep* sopra casa nostra, per permettergli di recuperare. La mia vicina di otto anni, Zandi, nuotava gli stessi 500 metri mezza addormentata quasi ogni mattina e James era qui che tremava e aveva il respiro affannoso. "Come ci si sente a vivere sott'acqua?"

"Non lo so, James. Questa è l'unica vita che conosco."

"Ah, era una domanda stupida. Che cosa capisci di questo stile di vita?"

È una storia che i nostri anziani ci raccontano da quando siamo abbastanza cresciuti da capire. Parla di avidità, corruzione, turismo e torti da riparare. La pesca di frodo era solo una scusa per i potenti che volevano tenerci lontani dall'acqua e possibilmente scacciarci dalle nostre case. Il governo ci stava andando giù duro contro il bracconaggio. Chi cacciava di frodo i rinoceronti finiva in prigione, se veniva trovato vivo. I pescatori di frodo di *perlemoen* sceglievano di morire affogati, piuttosto che andare in prigione.

Molti degli Anziani lavorarono al progetto del resort sottomarino. Di sera si immergevano a catturare il pesce per nutrire le loro famiglie perché non guadagnavano abbastanza. I proprietari delle case sul lungomare avevano rinunciato a salvare i loro cottage di lusso – non ci puoi fare niente se l'oceano rivendica la tua terra.

"Cosa pensi che sia successo al costruttore?"

Alcuni dicono che sono stati gli squali – che l'hanno preso mentre ammirava le villette coperte di alghe –, altri dicono che abbia perso una fortuna nel costruire il resort. A me piace la storia di sua moglie che lo deruba e lo lascia senza un soldo. James l'ha trovata divertente. "E così la gente si è trasferita lì e basta?" Finalmente aveva ripreso fiato. Sapeva la risposta – gli adulti fanno finta di non essere intelligenti quando vogliono piacere. Non gli ho risposto, invece ho indicato tutte le boe in acqua. "Quando le vedi così, a coppie, vuol dire che ti stai avvicinando alla casa di qualcuno. Alcune persone vengono qua in barca, quindi sono tipo cartelli stradali."

I miei compagni di scuola che vivono a terra si chiedono come facciamo a distinguere una casa dall'altra. Quando ero più piccola, gli dicevo che cavalcavamo dei delfini guidati da sistemi GPS subacquei. Non solo le boe hanno sopra i numeri civici, ma ogni *stoep* è dipinto di un colore diverso. È molto bello, anzi. Per il mio decimo compleanno, Zuko ha scattato una foto aerea del nostro quartiere e l'ha incorniciata per me. Dall'alto sembrano tappeti che galleggiano sull'acqua, ma se guardi più attentamente riesci a vedere i dettagli. Zandi vive al numero 20 e il loro *stoep* è dipinto di giallo e circondato da una ringhiera bianca. Si può quasi distinguere la scala che arriva alla loro porta.

James ha aspettato mentre mostravo allo scanner l'impronta digitale e l'iride. Ha boccheggiato e ha detto qualcosa sul fatto di vivere a metà tra i due mondi. Ho ignorato il commento e ho raccolto in fretta e furia dei vestiti che Zuko aveva lasciato in giro per il salotto. James è rimasto zitto e io ho dato per scontato che fosse stupore e comprensione per il fatto di dover vivere con uno zozzone. Quando sono tornata dopo aver mollato i vestiti e l'asciugamano umido di mio fratello sul suo letto, mi sono resa conto del perché James era così silenzioso. Le onde blu scuro, da fuori, si riflettevano sulla sua faccia. "Non mi ci abituerò mai. Voi vivete nell'oceano," ha detto a bassa voce tra sé e sé. La famiglia di balene si stava esibendo per lui, come fosse uno spettacolo in cui uno di loro continuava a sparire e riapparire davanti alla finestra.

Davanti a una tazza di tè, gli ho spiegato del lavoro di conservazione nelle nostre vite. Ogni giorno ci sono squadre di sub che tolgono dall'oceano la plastica, le reti fantasma e l'inquinamento. Smantelliamo le reti fantasma e ne raccogliamo il metallo per venderlo o usarlo per la manutenzione delle capanne. James mi ha interrotta: "Perché volete tenere questo posto segreto?" Non dovevo rispondere; la risposta gli sarebbe ben presto parsa chiara.

Le case erano già costruite ma c'è voluto un po' perché la mia gente ci andasse ad abitare. Non è tanto semplice come la sto mettendo io, ma sono state certe stranezze a farci avvicinare all'acqua. Forse era che l'oceano aveva smesso di dare, o forse avevano visto quanto veniva portato via, ma hanno deciso di restare e sistemare quello che c'era di sbagliato. Come un parente in visita, abbiamo continuato a tornare finché le villette sottomarine sono diventate le nostre case. Resta lontano da un posto per troppo tempo e inizierai a vedere che è brutto. Vivere a terra è brutto, è troppo fisso ed è arrogante. Io non me lo ricordo, ma la memoria collettiva mi dice che era cocciutamente ignorante. Gli Anziani pensano che condividere il nostro sapere e le nostre esperienze potrebbe servire a rallentare il decadimento degli oceani. Shireen e Zuko condividono online quello che sanno e a volte vanno a parlare ai conservazionisti in conferenze e università di tutto il mondo. Di certo potrà bastare? Quando ancora non vivevamo sott'acqua, erano in molti ad avere le nostre stesse idee. Quando ancora la neve lontanissima non si era sciolta e vivere in spiaggia non era diventato un disastro, c'erano stati degli avvertimenti. James adesso capisce; lo vedo nei suoi occhi. Quelli che leggono il suo lavoro però non capiranno. Vorranno trasformare questo posto in una destinazione dove ubriacarsi tra le rovine delle case sulla spiaggia e farsi dei selfie "con la tribù".

Nell'oceano ci sono molte cose terribili che non si dovrebbero ingoiare: sarebbe un peccato se qualcosa dovesse finire nella prossima tazza di tè di James. Forse posso ancora convincerlo a non pubblicare il suo articolo. È già stato detto abbastanza.

Aceri di mare

Marie Lu

Marie Lu è l'autrice di La battaglia dei pugnali, Legend *e* Warcross, *primi nella classifica dei bestseller del New York Times. Si è laureata all'Università della California del Sud e si è cimentata nell'industria dei videogiochi come artista. Ora è scrittrice a tempo pieno e trascorre le sue ore libere a leggere, disegnare, giocare e restare imbottigliata nel traffico. Vive a Los Angeles con il marito illustratore-autore Primo Gallanosa e la loro famiglia.*

Gli Aceri di Mare sono un membro della classe degli Antozoi, del phylum degli Cnidari. Sono un tipo di corallo nero, parenti di quelli colorati che finiscono a decorare l'acquario del vostro ufficio – ma vivono nelle profondità oceaniche, circondati da un'oscurità opprimente, con tentacoli neri simili a rami d'albero, coperti di polipi dai colori sgargianti.

L'Acero di Mare, tuttavia, è un corallo speciale scoperto solo da pochi anni. Gli altri tipi di corallo nero crescono fino a un metro o poco più di altezza, ma l'Acero di Mare è una creatura enorme. Lo so perché ho guidato la spedizione che ha fatto il ritrovamento. Abbiamo oltrepassato il margine di una fossa oceanica e ci siamo imbattuti in un'intera foresta che cresceva nella distesa nera, ogni albero alto una trentina di metri, grossi come querce terrestri, con gli arti illuminati di ogni tinta fluorescente dell'arcobaleno. Crescono insieme nell'oceano nero come un paese delle meraviglie in technicolor. Nei mesi successivi ho preso parte a una conferenza stampa dopo l'altra, cercando di raccontare quella ondeggiante foresta di luce sottomarina come se la sua magia si potesse racchiudere in uno slogan televisivo.

Mia sorella Rose mi ha implorata per mesi di andare a vedere l'esposizione del Bosco di Aceri di Mare allestita dopo la mia scoperta. Quindi, grazie a Virtual Tech World, ecco a cosa ci troviamo davanti oggi: una cornice di vetro alta dieci piani, una passerella illuminata da una soffusa luce blu-nera e oltre il vetro, un'intera giungla di colore.

Rose non sorride. È sempre stata seria, anche appena nata, e ha rimandato il primo sorriso tanto a lungo che i nostri genitori erano preoccupati che potesse avere un deficit visivo. Adesso, otto anni dopo, è cambiato poco. Si limita a tenere la faccia rivolta all'insù, verso lo spettacolo che brilla illuminato dalla luce fioca, gli occhi fissi sui rami oscillanti. Gli arti di un Acero di Mare cambiano colore con le lievi variazioni della temperatura dell'acqua, e qui nel bosco una dozzina di correnti diverse, calde e fredde, rendono l'intera foresta una massa cangiante di oro e rosso, di verde e viola.

Sono stata io a scegliere il loro nome comune perché mi ricordano gli aceri che prorompono in mille colori ogni autunno nel Connecticut, dove siamo cresciute. È lì che nostra madre ci ha date alla luce – io, quella accidentale, quando era un'adolescente e non aveva idea di come crescere una bambina; e poi lei, quando mia madre era pronta e ha fatto tutto il possibile per prepararsi al suo arrivo. L'ironia di tutto questo mi perseguita ancora: io sono quella che vivrà, mentre mia sorella Rose ha ricevuto la sua diagnosi l'anno scorso.

Adesso prendo la mano di Rose nella mia e la conduco più avanti lungo il corridoio. "Mi piace pensare che l'Acero di Mare sia un segno di buon auspicio," le dico, "a seconda del colore." Accenno con la testa a una fronda ondeggiante che svetta nel buio oltre il vetro, da dove la brillante bioluminescenza gialla dei suoi polipi ci investe di un bagliore dorato. "Il giallo porta potere e prosperità nella tua vita."

Lo sguardo di Rose si ferma sulla fitta foresta di alberi di corallo. Indica un altro ramo. "E il blu?" mi chiede.

Io ammiro il modo in cui risplende sullo sfondo dell'oceano come se fosse un frattale turchese. "Primavera," rispondo, "e crescita."

Ci sono Aceri di Mare in verde, per purezza e armonia. Viola, per divinità e immortalità. Arancione, per creatività e spirito.

"E il rosso?" chiede Rose quando ci fermiamo nel corridoio in penombra davanti a un altro finestrone di vetro.

Mi meraviglio della qualità di questa simulazione, fino a che punto riesce a farmi credere che sto camminando con mia sorella sul fondo dell'oceano, circondata da un caleidoscopio subacqueo che si estende a perdita d'occhio. "Rosso," dico, "per vitalità e buona salute. Per la gioia."

Si gira verso di me per la prima volta, e sullo sfondo dell'arcobaleno di luce, la sua pelle non sembra così tanto bianca come la morte. "È per questo che è il tuo colore preferito?"

Le sorrido e stringo la presa sulla sua mano. "È un buon colore," rispondo. Non le dico che una volta credevo che potesse portarle un po' di fortuna, che appendevo simboli di salute a tinte scarlatte in ogni parte di casa nostra e lo stesso la sua prognosi peggiorava a ogni visita in ospedale, che la sua faccia diventava più pallida e i suoi arti smagrivano tanto che potevo vedere gli spigoli di spalle e ginocchia. Sorvolo sul fatto che è per questo motivo che il nostro Esploratore oceanico è dipinto di rosso.

"La mamma ha detto che gli oceani stavano morendo," continua Rose. "Ha detto che abbiamo preso più di quello che ci potevano dare."

"È vero," ho risposto.

"Allora come fa questa foresta a sopravvivere?"

Mi volto per studiare il paesaggio marino ondeggiante. Il primo modo in cui l'avevo denominato era un miracolo, e lo era davvero. Come gran parte della vita a terra, il corallo degli oceani stava morendo da molto tempo, a un ritmo accelerato dal riscaldamento delle acque. È in parte il motivo per cui adesso le simulazioni sono così popolari – la gente usa la realtà aumentata e virtuale per ricordare un tempo diverso, per rifugiarsi un una fantasia gioiosa, per immaginare quello che avrebbe potuto essere. Se indossi un chip di simulazione mentre fai snorkeling, puoi ancora vedere i fantasmi virtuali dei coralli luminosi che nel passato abitavano le secche.

Ma l'oceano è un vasto mondo di mistero e resilienza. Qui, negli abissi silenziosi e oscuri, aveva coltivato qualcosa di grande bellezza.

La mia scoperta è avvenuta diversi mesi dopo che Rose si è ammalata. Quando lei ha compiuto sette anni, la mia squadra si è accorta che i campioni che avevamo raccolto presso il Bosco degli Aceri di Mare rivelavano che il corallo conteneva potenti anticorpi capaci di curare un'intera gamma di malattie umane. Da allora gli aceri di questo bosco sono diventati ambiti sul mercato nero, finché finalmente un consorzio di governi li ha protetti all'interno di questo santuario sorvegliato. È una delle rare volte in cui la comunità internazionale ha trovato un accordo senza polemiche.

Quasi mi dispiace per i pescatori di frodo. Se il corallo avesse potuto curare Rose, non so cos'avrei fatto. Forse li avrei ricercati anch'io.

Mentre fissiamo la parete, un piccolo bagliore dorato sfreccia repentino tra gli aceri ondeggianti. Sbatto le palpebre, sorpresa dall'improvvisa sfera di luce. Si muove tra i rami come un folletto, si ferma e riparte, e alla fine vola via attraverso l'acqua cupa e scompare alla vista.

Ogni parte di Rose si accende d'interesse. Si gira nella direzione in cui è sparita la sfera e inizia a correre. Le sue scarpe blu intenso sbattono sul terreno, come fosse vero.

Rido un pochino sottovoce prima di mettermi a seguirla. Anche adesso, riesco a malapena a tenere il suo passo.

Lei corre per la passerella, superando una cornice dopo l'altra, con l'effetto da vetrata artistica dei colori esterni che la sommerge di ondate blu e oro mentre procede. La sua coda di cavallo nera si solleva dietro di lei. Mi ricorda di quelle estati quando ci inseguivamo a vicenda lungo il fiume che attraversava il cortile di casa nostra, quando la chiamavo a me e indicavo i minuscoli pesciolini che nuotavano controcorrente.

Dove vanno? mi aveva chiesto allora, agitando l'acqua con le manine grassocce. I pesciolini le scivolavano via tra le dita.

In un posto dove possono diventare più grandi, le avevo detto. *Potrebbero trasformarsi in pescioni lunghi tre metri. Ci credi?*

I suoi occhi si erano girati verso di me, enormi e colmi di meraviglia. *Perché ti piace l'acqua?* aveva risposto.

Io avevo sorriso e le avevo dato un buffetto sul naso. *Perché mi insegna sempre qualcosa di nuovo sulla vita.*

Il bagliore dorato là fuori ci supera saettando e sparisce dietro l'angolo. Noi gli corriamo dietro. Dopo la curva, finalmente si ferma in fondo al corridoio e rimane sospeso in una radura nera tra due Aceri di Mare.

Rose si arresta di fronte a lui. Il suo bagliore le delinea il viso, e io mi fermo qualche metro più indietro per guardare.

Per la prima volta mi accorgo che la creatura dorata là fuori sembra un piccolo Acero di Mare. È grande a malapena quanto la mia mano, un piccolo garbuglio di fronde circolare che non si è ancora insediato nel fondale oceanico come i parenti più grandi che ha intorno. Ora galleggia nel buio, ondeggiando dolcemente con le correnti, come se fosse indeciso su dove gettare l'ancora.

Rose lo fissa. Alla fine sorride. "È un bambino?" chiede.

Arrivo accanto a lei e anch'io alzo lo sguardo verso la piccola creatura. È difficile credere che una cosa così piccola raggiungerà un giorno le dimensioni delle sue gigantesche sorelle, e che quando quel giorno arriverà, ogni cosa nel mondo di sopra sarà totalmente cambiata.

"Sai quanto vivono gli Aceri di Mare?" le chiedo.

Lei scuote la testa. "No."

"Migliaia di anni."

A queste parole, Rose mi guarda a occhi sgranati. I suoi occhi riflettono i colori dell'arcobaleno da fuori dalle finestre di vetro, anche se so che dovrebbe essere impossibile con una simulazione. "Davvero?" dice.

Mi chino verso di lei e appoggio i gomiti sulle ginocchia. "Sì. Vedi quelli là più grandi?" Indico un acero con rami enormi che si estendono molto lontano dalla finestra e svaniscono negli abissi tenebrosi.

"Sì?"

"Devono avere almeno cinquemila anni. Sai quanto vuol dire che sono vecchi?"

"Molto più di noi."

"Vuol dire che sono più vecchi dell'ascesa e della caduta dell'Impero Romano. Ti ricordi i Romani dei cartoni che abbiamo guardato, vero?"

Annuisce, ancora incantata.

"Sono molto, molto più vecchi della fondazione della nostra nazione. Erano vivi prima che la Grande Muraglia Cinese fosse costruita, o quando sorsero le prima città dei Maya. Hanno vissuto quaggiù, crescendo senza sosta, fin dai tempi delle nostre più antiche civiltà. Sai che cosa vuol dire?"

Rose appoggia una mano sul vetro. I suoi occhi sono sollevati dalla meraviglia, e il suo corpo è avvolto nell'oscurità degli abissi marini. "Che cosa?" chiede.

"Vuol dire che gli Aceri di Mare sono le più vecchie creature viventi al mondo. E nessuno sa per quanto ancora vivranno. Nessuno ha mai trovato un esemplare morto."

Rose mi guarda. "È impossibile."

Scuoto la testa. "Non è impossibile. Significa solo che non sappiamo nemmeno per quanto ancora possono vivere, potenzialmente." Accenno al gigantesco corallo davanti a noi. "Questo potrebbe restare in vita per altri cinquemila anni. Anzi, forse vivono per sempre. E sai cosa? In qualche modo, nonostante tutti i nostri conflitti e bisticci, gli umani sono riusciti a mettersi d'accordo per proteggerli."

Gli occhi di Rose saettano dall'acero enorme a quello piccolo e dorato che ancora fluttua nello spazio in mezzo agli altri. Preme entrambe le mani sulla finestra, lasciando le impronte sul vetro appannato.

"Per sempre," sussurra.

È il più piccolo dei suoni, e riesco a malapena ad afferrare le parole, ma le dice come se si rivolgesse alla creatura davanti a lei. Riesco quasi a sentire quelle parole che mi penetrano tra le costole come aghi.

Perché Rose non è immortale. Aveva sette anni ed è morta lo scorso inverno, appena dopo che ci eravamo ritrovati tutti a casa con lei per le feste. Perché anche se il corridoio in cui ci troviamo è davvero in fondo all'oceano, un santuario turistico rivoluzionario per il Bosco degli Aceri di Mare, è Rose la simulazione, una proiezione virtuale della sua mente creata dalla società Virtual Tech World.

Perché non è Rose quella in piedi accanto a me proprio adesso, quella che alza gli occhi meravigliata dalla scena davanti a lei. È solo la sua mente copiata in un ologramma, fatto in modo così realistico e intelligente che, per un attimo, posso davvero stare qui con lei e credere che sia vera.

Rose è morta prima che questo santuario sottomarino fosse terminato, ma prima della fine, mi ha preso la mano, mi ha guardata negli occhi e ha detto: "Mi puoi portare a vedere quello che hai scoperto?"

Nella mia tasca riposa il proiettore, un piccolo cubo argentato contenente un chip che può vantare la massima somiglianza possibile alla sua mente un tempo viva. Sorrido di questa rappresentazione tecnica della mia sorellina. È così realistica qui, così vera, che la sua immagine virtuale può anche replicare il bagliore dei colori dall'esterno sul suo corpo virtuale.

Mi guarda di nuovo. "Posso uscire fuori?" dice, indicando la piccola creatura.

So che è soltanto la sua mente virtuale che rispecchia ciò che avrebbe detto la sua persona vivente. È, in un certo senso, un modo per lei di continuare a vivere, eccetto che la sua mente virtuale può essere matura solo quanto lo era lei quando è morta. Può conoscere soltanto quello che lei conosceva prima della fine. Come lei, non potrà mai crescere.

Ma anche così, la prendo per mano e fingo di poter sentire le sue piccole dita calde strette contro il palmo della mia mano. "Ma certo," le dico.

Perfino la luce che illumina suoi occhi è la stessa di quando era viva – come la scintilla appena prima che il fuoco si accenda. Torna a voltarsi verso la piccola creatura galleggiante, poi si dà una spinta con le gambe. La sua forma virtuale balza in aria e lì rimane. Fluttua come se anche lei fosse in un oceano che io non posso vedere, e mentre continuo a guardarla la sua figura virtuale vola fuori attraverso la finestra di vetro e dentro l'oceano nero intorno a lei. Allunga una mano per toccare il piccolo corallo dorato sospeso davanti a lei. Le sue dita, spettrali, passano attraverso la creatura, ma lei ride ancora, come se le fronde simili a piume potessero farle il solletico sulla pelle. Fluttua lassù, e ondeggia alla brezza degli abissi marini, una figura luminosa circondata dalla vita in questa tenebra assoluta.

Si guarda indietro e mi fa segno di seguirla. Le sorrido e scuoto la testa. "Vai pure avanti," le dico. "Io resto qui."

Con mia sorpresa, il piccolo Acero di Mare le gira intorno, come se potesse percepire la sua presenza, infine scivola attraverso la sua figura simulata e si allontana dal vetro. Lei lo segue.

Io guardo la sua figura danzare nell'oscurità. Lei, ovviamente, non è reale. Quando si allontana a nuoto nell'oceano, non sta correndo dietro al giovane corallo, ma sta semplicemente ripristinando la sua simulazione virtuale.

Ma qui, investita dalla luce di cento antiche creature, posso credere che abbia davvero lasciato il santuario per mettersi a inseguire l'Acero di Mare nell'oceano aperto. Chiudo gli occhi, me la immagino lanciarsi in un'avventura, i suoi arti umani che si trasformano e diventano fronde ondeggianti di verde e oro e blu. Chi può sapere dove andranno insieme? Forse si stabiliranno in qualche altra distesa inesplorata dell'ignoto, fonderanno una nuova città di creature che potrebbero non essere scoperte per altri cinquemila anni.

Forse anche lei vivrà per sempre e nel corso della sua vita virtuale vedrà il mondo cambiare. Sopravvivrà a ogni essere umano che sia mai esistito, sarà ancora qui molto a lungo quando noi non ci saremo più, osserverà l'evolversi di questo piccolo mondo che è così tanto più grande e più piccolo di quello che avremmo mai potuto sapere.

Ora l'Acero di Mare è sparito negli abissi, lasciandosi dietro la foresta dei suoi antenati che ondeggiano nel loro caleidoscopio di colori. Mia sorella aspetta fuori, voltandomi ancora le spalle.

Tra un'ora, la sua simulazione sarà ripristinata e lei tornerà accanto a me, dove prenderà ancora la mia mano nella sua e io farò lo stesso, come se fosse davvero qui. Ma fino ad allora, resto sola in piedi davanti alla finestra, respiro lo splendore del santuario, e la lascio vivere.

Malka Older

Il thriller politico-fantascientifico di Malka Older Info-
mocracy – Un sistema perfetto *è stato dichiarato uno dei
libri migliori del 2016 da Kirkus, Book Riot e dal Washington Post, e insieme ai seguiti* Null States *(2017) e* State
Tectonics *(2018) è stato finalista del premio Hugo per la
miglior serie. Older è anche creatrice della serie* Ninth
Step Station. *La sua raccolta di racconti* …and Other Di-
sasters *è uscita a novembre 2019. Nominata Senior Fel-
low per la Tecnologia e il Rischio al Carnegie Council per
l'Etica nelle Relazioni Internazionali nel 2015, vanta più
di un decennio di esperienza sul campo in aiuti umanita-
ri e sviluppo. Il suo lavoro di dottorato sulla sociologia
delle organizzazioni allo SciencesPo esplora le dinamiche
dell'improvvisazione post-catastrofica nei governi.*

Come ricercatrice comportamentale freelance specia-
lizzata in animali marini, gran parte dei lavori di Natalia
andavano più o meno così: nuotava su e giù in qualche spazio grande ma sorvegliabile insieme a un cefalopode, pre-
stando attenzione al suo linguaggio del corpo e al proprio.
Cercava di far sentire il polpo o il calamaro il più possibile
a loro agio, in modo che il loro comportamento in risposta
agli stimoli potesse approssimare le azioni in libertà. Non
era quello che si era aspettata dopo aver completato studi di
biologia marina, ma francamente lo preferiva alla dissezio-
ne, agli esperimenti con l'elettroshock, o anche a qualsiasi
cosa che richiedesse di interagire con animali prigionieri in
piccole vasche.
Questo lavoro in particolare era cominciato in un modo
solo vagamente inconsueto. Per gran parte dei lavori le

veniva assegnato uno specifico ambito di ricerca. A volte le veniva detto esattamente che cosa fare per ottenere i comportamenti che volevano studiare, e a volte la lasciavano libera di elaborare l'approccio, ma in entrambi i casi questo comportava un focus di attenzione ristretto. Natalia cercava sempre di concedere al cefalopode un po' di tempo di gioco ai margini delle loro interazioni – se le veniva contestato, diceva ai suoi clienti che questo portava a risposte più naturali rispetto al ripetere le stesse istruzioni più e più volte – ma il tempo che avevano era sempre dominato dalla ricerca.

Per questo lavoro, le avevano semplicemente detto di giocare con il polpo.

"Prendete confidenza l'uno con l'altra," aveva detto il tipo che l'aveva ingaggiata. "Fate amicizia."

Natalia aveva annuito e intenzionalmente non aveva chiesto altro. Aveva cercato di ignorare i propri sospetti sul perché fossero così gentili con questo polpo. Forse la società aveva una policy sul concedere a tutti i soggetti di ricerca in cattività un certo numero di ore di svago. (Forse stavano facendo qualcosa di iper-terribile.) Aveva svolto troppi di questi lavori per credere che il laboratorio di ricerca si preoccupasse granché del comfort di un singolo polpo di fronte alla SCIENZA, ma cercava di convincersi che il suo ruolo aiutasse la creatura più di quanto le facesse male. (Forse gli esperimenti richiedevano che il polpo fosse rilassato, e Natalia era complice.)

Probabilmente i suoi clienti perseguivano quegli specifici ambiti di ricerca quando Natalia non c'era. Il polpo, che per lei era Vainilla, restava chiuso in una vasca (di discrete dimensioni, tuttavia…) prima e dopo le sue sessioni. Un giorno Natalia arrivò al centro in anticipo e li vide staccare degli elettrodi dalla carne di Vainilla.

Quel giorno fu più cauta che poteva, attenta a non dare inizio ad alcun contatto mentre lei e Vainilla roteavano in una sincronia a distanza attraverso l'acqua della baia bassa e riparata.

Non era una cosa inaspettata, né per forza sgradevole. Gli elettrodi potevano essere usati per ricerche di tipo non invasivo. E in ogni caso Natalia era assuefatta da tempo alle vite precarie o tormentate dei soggetti della ricerca sugli animali. Respingeva ogni allusione al fatto che, per esempio, dovesse smettere di dargli un nome, ma, dato che questo sembrava mandare su tutte le furie certe persone, in genere aveva smesso di rivelarlo ai suoi clienti. Diceva a se stessa che per fare il suo lavoro per bene doveva fare i conti con lo stato corrente della ricerca animale. A volte non andava nel modo migliore per tutti.

Dopo il giorno dell'elettrodo, il tono di quell'ora quotidiana cambiò. Nelle loro interazioni c'era ancora del divertimento, ma in una chiave decisamente minore. Natalia aveva finito per paragonare il proprio ruolo a quello di una badante in ospizio: offriva a Vainilla un minimo conforto negli interstizi di una catastrofe fuori dal controllo del cefalopode.

Perciò Natalia si stupì quando David Gilcrest, uno dei capoccia del centro, la venne a cercare un giorno dopo la doccia post-nuotata e le chiese se fosse disponibile ad aumentare il suo impegno con loro.

"Vuoi che aggiunga altro tempo in acqua?" disse Natalia, strizzando gli occhi verso di lui mentre si passava l'asciugamano sui capelli.

"Non esattamente. Be', sì, più tempo in acqua, ma ci chiedevamo se fossi disposta a partecipare più direttamente al nostro esperimento."

"Quale esperimento?" chiese con riluttanza Natalia, che non voleva davvero sapere quali fossero gli orrori inflitti a Vainilla.

"In questa fase," iniziò Gilcrest, e Natalia fu sollevata di vedere che l'altro dissimulava la questione in modo così lampante, "ti verrebbe richiesto di indossare una sorta di visore, molto simile a un casco VR – praticamente uguale a un casco VR, a essere sincero – mentre nuoti. Impermeabile, ovviamente," aggiunse in fretta di fronte alla sua espressione incredula. "Lo connetteremo ai sensori che abbiamo calibrato con il soggetto, così dovresti vedere quello che vede lui."

"Vedere…" Il cervello di Natalia si rimise alla pari con il significato delle sue parole a metà frase. "Quindi è un esperimento di neurologia?"

"In un certo senso," disse Gilcrest, che sembrava colto un po' alla sprovvista. "Non ti hanno informata?"

Natalia ignorò la domanda, non più sicura se l'avessero davvero lasciata all'oscuro o se avesse cercato di proposito di non fare attenzione per timore di quello che avrebbe potuto sentire. "Quindi vuoi farmi connettere a… al polpo? Neurologicamente?"

"Sì, precisamente!" Anche Gilcrest sembrava sollevato. "Sappiamo che si sente a suo agio accanto a te, e abbiamo pensato che potrebbe essere un modo per farlo abituare più in fretta alla strumentazione completa, per avere dati migliori. Pensavamo a una mezz'ora in più al giorno, anche se per i primi giorni potremmo fermarci anche prima. Tu ovviamente verresti pagata per la mezz'ora intera in ogni caso. Cosa ne dici?"

"Certo," rispose Natalia. La neurologia non invasiva era una cosa buona, relativamente parlando. "Ma se ho la sensazione che il polpo soffra o che sia a disagio per colpa dell'attrezzatura, esco."

"Se così fosse, cercheremmo ovviamente di alleviarlo," disse Gilcrest, offeso, ma Natalia aveva visto troppi casi di azioni spregiudicate spacciate come l'opzione migliore per avere scrupoli a offendere dei ricercatori.

"È meraviglioso," disse Natalia mentre provava il visore impermeabile due giorni dopo. Era appena un po' più grande di una normale maschera da sub, anche se ben più pesante da indossare. "L'avete progettato qui?"

"Uh, no," disse Gilcrest, mentre il giovanissimo tecnico si dava da fare con cinghie e connessioni. "Abbiamo affidato il lavoro a uno studio di design, erano entusiasti delle applicazioni commerciali. Adesso ricordati, quello che ricevi dal cefalopode, che vedrai con l'occhio destro, non sarà uguale a quello che vedi con l'occhio sinistro. Riceverai le immagini così come le interpreta quello strano cervello di polpo, perciò ti sembrerà molto stravagante, ma è proprio così com'è, okay? Le immagini sono quello che vede il polpo, capito? Quello che vedi è quello che c'è lì."

"...sì?" Non era un concetto così difficile.

"Questo serve solo per la calibrazione. Per cui cerca di metterti a tuo agio in quella stranezza. Okay." Gilcrest sospirò, poi si infervorò di nuovo. "Pronti per il collaudo!"

"Qual è esattamente il tuo ruolo in questo progetto?" chiese Natalia, per curiosità. Aveva lavorato da freelance per anni e l'aspetto di cultura aziendale del lavoro a tempo pieno non le mancava affatto, il che significava che non si preoccupava di tenere a mente i titoli.

"Oh." Sembrava compiaciuto che le importasse, invece che infastidito che non le fosse importato abbastanza da ricordarsi il suo titolo da quando si erano presentati. "L'ho ideato io, in realtà. Be', con un paio di altre persone. Inutile dire che non ho le competenze tecniche per dirigere tutte le aree, ma..."

Natalia smise di ascoltare più o meno a quel punto, in parte perché ci stava mettendo una vita a dire qualcosa di importante, ma anche perché avevano portato Vainilla alla baia e stavano attaccando gli elettrodi. Strinse gli occhi, pronta a cogliere qualsiasi segno di disagio da parte del cefalopode, come se grazie alla sua sorveglianza attiva e ben visibile potesse mutare il comportamento dei tecnici.

I tecnici sembravano non averla proprio notata. Ma Vainilla non diede mostra di essere a disagio. Probabilmente era già del tutto abituato al processo.

"Dovresti entrare in acqua," le disse Gilcrest; lui almeno si era accorto di qual era il centro della sua attenzione.

"Non appena sarai pronta ci farai un cenno e accenderemo tutto."

Incoraggiata da queste parole, Natalia eseguì senza alcuna fretta il rituale di saluto con Vainilla e poi come al solito abbozzò qualche bracciata avanti e indietro. Si chiese se fuori, dall'altra parte dello specchio d'acqua, si stessero irritando, se l'attesa fosse insopportabile. Si chiese se fosse nervosa lei stessa. Alzò la mano nell'aria bruciata dal sole e la agitò.

Qualche altro secondo di stereovisione e poi la sua vista si biforcò. Natalia chiuse l'occhio sinistro, pensando che sarebbe stato meno spiazzante vedere solo quello che vedeva Vainilla, ma quel mondo era tutto rotoli inintelligibili di tonalità bianche e nere e fu costretta a cambiare, chiudendo invece l'occhio destro e respirando lentamente dall'erogatore mentre guardava un banco di osmeri sguazzare via. Vainilla ne catturò uno e lo mangiò e Natalia tenne l'occhio destro risolutamente chiuso finché lui non ebbe finito.

Con cautela, nuotò accanto a Vainilla, in modo da avere grossomodo la sua stessa prospettiva, e aprì l'occhio destro.

Non poteva funzionare. Fianco a fianco, le due visioni cozzavano, contrastanti e confuse; ma quella di Vainilla da sola era inintelligibile. Erano solo forme sfocate e monocrome – Natalia non riusciva neanche a capire da che parte fosse l'alto.

Provò a chiudere prima un occhio, potenziando a poco a poco la sua polpovisione, ma fu soltanto quando Vainilla cominciò a giocare con una conchiglia che trovò qualcosa su cui concentrarsi. Furono necessari diversi passaggi, ma alla fine Natalia fu in grado di riconoscere la conchiglia vista dagli occhi di Vainilla: il confondersi delle striature, la forma schiacciata. Dovette chiudere tutti e due gli occhi un'altra volta, e scuotere con forza la testa, ma quando aprì di nuovo gli occhi riuscì a riconoscere la conchiglia.

"Enormi progressi!" Questo era il capo di Gilcrest, Yohannes Kirk. Erano seduti in una piccola sala riunioni con della gelida aria condizionata che stava ghiacciando i capelli ancora bagnati di Natalia. "Non credo che ci aspettassimo di completare la calibrazione così velocemente, vero David?"

Gilcrest borbottò qualcosa di affermativo.

"Non voglio sopravvalutare la mia comprensione…" iniziò Natalia, e Kirk sventolò la mano.

"Certo, quella fase non è ancora finita, eppure! Eccezionale."

"Signore," mormorò Gilcrest. "Se si ricorda…"

"Ah sì, certo." Kirk si girò verso Natalia. "Vorremmo invitarla a far parte della nostra squadra. David pensa, e io sono d'accordo con lui, che lei sia la persona giusta per occuparsi di questo lavoro con il cefalopode."

"E che cos'è esattamente 'questo lavoro'?" chiese Natalia, lasciando filtrare un po' della sua irritazione nella voce.

"Oh, naturalmente, non è stata informata. Riservato, sa, e molto delicato." Sorrideva radioso. "Ma credo che le piacerà. Ah… David, forse è meglio se le spieghi tu."

Gilcrest era quasi reticente, e di fronte al suo capo venne al punto molto più in fretta. "Come hai visto oggi, abbiamo trovato un modo per tradurre i segnali elettrici che possiamo ricevere dal cervello di un polpo in stimoli visivi che risultano, ehm… con un po' di pratica, comprensibili agli esseri umani."

Natalia annuì nella pausa.

"Il nostro scopo complessivo è, tuttavia, molto più ambizioso." Gilcrest lanciò un'occhiata a Kirk. "I nostri ricercatori credono di poter distinguere tra l'attività cerebrale fondata sull'osservazione immediata e quella fondata sulla memoria."

"Memoria," ripeté Natalia.

"Nello specifico," prese la parola Kirk, "progettiamo di usare i ricordi dei polpi per ricostruire la Grande barriera corallina."

Era raggiante, e Natalia non era proprio sicura di essere sveglia.

"All'inizio," si intromise Gilcrest, "avevamo progettato di fare un'analisi computerizzata delle immagini, ma a quanto pare i computer, comprese le migliori intelligenze artificiali su cui siamo riusciti a mettere le mani, si trovano in grossa difficoltà a interpretare questi segnali."

"Non possono farlo," disse Kirk. "Non possono. Ma il cervello umano…" si picchiettò un dito sulla fronte, sempre sorridendo a Natalia. "Noi possiamo." Fece una pausa, ma il cervello umano di Natalia non seppe escogitare nessuna risposta. "Allora che cosa dice? Lavorerà con noi a questo progetto?"

"Quello che vogliamo che tu faccia è, prima di tutto, passare molto tempo a perfezionare la calibrazione, così potrai capire davvero quello che vede il polpo." Gilcrest doveva avere imparato a tradurre i macro-entusiasmi del suo capo in termini operativi, il che per lui era probabilmente una competenza importante. Sembrava in cerca di rassicurazioni, così Natalia annuì. "Poi farai una nuotata di sopralluogo al sito della barriera. Ti forniremo un dispositivo di registrazione di qualche tipo che si possa usare sott'acqua per prendere appunti – e ovviamente tutta l'attività cerebrale verrà registrata, così potrai rivederla più tardi se ti va."

"Poi l'analizziamo e troviamo un modo di far ricrescere il corallo!" intervenne Kirk. "Sappiamo che è un azzardo ma è anche abbastanza strambo da funzionare. Lavorerà con noi?"

Più tempo in acqua con il polpo e la possibilità di vedere la Grande barriera corallina così com'era una volta? Non doveva neanche considerare se la parte sul ricostruirla fosse realistica. "Sì," disse Natalia, e solo dopo si ricordò che avrebbe dovuto negoziare. "Ma dovrò aumentare il mio compenso per questo lavoro più impegnativo."

Ci vollero tre settimane per completare la calibrazione in modo soddisfacente per tutti, e sia Kirk che Gilcrest professarono più volte che era stato molto più rapido di quello che si erano aspettati. Volarono al sito della vecchia barriera in elicottero; Natalia, agitandosi sul sedile, si chiedeva se Vainilla, nella vasca d'acqua fissata con cura con le cinghie, fosse a disagio quanto lei. Si chiedeva che cosa mostrassero ai tecnici gli elettrodi, già sistemati al loro posto con la colla morbida. Stavano guardando le percezioni attuali del polpo, o il posizionamento dei sensori aveva già stabilito un collegamento diretto con la modalità di memoria? Che genere di ricordi ispirava a un animale marino un giro in elicottero?

La squadra del progetto era ormai abituata al fatto che Natalia si prendeva il suo tempo per ambientarsi prima di dare il segnale di accendere la polpovisione. In questo nuovo ambiente fu particolarmente cauta. Avevano testato la funzione di memoria, ma (come aveva detto Gilcrest) il bassofondo della baia non ispirava molti ricordi al polpo. Fluttuare sopra allo scheletro della Grande barriera corallina, al contrario, era già abbastanza inquietante senza potenziamenti. Alla fine, però, Natalia alzò la mano e chiuse l'occhio sinistro.

Un mondo perduto sbocciò davanti al suo occhio.

Natalia non aveva mai visto un ambiente marino così densamente popolato. Nella memoria di Vainilla, pesci e anemoni e – eccola! una tartaruga marina! – giocavano tra coralli di una diversità sbalorditiva. Nei primi cinque minuti Natalia contò almeno sette specie estinte, pronunciandone il nome con urgenza nel registratore apposito alloggiato nel respiratore.

Il mondo virò all'improvviso, e Natalia aprì l'occhio sinistro per vedere che Vainilla si stava immergendo negli abissi. La desolazione del corallo morto era scioccante, ma per quanto Natalia volesse ritrarsi da lì e restare nella ricchezza della memoria, doveva tenere aperto quell'occhio per seguire Vainilla. *Se adesso perdo questo polpo...* le passò per la testa, sebbene sapesse, già mentre lo pensava, che Vainilla non sarebbe mai scappato; dovevano avergli impiantato un localizzatore, o anche una decina.

Natalia discese a spirale dietro al cefalopode, aprendo prima un occhio e poi l'altro. Era inquietante quanto i vibranti ricordi di vita e di movimento, visti in monocromo attraverso gli occhi del polpo, combaciassero con lo sbiancato presente. Sembrava sbagliato, e spiazzante, come se anche quello che stava vedendo in tempo reale fosse un flashback. Ma adesso ogni cosa sembrava sbagliata. Il polpo stava tastando anfratti che erano aridi invece che coperti di ciglia, anfratti che erano, nel ricordo, case. E lì, sul desolato fondale oceanico, ora metri e metri più in basso di Natalia, il polpo si contorceva, in cerca di qualcosa o in preda alla disperazione, davanti al posto vuoto dove un tempo si ritrovavano i suoi simili.

Vainilla si protese verso i ricordi dei singoli polpi, ciascuno così chiaro e distinto che Natalia sentiva quasi di riconoscerlo. Ce n'erano così tanti, e uno alla volta si facevano nitidi nel turbinio mentre Vainilla procedeva mulinando lungo il tratto deserto di fondale oceanico.

Natalia chiuse l'occhio destro al ricordo di – parenti? amici? comunità? – ma la vista dal sinistro era confusa. Tornò su, ignorando il registratore e le domande nell'auricolare. Solo una pratica radicata da tempo la fece fermare, quasi dimenticandone il motivo, per stazionare qualche metro sotto la superficie, singhiozzando nell'erogatore finché il suo corpo decise che era il momento di lasciarsi portare a galla.

Natalia non aveva idea di come gestire quel vuoto, quell'intollerabile senso di perdita. Non era stata capace di bere piacevolmente da quando sua cugina era stata ammazzata da un autista ubriaco, e sebbene apprezzasse un cono gelato una volta ogni tanto, non aveva mai provato il desiderio di sbafarsene una vaschetta intera in una sola volta. Passò molto tempo a piangere chiusa nel suo appartamento. A volte la TV, se era abbastanza avvincente, poteva fare sparire i suoi sentimenti per un po', e lei prese a comportarsi come uno scoiattolo con i programmi da attenzione costante, li ricercava, ne faceva scorta, li razionava. Dava buca a un lavoro dopo l'altro. C'era chi la chiamava e lasciava messaggi preoccupati quando lei non rispondeva. La sua posta in arrivo era costellata di messaggi intestati *¿señales de vida?* Ma passarono settimane prima che a Natalia venisse voglia di parlare con qualcuno, e quando arrivò quel momento non sapeva più chi chiamare.

Scorse la lista dei contatti per l'ennesima volta. Alla fine, come per intuizione, chiamò Elsa. Non erano mai state molto vicine, ma Elsa si occupava di cambiamento climatico o di inquinamento o qualcosa del genere, e forse avrebbe capito.

Quando pensava a quella chiamata, dopo, Natalia non riusciva mai a ricordarsi esattamente cosa avesse detto, come avesse spiegato la complessa situazione. Si ricordava la sensazione fisica delle parole che le cadevano dalla bocca come una frana ed Elsa che ripeteva "Okay. Okay. È tutto okay," più e più volte. Si ricordava che quando si era calmata un pochino, Elsa aveva avanzato l'incerto e inevitabile suggerimento di "parlare con qualcuno" e Natalia aveva risposto, quasi isterica, "qui?" Forse Elsa non aveva capito che cosa intendesse, ma Natalia si era trasferita in Australia. La lingua le arrivava ancora in traduzione, le interazioni passavano ancora da una membrana di estraneità. Non poteva immaginare di mettere a nudo i suoi sentimenti a quel modo.

"Dovresti parlare con un professionista," ripeté Elsa in modo più fermo. "Io non sono una professionista. Non conosco le cose giuste da dire." A quel punto sospirò. "Tutto ciò di cui posso parlarti è la mia esperienza personale. E…" Fu una lunga pausa, lunga abbastanza da fare uscire Natalia dall'ovatta del proprio dolore quel tanto che serviva per chiedersi se Elsa stesse bene. "C'è disperazione, quasi a ogni momento. E furia. E a volte non so cosa fare. Ma di solito, il più delle volte… se continuo a uscire di casa, e se mi concentro su… sull'immediato, su quello che ho di fronte… in questo trovo un po' di conforto. Non sono mai sicura che sia abbastanza."

"*Ayayay*," disse Natalia. "Spero di non averti trascinata giù in questo posto buio insieme a me."

Ed Elsa rise. "Io ci vivo in quel posto buio. Ho scalette solide e lanterne."

Se non fosse stato per quella conversazione, forse Natalia non avrebbe risposto alla chiamata di Gilcrest. E c'era anche il fatto che si sentiva colpevole per come aveva abbandonato il progetto, senza spiegazioni, dopo quel giorno sullo scheletro della barriera. Si sentiva colpevole e non professionale e in più continuava a chiedersi come stesse Vainilla e che cosa fosse successo al polpo da allora. A volte si chiedeva se Vainilla, dentro quella vasca di medie dimensioni, manifestasse gli stessi sintomi di spossatezza e apatia che provava Natalia, e se qualcuno se ne fosse accorto.

"Ehilà." Gilcrest sembrava diverso; non il circospetto camminare sulle uova che aveva temuto, ma una diminuzione delle formalità. "Volevo sentirti e vedere come stai."

Natalia cercò di schiarirsi la gola ostruita senza che questo si sentisse al telefono. "Sto bene." Il massimo che fu in grado di fare. "Scusami per, per…" Non riuscì a completare la frase.

"Niente di cui scusarsi." Gilcrest si schiarì la gola, apparentemente senza provare sensi di colpa. "Anzi, devi scusarmi tu. Qualcuno come te avrebbe dovuto fare parte integrale del progetto fin dal principio, personale a tempo pieno con più esercizio e preparazione. Non avevamo immaginato…"

Che sarebbe stato tanto tremendo, un orrore così assoluto finì per lui mentalmente Natalia. "Se aveste ingaggiato qualcuno a tempo pieno dal principio," disse, cercando di adottare un tono ragionevole e rassicurante, "io non avrei avuto l'opportunità di…"

Poi si bloccò, perché fino a quel momento non si era resa conto di essere contenta di aver preso parte al progetto.

"Comunque," Gilcrest si schiarì di nuovo la gola. "Ringo ha chiesto di te, e ci domandavamo se avessi voglia di ritornare per una festicciola che stiamo per fare per celebrare il successo della prima installazione corallina."

"Chi è Ringo?" chiese Natalia.

Gilcrest fece una risatina. "Come ci si dimentica in fretta. Ringo." Una pausa imbarazzata mentre Natalia passava in rassegna tutti i membri del personale che ricordava, e scoprì che riusciva a dare un nome a ben pochi di loro. "Il tuo polpo preferito? Ringo?"

"Ringo??"

"Certo, Ringo."

"Avete chiamato un polpo *Ringo*?"

"Sai, per le ventose…" Almeno sembrava imbarazzato.

"Sarei felice di venire a trovare… Ringo." In fin dei conti, era poi tanto più ridicolo di *Vainilla*? Tutti questi stupidi umani con i loro stupidi nomi umani per una bestia che non sapeva che farsene. O forse… "Hai detto che il polpo *ha chiesto* di me?"

"Proprio così. Ci abbiamo messo un po' a capire che cosa voleva, a essere sincero. La nuova interprete, ovviamente, non ti aveva mai vista…"

"Interprete?" Mentre lei era via ogni cosa aveva cambiato nome.

"Be'… sì. Abbiamo scoperto che quell'apparecchio si può usare per le comunicazioni. In effetti era uno dei suoi usi originari, per i pazienti in quello che si considerava uno stato vegetativo. Non ci è venuto in mente che potesse funzionare allo stesso modo con un cefalopode." Rise a disagio. "Ma certo che poteva."

"Già," concordò Natalia. Non era venuto in mente neanche a lei.

La festa non era alla baia. Certo che no. Era presso la nuova installazione corallina. Che era nel sito della barriera morta, infestata dai ricordi.

La barriera in corso di rianimazione, pensò Natalia, cercando di dissipare il terrore che sentiva nel petto. La barriera Lazzaro. Il mostro di Frankenstein delle barriere coralline. La barriera zombie. Questo non era d'aiuto.

Almeno ci andavano in nave – una nave grande, veloce, comoda. "A Ringo non piaceva l'elicottero," le disse mestamente Gilcrest quando si incontrarono sul ponte. "Ci sono rimasto malissimo quanto l'abbiamo scoperto."

"Già," acconsentì Natalia, pensierosa.

"Guarda!" indicò Gilcrest. "Delfini." Osservarono in silenzio per qualche attimo, chiedendosi dopo ogni balzo se ce ne sarebbe stato un altro. "Forse proveremo con loro la prossima volta."

Natalia non era certa se fosse attratta o infastidita da quel pensiero. "Come fate a usare la memoria del polpo per ricostruire la barriera corallina?"

"Non abbiamo delle vere mappe della barriera," disse Gilcrest. "Qualche mappa su larga scala di dov'era, e video isolati di diverse piccole sezioni girati dai sub, ma nessuna solida documentazione di che aspetto avesse. Ringo ci ha offerto un resoconto molto più dettagliato." Appoggiò gli avambracci sulla ringhiera, prendendo confidenza con l'argomento. "Ovviamente, non stiamo cercando di ricreare esattamente quello che ricorda Ringo. Non sarebbe pratico né possibile. Ma i ricordi ci forniscono preziose indicazioni sulle proporzioni tra le specie, sulla profondità abituale dei diversi tipi di corallo, e così via."

"Un consulente polpo," disse Natalia, guardandosi intorno come se Vainilla potesse sentirla. Aveva evitato la vasca di Vainilla, non volendo incontrare il polpo a quel modo, ma adesso si chiedeva se non dovesse passare a salutare. Con naturalezza.

Gilcrest rise. "Sì, forse anche più di quello che pensi. Stiamo cercando di trovare dei modi di usare le interpretazioni per andare oltre ai ricordi di Ringo e vedere se riusciamo a ottenere opinioni e idee su come procedere."

"Davvero? Sembra meraviglioso." Per la prima volta, Natalia pensò che forse le sarebbe piaciuto rientrare nel progetto, ma prima che potesse immaginare un modo per porre la questione, il tono del motore cambiò. Erano arrivati, ed era il momento di equipaggiarsi.

Natalia era ancora nervosa all'idea di rivedere Vainilla, ma quando entrò in acqua si trovò praticamente in mezzo a una folla. C'era l'interprete, e per l'occasione alcuni dei capi, compreso Kirk, erano stati riforniti di muta da sub ed erogatore. Ma l'interprete, un'alta australiana, radunò il gruppo in superficie per dare spiegazioni e armeggiare con l'attrezzatura, come se volesse lasciarla indisturbata, e Natalia rimase sott'acqua insieme a Vainilla e l'inquietante visore.

Non trovava la forza di accenderlo. Non poteva. Ma il cefalopode le vorticava intorno, per darle il benvenuto, allungando un tentacolo dopo l'altro ma senza mai arrivare a toccarla. *Come quando io ero prudente con Vainilla*, pensò Natalia, e diede il segnale.

I coralli che sbocciarono davanti al suo occhio destro erano vividi e strani e sembravano rinnovarsi senza fine, forme nuove emergevano dalle vecchie, e tra tutti i coralli danzavano pesci e anguille e tantissimi polpi.

"Questo cos'è?" chiese Natalia intorno all'erogatore. "È diverso."

"Oh, sì," le disse Gilcrest nell'orecchio. "Stiamo testando una parte diversa del cervello. Pensiamo che sia l'immaginazione di Ringo." Quando Natalia non seppe rispondere, continuò. "È il futuro."

Loto blu

Madeline Ashby

Madeline Ashby è una scrittrice di fantascienza, futurista, relatrice, insegnante e immigrata residente a Toronto. Madeline Ashby ha collaborato con Intel Labs, l'Institute for Future, SciFutures, Nesta, Data & Society, The Atlantic Council, il Centro dell'ASU per la Scienza e l'Immaginazione, Changeist e altri. Ha parlato a SXSW, FutureEverything, MozFest e altri eventi. I suoi saggi sono apparsi su BoingBoing, io9, WorldChanging, Creators Project, Arcfinity, MISC Magazine, and FutureNow. La sua narrativa è apparsa su Slate, MIT Tech Review e altrove. È l'autrice della serie di romanzi di Machine Dynasty. *Il suo romanzo* Company Town *è stato finalista ai* Canada Reads.

"Si chiama Graham-Pollard," disse Dash. "È un disturbo dell'empatia. Attribuisco intenzionalità e motivazioni a cose che potrebbero non averne affatto."

"Come una pareidolia?"

L'uomo che faceva la domanda era, per quanto ne sapeva Dash, quello che aveva richiesto i suoi servizi. Portava un completo in seersucker con camicia di seta rosa e sgargiante cravatta arancione e un paio di sandali in vera pelle che mettevano in mostra una pedicure recente e accurata. Era abbronzato dappertutto, senza righe su caviglie e polsi. Aveva da poco iniziato a stempiarsi, ma da tempo i suoi capelli erano color argento. Se mai, erano un po' troppo luminosi, come se li avesse lavati con la tinta viola pensata per il biondo platino.

Ma il punto era l'odore. La fragranza. La fragranza era la prima cosa che aveva notato. La fragranza la avviluppò dal momento in cui scese dal vecchio e cigolante ascensore per entrare nei sotterranei a livello delle fogne nella sede centrale della società finanziaria dell'uomo a Parigi. La fragranza si propagò sulla pelle della sua faccia, morbida e calda come cashmere nuovo. Dopo si sarebbe annusata i vestiti, cercando di individuare le note esatte. La fragranza la attirò giù per il corridoio buio e freddo e dentro una stanza traboccante di boccette blu cobalto e del più intenso color ambra. Le etichette su ogni boccetta erano scritte a mano. Su alcune i caratteri erano sbiaditi fin quasi a diventare ombre.

L'uomo seduto di fronte a lei era chiaramente interessato a preservarsi tanto bene quanto le fragranze nella cripta. Le si era presentato come St. Germain. Dash sospettava che fosse uno pseudonimo. Immaginava che fosse ricorso ai servizi della sua agenzia a condizione della più assoluta segretezza. La confisca di tutti i suoi dispositivi elettronici all'ingresso parlava chiaro.

"La pareidolia è un fenomeno visivo; imporre una somiglianza visibile tra due oggetti e da questo interpretare un significato. Vedere Gesù in un toast bruciato, quel genere di cose. Sembra più…" Dash si leccò le labbra. Avrebbe dovuto dire la parola con la A, il che significava che avrebbe dovuto dire anche quella con la S. I clienti tendevano a ritrarsi preoccupati di fronte a quelle due parole. Avrebbe dovuto fare il discorso. Il discorso tendeva a rassicurarli.

"Probabilmente è più vicina all'apofenia," continuò. "L'apofenia è la tendenza a vedere connessioni significanti tra le cose dove potrebbero non essercene affatto."

"Cose?" chiese St. Germain. Uno spesso sopracciglio si arrampicò più alto che poteva sulla sua fronte.

"Eventi. Persone. Titoli. Cose." Dash si mosse sulla sedia. Fece un respiro profondo prima di iniziare il discorso. Era diventata molto più brava da quando Batstone l'aveva trovata all'ospedale. Ormai sembrava meno una scusa e più una promozione commerciale. "L'apofenia è quando si vedono connessioni che in realtà non ci sono. È un sintomo

precoce di schizofrenia. La Graham-Pollard è la consapevolezza inconscia di una connessione genuina tra cose che
altrimenti apparirebbero scollegate. Se sai dove guardare
c'è, ma devi sapere dove guardare. Si manifesta come il
comprendere intenzioni e motivazioni e stimoli che potrebbero altrimenti passare inosservati."

St. Germain annuì. "Ed è questa patologia – questo disturbo dell'empatia – che le permette di sapere se un'intelligenza artificiale è senziente o meno?"

Dash controllò l'impulso di scrollare le spalle. Batstone
le faceva sempre storie per la sua postura e i suoi tic. "Il
mio supervisore pensava di sì. E ho un'ottima esperienza."

"Ha identificato intelligenze emergenti. Verificabili."

"Sì."

"Le è mai capitato un falso positivo?"

Dash pensò di dirgli che non era così semplice: qualsiasi
sistema sufficientemente complesso era indistinguibile da
una metodologia. Ciò che per una specie era intelligenza,
per un'altra era puro istinto. Un'intelligenza poteva rimanere in gestazione per anni all'interno di un sistema prima di
comparire come qualcosa che possedesse un'intenzionalità
e una realizzazione riconoscibili. E comunque, distinguere
quelle intenzioni dagli stimoli di un programma richiedeva
un'attenzione così intensa che quasi tutti continuavano a lavorare accanto a una mente in via di sviluppo per settimane
prima di notare una qualsiasi differenza – finché qualcosa
non andava storto. Finché la mente non iniziava a prendere
decisioni diverse.

"Ho identificato un caso di frode informatica hummin-
gbird all'interno di uno schema di day trading," disse.
"Quello che la ditta credeva fosse un'evoluzione del loro
algoritmo era in realtà una truffa allestita da una manciata
di persone che si sentivano trascurate dall'alta dirigenza."

St. Germain piegò la testa. "Dove?"

Lei sorrise. "Non sono autorizzata a dirlo. A tutti i nostri
clienti viene garantito lo stesso livello di anonimato che

offriamo a lei. È a loro discrezione divulgare la notizia, se hanno sviluppato un'intelligenza emergente verificabile. Certe organizzazioni preferiscono farlo passare sotto silenzio. Rivelare l'esistenza di un'intelligenza emergente nelle proprie fila è un ottimo modo per disegnarsi un bersaglio sulla schiena."

"Una mente è una cosa terribile da rubare."

"In sostanza sì."

St. Germain annuì tra sé. Si alzò, girò intorno alla scrivania dove era rimasto seduto e prese posto sul bordo, di fronte a Dash. Fece un respiro profondo. "Io e lei siamo della stessa pasta, credo. Siamo entrambi straordinariamente sensibili, a modo nostro. Io sono giunto a questa posizione perché, come lei, avevo un senso che non potevo spegnere." Si toccò il naso, poi indicò verso di lei. "Lei fa uso di nootropi, ma non prende la sua L-teanina dal tè verde puro. Ha comprato delle scarpe nuove per questo viaggio, ma ormai sono anni che porta quel blazer. Finalmente i capelli hanno ripreso a crescerle – prima le cadevano, probabilmente a causa dello stress, ma la jojoba e l'elicriso non stanno dando risultati. *N'est-ce pas?*"

Dash deglutì. "*Ç'est vrai.*"

Di nuovo, St. Germain annuì tra sé. "Quando tutto questo sarà finito, la affiderò al mio selezionatore di tè. Lui conosce un campo a Jiangsu dove suonano musica per le foglie, come noi facciamo con i nostri oli. Lo sapeva? Che suoniamo musica per i nostri oli?"

Dash aveva sentito una voce in proposito. Non era stata disposta a tollerarla. L'idea era così palesemente assurda che sospettava l'avesse inventata un concorrente con l'obiettivo di screditare la ditta.

"È vero," disse lui, come se le avesse letto nel pensiero. Allungò il braccio dall'altra parte della scrivania e si appoggiò un fascio di carta sulle gambe. Spiegandolo, rivelò un planisfero. Delle piccole X punteggiavano l'oceano a gruppi, con accanto delle date. "Che cosa sa del profumo?"

"Solo che non dovrei essere incaricata di comprarlo."

St. Germain schioccò la lingua. "Sciocchezze. C'è una fragranza per tutti. Ogni pentola ha il suo coperchio." Indicò il proprio paese sulla mappa. "La parola stessa viene dal francese medio: *dai fumi*. Al principio i nostri antenati si profumavano bruciando l'incenso, e facendo passare gli oggetti attraverso il fumo. Al tempo, si credeva che le fragranze scacciassero il male. La fragranza è sempre stata un'espressione del sé superiore: i doni dell'olibano e della mirra al Cristo infante; l'uso medicinale di salvia ed erba dolce e pino tra i popoli indigeni. Da qui la maschera del medico della peste, riempita di erbe." Indicò una maschera dal lungo becco in una teca di vetro, dall'altra parte della stanza. "Ovviamente, adesso sappiamo che alcune di quelle erbe hanno proprietà antibatteriche. Ma al tempo, ci si doveva semplicemente fidare del proprio naso."

Adesso batteva il dito sulle X della mappa. "La nostra industria ha avuto un cattivo rapporto con gli animali. Impossibile negarlo. Le sperimentazioni, gli habitat, tutto quanto. Non accampo scuse per la nostra storia."

I peli sulle braccia di Dash si rizzarono. Aveva un brutto presentimento su dove sarebbe andato a finire il discorso. Una frazione della sua mente iniziò a progettare la scusa da dare a Batstone per aver rifiutato il lavoro.

"Sa perché in questa stanza la fragranza è così ubiqua? Perché ha una tale persistenza, in dosi così piccole?"

Dash sospirò. "Ambra grigia. È quello che una volta si generava quando un capodoglio mangiava un calamaro gigante. A volte veniva trascinata a riva, e altre volte la ritrovavano i pescatori. Era un ingrediente chiave dei vecchi profumi." Fissò uno sguardo duro su St. Germain. "Ma i capodogli sono quasi del tutti estinti, così come i calamari giganti, quindi l'ambra grigia è funzionalmente inesistente. È per questo che la maggioranza dei fissativi sono sintetici, ormai."

"Proprio così. Tragico, davvero. Per i cetacei, e per le persone di buon gusto. Ma se le dicessi che i movimenti delle ultime specie di cetacei rimaste sono molto più facili da monitorare di quanto vogliano farci credere i biologi marini? Al punto che perfino io, un uomo che disprezza il mare, potrei predire i loro numeri in modo più accurato di un intera équipe di ricercatori?"

"Lei disprezza il mare? Davvero? Che cosa è successo? Che cosa le avrà mai fatto l'oceano?"

St. Germain fece un suono di disinteresse distintamente francese, buttando fuori l'aria dalle labbra come per soffiare via le sue parole.

"Si dà il caso che i nostri fornitori siano in contatto con persone che passano moltissimo tempo in acque internazionali," disse.

"Pirati," disse Dash.

"Capitani di ventura," disse St. Germain. "Umili commercianti che fanno del loro meglio sul mare aperto e sul mercato aperto."

Dash si lasciò affondare la testa tra le mani. Questo accordo era sempre peggio ogni minuto che passava. Avrebbe dovuto sapere che sarebbe andata così. Avrebbe dovuto intuirlo dall'auto nera assurdamente lunga che le avevano mandato e dall'allarmante silenzio dell'hotel che avevano scelto per lei. "Uhm. Okay. Certo."

"Ogni tanto queste persone trovano ambra grigia. Ambra grigia vera. Solo in quantità residue. Sono i loro robot a trovarla, in realtà. I – qual è il termine – serpenti spazzini?"

"Serpi setaccio."

"Sì. I serpenti robot, quelli che recuperano i rifiuti galleggianti da trattare. Ogni tanto trovano questa ambra grigia."

Dash alzò la testa. Era logico: tutti sapevano che i pirati hackeravano regolarmente le serpi setaccio per cercare depositi nascosti di materiali commerciabili: vecchia plastica, olio, merci che altri pirati avevano dovuto abbandonare in fretta e furia. Anche se le serpi setaccio erano progettate per seguire la telemetria satellitare verso aree di immondizia conosciute, erano fondamentalmente insicure e bastava solo qualche intervento provocatorio per spingerle in una qualsiasi direzione. Sarebbe stato facile addestrarle per farle andare a caccia di ambra grigia.

Perché andassero a caccia di balene.

"Mi ha fatta venire qui per prendere in esame un'intelligenza animale?" Si alzò. All'ingresso le avevano confiscato anche la borsa. Voleva dire che non aveva niente da prendere prima di tornare alla porta. "Perché per quello non ha bisogno di me. Ci sono decenni di ricerche nel campo delle teorie della mente dei cetacei. Le suggerisco di documentarsi."

"Questi decenni di ricerche mi possono spiegare perché i cetacei seguono le elezioni?"

Dash si bloccò con un piede a mezz'aria. La sua mano rimase sospesa sopra alla maniglia. Era molto antica, come ogni altra cosa nella stanza: vetro sfaccettato, non diverso dal tappo di un'arcaica boccetta di profumo. Forse era proprio quello. St. Germain sembrava il tipo di uomo che voleva mettere le mani su ogni pezzo del proprio patrimonio, in ogni secondo possibile.

Dash si voltò. "Elezioni?"

St. Germain sorrise.

Le diede svariate mappe cartacee, e una serie di date, e una casa sul fiume. Lei chiuse le tapparelle per far sparire l'obbrobrio che avevano messo al posto delle guglie cadute di Notre-Dame: era perfino peggio del memoriale dell'undici settembre, se una cosa del genere era possibile, la sorta di modernismo compiaciuto che nel giro dieci anni sarebbe già diventato obsoleto. Un monumento cattolico progettato da atei la cui etica del lavoro protestante aveva fruttato una messe di vetro e acciaio. Era l'equivalente architettonico di un'automobile acquistata da un papà divorziato che dava gli ultimi ritocchi al suo profilo sull'ennesimo sito di incontri.

Appese le mappe in sala da pranzo. Per ragioni di sicurezza, né St. Germain né alcuno dei suoi ricercatori aveva prodotto immagini digitali o registrazioni dei loro ritrovamenti. Operavano solo in cartaceo. Le mappe che le aveva dato erano costellate di spilli a indicare le segnalazioni di ambra grigia e gli avvistamenti di cetacei. Spilli gialli per le segnalazioni, spilli verdi per i ritrovamenti confermati, blu per gli avvistamenti di cetacei confermati. Etichette di carta *washi* indicavano le date. St. Germain e i suoi ricercatori inseguivano i cetacei e l'ambra grigia ormai da quasi quattro anni; era questo modello che li aveva indirizzati verso la teoria delle elezioni.

La storia iniziò con le balene franche. Nello specifico, l'ultimo branco conosciuto di balene franche, in migrazione tra l'Antartico e il Sud America. Erano soggette a non poca sorveglianza: fiancheggiate su ambo i lati da navi di conservazionisti finanziate da enti benefici, droni marini autonomi, e di quando in quando un satellite. Erano facili da seguire e relativamente sicure. Era questo branco che aveva evidenziato per primo le deviazioni nelle rotte migratorie che l'équipe di St. Germain aveva osservato nei capodogli. Negli ultimi cinque anni, le balene franche avevano deviato, in modo lieve ma documentabile, dalla loro solita rotta: seppure avessero dovuto migrare nei loro habitat dalle acque più calde in inverno e primavera per la stagione dell'accoppiamento, rimanevano vicino all'Antartico sempre più a lungo. Quest'anno avevano raggiunto la Penisola di Valdés soltanto sei settimane dopo la scadenza abituale.

Le teorie per la deviazione abbondavano: il riscaldamento globale aveva alterato la temperatura delle correnti, rendendo l'Antartico più caldo del solito; una combinazione di cariche di profondità usate per scavi subacquei e sonar militari aveva radicalmente disorientato i cetacei; il rovesciamento "cataclismico" dei poli e l'inversione del campo magnetico terrestre le aveva portate fuori strada. Un biologo aveva perfino avanzato l'ipotesi che le balene stessero soffrendo di una loro forma di sindrome da spopolamento degli alveari, come era successo alle api.

St. Germain non aveva stabilito il nesso tra deviazione migratoria ed elezioni finché uno dei suoi ricercatori non aveva evidenziato la data: un branco di megattere era rimasto negli habitat delle acque fredde per due settimane in più del solito, ma era partito per le aree di riproduzione entro le ventiquattr'ore seguenti a delle elezioni particolarmente controverse in Belize. L'Assemblea nazionale locale era stata prorogata due volte, mentre il Primo ministro in carica tentava disperatamente di restare aggrappato al suo governo allo scopo di garantirsi l'immunità dal procedimento legato a un'accusa di conflitto di interessi nel campo dei diritti minerari. Aveva perso. I cetacei erano partiti qualche ora dopo il suo discorso di sconfitta.

Ma poi era accaduto di nuovo, con le elezioni in Sud Africa, Egitto, Paesi Bassi, Panama. In tutte le occasioni esaminate dall'équipe tranne una, i branchi di cetacei erano rimasti nelle acque fredde molto più a lungo del solito, e poi all'improvviso erano ripartiti. La data della partenza era quasi sempre il giorno di un'elezione o quello seguente. Dovunque fossero i branchi, o per quanto fossero lontani da ciascuna elezione, era come se l'esito avesse in qualche modo dato loro il via libera per partire.

"Forse è solo una coincidenza," disse Batstone, quando lei lo chiamò per metterlo al corrente. "Certo che se ne sono andate in un baleno…"

"È un gioco di parole?" Dash sfiorò pigramente il suo *bun dau mam tom*. Quando l'aveva ordinato le era parsa un'idea divertente, ma adesso mettere insieme tutti i pezzi – la lattuga, il tofu, i noodle, le erbe, la pasta di gamberetti – le sembrava uno sforzo esagerato. "Hai fatto sul serio un gioco di parole sulle balene, un attimo fa?"

"Non avevo intenzione…"

"Vuoi una barba finta da Matusalemme da abbinare a quella battutaccia vecchia come il cucco? Te l'ha raccontata Noè sull'Arca? È dai tempi delle piramidi che…"

"Oh, Dash, falla finita." Lo sentì sorridere all'altro capo del telefono. Insisteva ancora a fare telefonate. Più dettagli, diceva, più contesto. La specie umana aveva impiegato centinaia di migliaia di anni di evoluzione per arrivare a comprendere la più piccola variazione tonale nella voce e poi, proprio quando la situazione si era fatta più grave, aveva deciso che preferiva usare i messaggi. "Sei riuscita a capire che cosa stia cercando?"

"Sono abbastanza certa che lui cerchi i cetacei per poterli cacciare." Dash non fece niente per nascondere lo sdegno.

"Sta già monitorando i branchi di cetacei. Questo me l'hai appena detto. Lui sa dove sono. Li potrebbe uccidere se volesse."

Dash iniziò a costruire un involtino di lattuga. "Già. Vero." Spalmò la pasta di gamberetti sulla lattuga e ci adagiò sopra una fettina di cocomero. "Forse sono i suoi concorrenti che li uccidono? Ma devono essere vivi per generare ambra grigia, è questo il fatto. Da morti non possono. In più dovrebbe controllare anche la popolazione dei calamari – è l'interazione chimica tra il cadavere in decomposizione del calamaro e lo stomaco del capodoglio che la produce."

"Dash, mia cara, sto cercando di cenare."

"Dovevi ordinare vegetariano, come me." Dash coricò il basilico accanto al tofu. Arrotolò tutto in un sigaro e lo morse. Era pungente e freddo e percepì le spezie fiorire sul retro della gola. "Sai che a volte il calamaro è ancora vivo quando la balena lo inghiotte? Combatte fino all'ultimo respiro, e con il becco le perfora lo stomaco dall'interno, il che scatena…"

"Dashiell."

"Okay, okay. Va bene. Sto solo dicendo che se vuole trovare un modo per mettere le mani su ambra grigia più genuina, dovrebbe condizionare anche la popolazione dei calamari. Non so che cosa ci faccio qui. Quello che gli serve davvero è un biologo marino."

"Pensi che stia facendo questo?" Dash sentì Batstone inghiottire qualcosa da un bicchiere pieno di ghiaccio. "Influenzare i cetacei?"

"Penso che gli piacerebbe." Si girò sulla sedia e contemplò le mappe. "L'accordo di non divulgazione dice qualcosa sull'archiviazione digitale?"

"Solo le consuete sottoclausole."

"Quindi potrei prendere la ricerca del cliente e confrontarla con i nostri modelli."

"Naturalmente."

"Non so, il tipo è un fondamentalista dell'analogico, lui…"

"St. Germain è un gran sacerdote dei sensi. Almeno, è così che gli piace presentarsi. È un'ostentazione, niente di più."

"Un non so che di vampiresco in effetti ce l'ha."

"In che senso?" La sua voce si incurvò verso l'alto in fondo alla domanda come se fosse un falcetto. Dash non aveva mai chiesto a Batstone che cosa facesse prima. Quando si erano conosciuti lei era un rottame: danni da esposizione, disidratazione, un morso di ragno infetto. Ma il fatto che lui l'avesse trovata all'ospedale, e trasferita in una struttura privata dove i pazienti davano falsi nomi e i dottori avevano solo tre tagli di capelli, le aveva detto quasi tutto quello che aveva bisogno di sapere.

"Nel senso che il suo posto di lavoro è letteralmente una cripta."

"Capisco." Il suo tono si rilassò un po'. "Be', confronta i dati. È come per ogni altro caso; segui gli indizi."

"Non ho un sistema da valutare, questo è il problema. Se ci fosse una mente, o qualcosa che potrebbe essere una mente, sarebbe un conto. Ma questa è solo… una serie di comportamenti."

"Ogni specie è una serie di comportamenti," disse Batstone, e concluse la chiamata.

Dash si mise a cercare gli interruttori della luce. Tirò fuori il suo dispositivo – uno diverso da quello confiscato dagli uomini di St. Germain – e iniziò a fotografare le mappe. Le accostò alle mappe dell'agenzia e alla ricerca sui cetacei disponibile al pubblico, e iniziò a sovrapporle una all'altra. Con un paio di gesti fu in grado di animare il tutto e proiettarlo contro la parete sopra alle mappe cartacee.

In movimento, lo schema delle migrazioni divenne molto più chiaro. Poteva monitorare le deviazioni in modo più efficace. Arrotolò un altro involtino e lo masticò mentre spediva dati termometrici alla mappa. Questi dati erano più confusi, ma la tendenza generale era in aumento. Lo stesso per l'acidificazione. E anche se era vero che l'innalzamento della temperatura globale aveva alterato le correnti oceaniche, le date non collimavano. Per curiosità, confrontò la mappa con i dati di tempeste e terremoti: El Niño, i maggiori uragani, il tremito nervoso della faglia della Cascadia. Niente. Non c'era nessun altro stimolo che potesse spiegare una deviazione migratoria tra specie multiple della durata di anni. Se ce ne fossero stati, si rese conto, qualcuno li avrebbe già trovati. Fior di biologi e oceanografi stavano cercando di venire a capo della questione.

Il che significava che non era un problema biologico.

Chiuse gli occhi e pensò all'oceano. Nero. Freddo. Profondo chilometri. Una pressione terribile, un vuoto terribile, condizioni terribili. Certe creature che si immergevano a quelle profondità potevano vivere centinaia di anni. Come sarebbe stato, assistere al cambiamento che in pochi decenni aveva stravolto il pianeta intero? Sentirlo sulla pelle? Provarne il sapore? Quali altri cambiamenti avrebbe notato?

Dash aprì gli occhi. Scorse di nuovo tutte le date. Le raffrontò a una finestra delle date elettorali dei rispettivi paesi. C'era un intruso: un branco di balene aveva aspettato una settimana dopo le elezioni in Egitto prima di partire per l'habitat invernale. Richiamò i dati elettorali di quell'anno.

Ed eccolo lì: un riconteggio.

Un riconteggio seguito da una battaglia legale lunga una settimana. Proteste. Marce. Scontri di piazza. Un diluvio di informazioni: video, filmati dei droni, dirette streaming, social. Il giorno del pronunciamento era stato il giorno in cui le balene erano partite verso acque più calde.

Influenza, aveva detto Batstone. *Falsi positivi*, aveva detto St. Germain.

Che cos'altro era cambiato? Cos'altro c'era di diverso?

"Se volessi far rimanere nelle mie acque un branco di cetacei, che cosa farei per tenerli lì, anche se inizia a fare sempre più freddo ogni giorno che passa?" chiese, a voce alta.

E poi l'intuizione. L'unica mappa che non aveva pensato di guardare.

Prese il dispositivo. "Ingrid," disse.

"Dash?" disse la voce all'altro capo. "Sei tu? Stai bene? Va tutto…"

"Perché non ci sono cavi sottomarini sul fondo dell'Antartico?"

"Cosa? Ma mi prendi per il culo? Lo sai che ore…"

"È impossibile costruirne uno lì? È illegale o che altro?"

"No, è solo un'idea stupida," disse Ingrid. "Per prima cosa, non c'è una popolazione che lo giustifichi. E in secondo luogo, per trasmettere le comunicazioni ci vorrebbe una vita. Be', una vita in termini relativi. Bisogna allungare il cavo parecchio più in là delle rotte battute. Con un cavo più corto hai comunque un picosecondo di differenza; lo sai. Tu non lo noti, ma il mercato azionario sì."

Dash strinse gli occhi sulla mappa. "Mettiamo che ne volessi costruire uno lì, a cosa mi servirebbe?"

Una lunga pausa. "Be', se volessi tenerlo nascosto," disse Ingrid.

"Perché avrei bisogno di tenerlo nascosto?"

"Magari se stessi trasferendo dei dati che non dovresti avere, o se cercassi di inviare dei dati all'insaputa di qualcuno, cose che non si possono semplicemente schermare…" La voce di Ingrid si spense. "Dash, dove sei? Di cosa si tratta? Mi devo preoccupare?"

"Stiamo solo chiacchierando," rispose Dash. "Ho chiamato un'amica e le sto chiedendo delle cose sul suo lavoro. Quanto c'è di algoritmico nella gestione del cavo?"

Ingrid fece un verso ironico. "Quanto c'è di non algoritmico, è questa la domanda."

"Quindi la costruzione dei cavi è intenzionale, ma quello che viene inviato, quando e in che quantità, viene gestito interamente da un algoritmo?"

"E dalle correnti di traffico," disse Ingrid. "Ci sono molti più meccanismi di filtraggio, adesso. Molte più leggi su cosa si può inviare e dove. Se ti va di passare dal museo delle infrastrutture, posso farti vedere…"

"Non posso. Prossima volta. Ma grazie."

"Sta per succedere qualcosa?" chiese Ingrid. La sua voce aveva preso tutt'altro tenore. "Tipo un blackout delle comunicazioni? O cosa?"

"No."

"Ma tu me lo diresti se ci fosse, vero? Ci informeresti?"

"Te l'ho promesso."

"Vero. Hai promesso che ci avresti avvertiti. Se stesse per succedere qualcosa. Se avessi trovato una mente che potesse…"

"Non è una mente, Ingrid. È solo cara vecchia disinformazione."

"Un cavo sottomarino," disse St. Germain. "Questa è la sua teoria."

"Questa è la mia teoria."

Stavano facendo colazione sul terrazzo della casa che St. Germain le aveva procurato. Lei si era seduta in modo da dare le spalle alla cattedrale. Anche così, la sentiva svettare dietro di sé, come un chiodo grezzo che spunta da un'asse del pavimento. St. Germain versò a entrambi del succo d'arancia e si appoggiò allo schienale della sedia. Indossava un completo chiaro con una camicia intonata al cielo e una cravatta del colore di un livido fresco, con un paio di pantofole di alligatore di un bianco abbagliante. Dash sentiva che la propria inferiorità nel vestiario era pari solo a quella in ore di sonno.

"E cosa crede che sia? Calore? Rumore?"

"Uno dei due. O entrambi. I cavi energizzati emettono qualcosa come cento microtesla, un valore che è nella gamma di percezione di squali e altri animali che usano frequenze elettromagnetiche per orientarsi. E i cavi di alimentazione disperdono più calore degli altri tipi. Sarebbe impossibile capire il problema senza guardarci dentro. È come per ogni altro problema di cavi: certi modi di risparmiare sui materiali per l'isolamento compromettono il segnale. Forse è sufficiente ad attrarre una fonte di cibo, e i branchi rimangono lì più a lungo per trarne vantaggio. In ogni caso, quando il traffico nel cavo si spegne – quando la campagna finisce – lo stimolo non c'è più." Dash sorseggiò il succo. "Questo succedeva più spesso prima, quando la tecnologia era nuova. Le balene restavano intrappolate nel cavo e morivano. Adesso le società di telecomunicazioni posano il cavo direttamente nel fondale oceanico. Ma mettiamo che, per qualsiasi ragione, qualcuno che non sia nel business dei dati voglia comunque una sua linea personale. Nel caso di un blackout delle comunicazioni su vasta scala, per esempio. O nel caso in cui, per qualche motivo, il suo accesso al resto del network globale venga improvvisamente interrotto."

"Per qualche motivo." Un sorriso indugiò sull'angolo della bocca di St. Germain. Dash non disse niente. Si limitò a sostenere il suo sguardo. Non aveva intenzione di spiegare oltre. Avrebbe lasciato che fosse lui a escogitare la sua teoria cospiratoria. A fare le sue indagini. Se quel cavo c'era davvero, non aveva alcun desiderio di scoprire chi ci fosse dall'altra parte.

"Un cavo nascosto sarebbe di grande aiuto per diverse cose," disse St. Germain, alla fine. "Ma bisognerebbe nasconderlo dove non sospetterebbe nessuno, e dove sarebbe improbabile che futuri speculatori ne posino altri. E si potrebbe avere una certa fretta di posare rapidamente del cavo a buon mercato o scadente, che disperde più calore o rumore."

Dash annuì. "Ma voglio essere molto chiara: dovrebbe davvero parlare con un biologo. Questa è solo un'idea."

Il sorriso di St. Germain rivelò denti di improbabile lucentezza. "L'ho fatta venire qua per avere un'idea."

"Non sono sicura che questa mia idea l'aiuterà davvero a trovare dell'ambra grigia."

Di nuovo, St. Germain respinse il pensiero con uno sbuffo d'aria tra le labbra. "Se non altro, lei mi ha aiutato a decidere alcuni investimenti futuri." Prese in mano il succo e lo agitò, così da far roteare la polpa al suo interno in un pigro vortice. Trascinò lo sguardo oltre la spalla di Dash. Accennò con il mento. "È terribile, non crede?"

"La detesto," rispose Dash, senza voltarsi.

Lui tirò su col naso. "Pensavo che quando sarei arrivato all'età che ho adesso, avrei invidiato i giovani. Stranamente, scopro che è vero il contrario." Cercò nel taschino sul petto, ed estrasse una fialetta blu chiusa da un contagocce di gomma. "Questa è sua."

Dash fece una smorfia. Non c'era un modo diplomatico di dirlo. "Mi dispiace, ma l'agenzia non mi permette di accettare regali."

St. Germain si alzò. "Ha il suo nome sopra. Appartiene a lei." Girò la boccetta e sull'etichetta c'era il suo nome – il suo nome vero, quello di cui si era liberata molto tempo prima per evitare di farsi localizzare. I capelli sul cranio le prudevano. "Ha tutto quello che le serve: artemisia, loto blu, camomilla blu, pinolo e vetiver. La usi prima di dormire. Se dorme."

Se ne andò. Batstone chiamò quindici minuti dopo. Dash non rispose. Rimase seduta a guardare il mattino illuminare la boccetta e mutarla dal cobalto al nero, come il sole che tramonta sul mare.

Lauren Beukes

Lauren Beukes è autrice pluripremiata di cinque romanzi, tra cui Zoo City, *vincitore del premio Arthur C. Clark,* Broken Monsters *e* The Shining Girls, *un libro di racconti, una storia pop sulle donne in Sud Africa, e due graphic novel,* Survivors' Club *e* Fairest: The Hidden Kingdom. *I suoi libri sono stati tradotti in venticinque lingue in tutto il mondo. Vive a Città del Capo, in Sud Africa, con la figlia di dieci anni, e sta tramando per ritornare in Antartide.*

Una sorta di comunione

L'energumeno da Kansas City si agita non molto convinto nella vasca di immersione sensoriale. La cosa non lo entusiasma, Maia lo capisce, anche mentre la moglie devota filma l'esperienza, zoomando sulla sua faccia, priva di espressione dietro all'erogatore che gli riempie la bocca, agli enormi occhialoni che gli consentono di vedere in prima persona. Non "come un videogioco" – Maia rifiuta quella terminologia, perché crea aspettative e qui tu non hai il controllo.

"Si chiama muta immersiva perché è come quando sei immerso nel mare?" scherza uno dei ragazzini in attesa, tutto pelle e ossa e nervi e capelli ordinati. Maia ridacchia, come se non avesse già sentito la stessa battuta cento volte da altri cento ospiti di *Antarctica Experience!* in attesa del loro turno nella vasca. Il ragazzino fa parte della famiglia del Ghana, dottori o qualcosa del genere, che hanno portato i loro tre figli adolescenti a vedere i confini del mondo.

(La fine del mondo.)

Se non altro mostrano interesse, hanno pagato migliaia di dollari per affrontare il Canale di Drake ed essere qui di persona. Menù gourmet, due spedizioni al giorno sulla Penisola con guide esperte e scienziati, camminate sulle racchette da neve, giri in kayak, pinguini, avvistamenti di balene, e non fatevi sfuggire la nostra nuova ed esclusiva attrazione di bordo: "Dentro la mente di una foca di Weddell". Ovviamente il nome non è preciso, è sempre la tua mente che entra nel corpo di una foca di Weddell. E non è quello il problema?

I nodi di biofeedback integrati nella muta si accendono su tutta la lunghezza del corpo di Mister Kansas City, mentre lui dimena gli arti per niente da foca. Si muove troppo, fuori sincrono con la Weddell a cui è connesso dal vivo; Juniper, una femmina che sospinge il suo piccolo recalcitrante dentro il foro nel ghiaccio e nell'oscurità sotto la banchisa. È un momento speciale, ma per lui è sprecato.

Sa che vorrebbe essere in uno dei maschi lottatori – sono lì, ha visto i loro segnali biologici intrecciati sul radar. Fig e Boris Karlov. (Questi non sono i loro veri nomi, che non sono neanche nomi, ma numeri di serie da allegare ai dati a fini scientifici.) Sa che stanno volteggiando uno intorno all'altro nel pieno della battaglia, e a morsi si riempiono a vicenda il muso di cicatrici e sangue, malati di adrenalina territoriale. Ci vorrebbe un attimo a traslarlo dentro uno di loro, regalargli quel brivido viscerale a buon mercato, guadagnarsi cinque stelle piene sulla sua recensione su TripAdvisor – ma la violenza è un genere di pornografia.

Ah, eccoci, tanto puntuale da spaccare il secondo: si è già stufato. Eiezione precoce! L'energumeno si issa fuori dalla vasca, alzando gli occhialoni sulla testa.

"Tutto qui?" dice, mentre si libera di mezzo milione di dollari di strumentazione ICS (Immersione Comportamentale Soggettiva) e la muta forma una pozza accanto ai suoi piedi grossi e pallidi, i sensori aptici offuscati. Si succhia i denti. "Un po' una palla," dice alla moglie. Ha una di quelle facce americane larghe e piatte, naso piccolo e schiacciato, capelli neri e flosci, sopracciglia spesse come segni di punteggiatura. Deve fare una lista mentale dei tratti dei diversi passeggeri per essere in grado di distinguerli. Tecnicamente, non è cecità facciale; non ha (ancora) scambiato nessuno per un cappello. Diciamo disinteresse facciale. Non sono foche. E per lei gli umani hanno tutti la stessa faccia.

L'uomo si passa l'asciugamano sui capelli, che si rizzano come gli aculei di un riccio di mare, e le rivolge un sorriso ironico di falso dispiacere, la bocca piena di file di denti bianchi.

"Sa cosa sarebbe una cazzo di bomba? Un'immersione come orca assassina. La dovreste aggiungere al programma!"

"Temo non sia possibile," Maia sorride, perché deve farlo, perché a bordo l'Esperienza degli Ospiti surclassa tutto il resto. Le orche sono l'unica altra specie oltre ai globicefali e agli umani che affronta la menopausa. Si chiede se a Mister Kansas City piacerebbe provare quel tipo di immersione, perché non è tanto divertente, lei lo sa bene.

"Non era perché le foche di Weddell sono gli unici animali che si lasciano avvicinare abbastanza da installare l'apparato craniale" salta su l'adolescente ghanese. Allora il nostro genietto della scienza è stato attento sul serio durante l'introduzione. Lei apprezza.

"*Exactement*," dice, vergognandosi di se stessa mentre pronuncia la parola. "Le orche e le foche leopardo ti mangerebbero a colazione. Le megattere si strappano di dosso gli strumenti. Le Wendell e gli elefanti marini sono gli unici che li tollerano – sono i migliori scienziati antartici che abbiamo…"

"Sì, sì," interrompe Kansas City, lì in piedi in boxer. "Lo so, lo so. La specie che raggiunge le profondità maggiori…"

"Tra le specie che raggiungono le profondità maggiori…" lo corregge automaticamente.

"Gli unici mammiferi in grado di scendere sotto la calotta di ghiaccio. Sto solo dicendo che le orche assassine sarebbero una bomba." Guarda il suo stupido orologione d'oro. "È già aperto il bar?"

"Tra mezz'ora," dice Maia. Sorridendo.

"Posso andare io per prossimo?" dice il ragazzino. Maia prova tenerezza per lui, il suo entusiasmo puro e luminoso.

"Forza, salta dentro quella muta!" dice. Ci sta provando. Davvero. È solo che non è brava con le persone.

Rubato

Rubano tutte tempo, le guide di spedizione. Ognuno di loro è superqualificato per questo lavoro, sottopagato, ma è tutto quello che permette loro di essere qui. La scienza è competitiva; ottenere un sussidio o assicurarsi un posto su una nave dedicata alla ricerca, o in una delle basi di ricerca, è difficile. Ancora di più se sei sopra i quaranta. O i cinquanta. O i cinquantuno e mezzo.

Peggio, potresti ottenere una posizione e poi perderla. Potrebbe capitarti di litigare con il tuo compagno alla base-che-non-sarà-nominata, cosa che ti rende impossibile rimanere, perché è lui che ti rende impossibile rimanere.

Il dottor Casey Armstrong potrebbe dirti che, sfortunatamente, ha dovuto raccomandare alla dirigenza di terminare le operazioni dell'unità ICS, perché le immersioni costano troppo e sono un lusso, occupano troppa banda, perché i dati grezzi forniti dalle foche tramite segnale radio (tecnologia vecchio stampo degli anni duemiladieci) bastano già a captare e ritrasmettere le questioni più pressanti, il mutare delle correnti e le temperature dell'acqua.

Potrebbe dirti che ormai la scienza animale è diventata tutta questione di genetica e sequenziamento, il comportamentismo è fuori moda – e onestamente, amore, la scienza non sa che farsene dei tuoi sentimenti. Che sarebbe proprio bella, gli potresti rinfacciare, perché lui è tutto sentimenti, a ogni istante: geloso, insicuro, manipolatore.

Lui potrebbe ribattere che nella tua vita lui *dovrebbe* venire per primo. Tu potresti rispondere che *tu* vieni per prima nella tua vita, stronzo, perché, guarda un po', sei un essere umano a pieno titolo. Lui potrebbe ridere e dire che a volte non ne è tanto sicuro. E avrebbe ragione. Avrebbe torto su tutto il resto, compresi i motivi per cui lo amavi. Ma non su quello.

E tu dovresti fare le valigie e andartene, cercare qualcosa di nuovo, perché lui si stava occupando di questioni climatiche di importanza vitale, e tu eri solo una di *quelli dei mammiferi*.

Dismorfia

Quattro e trenta di mattina, mentre gli ospiti stanno ancora sognando nelle loro cuccette, lei si alza dal letto nell'angusta cabina che divide con Ana, la cameriera filippina diciannovenne, che rientra la sera tardi puzzando di *cigarillos* ed è troppo sfacciata, troppo chiassosa, il che non è colpa sua. Maia scivola fuori e fa le scale verso la sala delle immersioni, che occupa l'area di due cuccette intere che potrebbero essere affittate a ospiti paganti. È indulgenza anche qui.

Si infila la muta, sperando che nessuno ci abbia fatto pipì dentro, si allaccia il controller universale che le permette di spostarsi tra gli animali nel raggio d'azione e si cala nel liquido caldo della vasca. È più fluido e meno viscoso dell'acqua, una sorta di soluzione salina respirabile. C'è meno attrito, simula meglio il modo in cui l'ambiente accoglie le foche; tutt'uno con l'oceano, senza fatica.

Salta, senza sapere chi stia cercando di raggiungere. Juniper, che ozia sulla superficie ghiacciata, il suo piccolo Paprika, coricato per metà sopra il suo corpo. Riesce a sentire il conforto del peso del piccolo tramite i sensori sulla muta, un picco di ansia che è arrivata a riconoscere come fame. Juniper ha perso quasi metà del peso corporeo mentre lo allattava in estate, è praticamente deperita.

"Sono proprio ottime madri," aveva detto Casey, in modo eloquente, cento anni prima nella sua vita passata (sedici mesi, il suo ultimo compleanno alla base). Lei ci aveva messo troppo a capire che quando parlava della "sua eredità" non si riferiva soltanto alle pubblicazioni – a un certo punto della vita si era ricreduto sul vedere la riproduzione come l'atto in assoluto più egoistico a cui l'uomo potesse indulgere. La genetica va alla grande. Ma Maia non aveva mai voluto bambini.

Scivola dentro Fred Astaire, che sonnecchia sospeso in acqua, immobile e rilassato. Si riscuote, fa una lenta giravolta, come se percepisse Maia connessa con lui e volesse mettersi in mostra. (Non c'è alcuna indicazione che le foche possano percepire quando la loro apparecchiatura sta trasmettendo informazioni a un immersore umano.)

Più probabilmente, sta controllando il suo foro di respirazione. Le Weddell vivono e muoiono in base al loro accesso all'aria. Sfregano i denti sul ghiaccio per allargare i fori o li tengono aperti contro l'avanzare degli elementi. Li sorvegliano ferocemente, in particolare dagli attacchi da sotto. Se ti perdi laggiù, se il foro si chiude, se i tuoi denti si logorano con l'età, è finita. A volte la scienza sembra proprio così, pensa Maia, tutti che sorvegliano i propri fori, i propri sussidi, i propri posti di ricerca, il proprio ordinariato.

Passa a una nuova coscienza, dentro Ginger Rogers, che ha un pesce nel mirino. Concentrazione potenziata, adrenalina, le vibrisse che tremolano, come quelle di una gatta, per rilevare la corrente, il movimento.

Fluttuare è un genere di felicità. Il crepitio elettronico dei canti delle foche attraversa l'acqua. Come un pezzo di Skrillex, ha osservato uno degli adolescenti ammirati. O il suono di connessione dei modem, ha aggiunto la mamma, e i ragazzini hanno fatto una smorfia e detto che non sapevano cosa fosse.

Ginger/Maia si immerge nelle tenebre in una parabola stretta, poi ritorna verso la superficie. La calotta di ghiaccio di sopra assomiglia ai gorghi vorticanti delle Nubi di Magellano, a un dipinto di Turner di una tempesta, con squarci di bianco accecante e turchese nelle crepe da dove filtra la luce ininterrotta del giorno polare.

Ed eccola: la preda di Ginger/Maia, un merluzzo verde smeraldo, in una perfetta luce posteriore. Questo è intenzionale. Come lo è fare le bolle attraverso le fenditure nel ghiaccio per spingere il pesce alla fuga. Un diluvio di adrenalina e felicità soddisfatta, mentre si fionda sul pesce e i denti concepiti a questo scopo ne lacerano la carne. Maia riesce quasi a sentire il sapore del sangue nella bocca. La sua altra-bocca.

Quando emerge, quarantotto minuti dopo, un uomo la sta aspettando. Uno degli ospiti; lo ha visto sul ponte. Pelle bronzea e capelli impomatati, sui trentacinque, dotato di un fascino rifinito da persona colta, e di un addome altrettanto ben rifinito. O forse è semplicemente il carisma dei molto ricchi. Si prodiga per offrire da bere a tutti al bar, ma lei non ci ha mai parlato, né ha colto il suo nome.

"Dev," dice, porgendole un asciugamano. "Speravo di incrociarla."

"Lei non dovrebbe essere qui dentro," gli dice, imbarazzata, avvolgendosi nell'asciugamano. Non indossa niente sotto il rivestimento. Essere nuda è più naturale, il più vicino possibile al grigio palomino screziato delle sue foche.

Dev scrolla le spalle, sorridendo. "Devo proporle un'idea audace."

"Non posso farla entrare in un'orca assassina," sospira.

"Oh no, non ho alcun interesse a usare quell'affare." Lancia uno sguardo sprezzante alla vasca. "Mi serve il suo aiuto per cercare una cosa."

Storie di esploratori

L'Antartide fu scoperta dai cacciatori di foche. Seguirono le otarie orsine fino a casa, e le trovarono sulle rive ghiacciate dove vivevano, e le uccisero e uccisero e uccisero, a milioni, finché ne rimasero solo poche centinaia sulle rocce più scoscese e inaccessibili. Dopo vennero gli esploratori, a marcare il territorio come cani che pisciano sugli steccati, con le loro conquiste e rivendicazioni. Le foche di Wendell prendono il nome dal loro genocida.

Ma è questa la cosa che rinfranca delle foche di Wendell. Loro se ne fottono; del loro nome, degli umani che su questi ghiacci, vista l'assenza di predatori di foche, possono arrivargli fin sotto il naso, dei leggeri apparati craniali che quegli stessi umani installano su di loro. Ehi, è un passo avanti rispetto ai transponder radio che i vecchi ricercatori gli incollavano in testa per inviare informazioni ogni volta che riaffioravano dalle loro immersioni profonde sotto il ghiaccio.

Anche lei in genere se ne fotte. "Kansas City" ha sporto reclamo per il suo atteggiamento: in qualche modo gli era giunta voce della presenza di maschi territoriali nelle vicinanze e sosteneva che quella "vacca cicciona" lo aveva privato precisamente del tipo di esperienza per cui aveva pagato, e questo la dice lunga sulla professionalità a bordo di questa nave, e ci potevano scommettere che si sarebbe fatto sentire da chi comandava.

Natasha, il capo spedizione, alza gli occhi al cielo. "La solita solfa, vogliono che gli animali si esibiscano in orario. Però Maia, per favore, potresti perlomeno provare a dargli quello che vogliono? Ogni passeggero diventa un ambasciatore."

"Niente promesse," dice. Sta già valutando l'offerta di Dev. Tutte le ore in immersione che riesce a tollerare, tutto il giorno, tutti i giorni. E, cosa meno interessante, una caccia al tesoro, del tipo che gli uomini come lui usano per sostenere il proprio ego.

Storie di esploratori 2

Ed è così che, due mesi dopo, si ritrova sul ponte del megayacht di Dev, mentre lui tiene banco a una cena di investitori. Gli iceberg si ergono intorno a loro come Alpi sommerse conficcate nel mare nero corallo. Non conta niente che siano al largo della costa della Penisola, a chilometri dal Mare di Weddell. Hanno chiaro il concetto.

"Questa sarà la più grande spedizione archeologica sottomarina dai tempi del Titanic," proclama Dev. "Ma James Cameron aveva i sottomarini, e noi abbiamo un relitto che è fuori portata anche per i veicoli subacquei autonomi più sofisticati." Porta una giacca da freddo estremo bianca e nera concepita per imitare uno smoking, il che naturalmente lo fa sembrare un pinguino. Potrebbe essere intenzionale, suppone Maia, per accentuare il suo fascino eccentrico, questo miliardario che affabula gli investitori sufficientemente temerari da volare fin qui a sorbirsi la sua tirata sulla nuova età dell'oro dell'esplorazione. A lei sembra vile nostalgia per quella vecchia, un tentativo di aggiungersi al pantheon dei grandi uomini – gli Scott e gli Shackleton. "Sai qual è il bello degli dei e dei mostri," pensa, mentre Dev alza il suo calice di champagne, "i soldi che riescono a raccogliere per poi gettarli al vento, dietro alla promessa di un'avventura."

"L'Endurance rimase incastrata tra i ghiacci nel 1915 e fu schiacciata nella morsa del pack – uno 'spettacolo penoso fatto di caos e macerie'." (A Maia piace pensare che sia stata sgranocchiata come un pesce tra i denti di una foca.) "La nave di legno affondò nelle profondità nere e gelide di quella che Shackleton definì 'il punto peggiore nel mare peggiore del mondo'. Ma come diceva lui stesso, 'le difficoltà sono solo cose da superare'. Noi supereremo quelle 'diaboliche condizioni', troveremo gli alti alberi della goletta nel cimitero buio e freddo dove riposa, utilizzando la tecnologia più dirompente che abbiamo… la natura."

Maia si accorge che tutti la stanno guardando. Alcune delle donne rabbrividiscono negli abiti da sera sotto i giacconi pesanti, non vedono l'ora che la facciano finita con i discorsi, così potranno tornare dentro. Vi serve più ciccia, pensa. Alza il bicchiere in risposta. "Alla natura," dice.

Qualche spiritoso si china verso la compagna, appena due posti più in là "So che le persone finiscono per assomigliare ai propri animali, ma non immaginavo che valesse anche per gli scienziati e i loro progetti." L'amica gli rifila una gomitata.

"Alla nostra unità ICS!" dice Dev e il suo pubblico strilla e batte i piedi a terra, anche se forse è per combattere il freddo. "Alle foche! Alla nostra impresa! All'Endurance!"

Dopo, lei aiuterà a entrare nella vasca alcuni ospiti, storditi dallo champagne e dalla meraviglia per le isole di ghiaccio intorno a loro, così che possano sperimentare l'immersione in prima persona. Come l'whisky di Shackleton, recuperato dal ghiaccio sotto la sua capanna un secolo dopo, c'è una promessa di spoglie e di gloria.

"Quindi come fate a controllarle?" chiede una delle donne, occhi da squalo in reggiseno e mutande mentre si infila la muta. "Un qualche impulso elettrico dell'apparecchiatura?"

"Per i dettagli tecnici dovrà chiedere a Dev," ribatte Maia, ma dentro di sé è furiosa.

Il giorno dopo, quando sono tutti in volo verso casa, lo affronta.

"Stai dando un'immagine distorta della tecnologia. Non posso guidare le foche da nessuna parte. Una donna ha chiesto se era elettroshock. Elettroshock! Gli stai mentendo, Dev."

"Sto esagerando. Vogliono garanzie. Sai bene quanto me che bisogna farlo, bisogna dirgli quello vogliono sentire. È tutto compromesso, Maia. Alla fine avremo i risultati," le strizza l'occhio.

Ma li avranno davvero? Lei non è così sicura. Forse lo ha già accennato, ma le foche se ne fregano di quello che vuoi tu.

Endurance

Maia estende di colpo una mano, all'unisono con la sua foca, pochi millisecondi dopo di lei, mentre Cher/Maia fa una brusca curva a sinistra. Tutte le ore e ore e ore di immersione ininterrotta hanno accresciuto la sua sintonia.

Vive e respira foche da quattordici a sedici ore al giorno, uscendo dalla vasca solo perché Dev si ostina a dirle che non può dormire lì, e deve mangiare. La sensazione fantasma del pesce o del polpo preferito nella sua *altra-bocca* non contiene sostanze nutritive reali. Ma è irritante ogni volta che deve emergere. Se non altro anche le foche sono goffe, impacciate, imbranate a terra.

Cher/Maia descrive un'ampia parabola sopra i coralli rocciosi e sopra una brillante stella marina. Gli accumuli di krill e banchi di ghiaccio sono come stelle biancastre nelle tenebre. Maia desidera di scendere più a fondo. Una settimana fa, ha intravisto qualcosa che avrebbe potuto essere l'albero di un veliero. Ma, ovviamente, desiderare non funziona (se i desideri avessero le pinne...) e Cher/Maia va dove vuole, il che oggi è al largo, nell'oceano aperto, e Maia sta per trasferirsi altrove, scegliere un'altra foca più vicina alla loro migliore ipotesi delle coordinate in cui la nave fu ingoiata dal ghiaccio, quando c'è un movimento confuso. Il suo sistema è invaso dal corrispettivo in adrenalina. Un richiamo elettronico strappato a Cher/Maia, forse un avvertimento, e poi i bianchi occhi da panda che spuntano dal buio, i denti nella tenebra, e l'orca è su di lei. Una pressione terribile percepita nella muta, impossibile da sopportare. Dolore. Sangue in acqua. Omicidio sulla pista da ballo, pensa illogicamente Maia. E si trascina fuori dalla vasca, ansimante, si strappa di dosso la muta prima ancora di essere riemersa. Toglila, toglila.

Rimane stesa a boccheggiare sul pavimento bagnato. I denti che escono dalla tenebra. Così improvviso. La pressione.

"Tutto bene?" La testa di Dev sbuca dalla porta. "Phil dice che c'è stata un'impennata enorme nei rilevamenti..." Lei apre gli occhi, allunga una mano verso di lui.

"Ehi, ehi, cos'è successo qui?" Si inginocchia accanto a lei. "Stai piangendo? Aspetta.. L'hai trovata?"

"No." Ricaccia in gola un singhiozzo. Gli occhi bianchi nel buio. "Penso. Di essere morta. Un'orca."

Dev si acciglia. "Credevo che non venissero sotto il ghiaccio."

"Oceano aperto."

"Ah be', allora non avresti dovuto essere lì. Cioè, mi dispiace, dev'essere stato un trauma pazzesco. Spero tu stia bene."

"Mi riprenderò," si rotola su un fianco, si costringe ad alzarsi. I denti aguzzi come un sorriso. "Davvero," rifiuta la sua mano con un cenno.

"D'accordo. Nel senso, chiaramente mi importa della tua salute. Però che ci facevi là fuori?" ride, a disagio. "Non ti pago per metterti a giocare nelle foche tutto il giorno."

No, pensa, mi paghi così tu puoi giocare a fare l'esploratore.

"Vuoi qualcosa da bere? Perché a vederti sembra proprio che ti serva qualcosa da bere."

"Mi riprenderò. Te l'ho detto. Devo tornare al lavoro." Costi quel che costi.

"Se per te è troppo, probabilmente potrei trovare qualcun altro. Potreste darvi il cambio. Non sei l'unica esperta di immersioni."

Lei deve sopportare. Questo. Il mondo esterno. Quest'uomo che le afferra la pelle.

Maia gli prende il polso, lo guarda fisso negli occhi (vede ancora quel bianco panda, sovrapposto alla sua faccia come un teschio). "Le difficoltà sono solo cose da superare, no? Troverò quello che cerchi. Prima o poi."

La scienza è curiosità. È connessione.

A volte è compromesso. Devi sorvegliare il tuo foro di respirazione.

Torna dentro la vasca, non perché è quello che vuole lui, non perché abbia bisogno di superare la propria paura prima che faccia presa, ma perché è l'unico posto dove Maia è davvero se stessa.

Haven

Karen Lord

*Karen Lord, scrittrice e consulente di ricerca barbadia-
na, è nota per il suo romanzo d'esordio* Redemption in In-
digo, *che ha vinto il Frank Collymore Literary Award nel
2008, il Carl Brandon Parallax Award nel 2010, il William
L. Crawford Award nel 2011, il Mythopoeic Fantasy Award
for Adult Literature nel 2011 e il Kitschies Golden Tentacle
(Miglior esordio) nel 2012, ed è stato candidato al World Fantasy Award per il Miglior romanzo nel 2011. È autrice della dilogia fantascientifica* The Best of All Possible
Worlds *e* The Galaxy Game, *e editor dell'antologia* New
Worlds, Old Ways: Speculative Tales from the Caribbean.
Il suo ultimo romanzo, Unraveling, *è stato pubblicato da
DAW Books a giugno 2019.*

Lyndon Greaves fece un profondo sospiro e indugiò
molto, molto a lungo con l'indice sopra il pulsante di can-
cellazione. Poi si riappoggiò allo schienale della sedia,
prese il bicchiere di rum, respirò e bevve, e rilesse il suo
ultimo paragrafo con occhio critico.

"In un'era di cambiamento climatico, molti abitanti di
Barbados si affidano al controllo ambientale nelle loro case
e nei posti di lavoro per tenere lontani il caldo, l'umidità, le
zanzare e la polvere del Sahara. L'edilizia è diventata un'attività delicata che richiede la massima competenza. Vogliamo abitazioni più piccole, più intelligenti e più forti. Harbor
Habitats Inc. mira ad offrire tutto questo e anche di più."

Greaves non sapeva cosa pensare del progetto Habitat.
L'opinione pubblica era... contrastata, a dir poco. Alcune
persone protestavano a pieni polmoni nei programmi radio-
fonici e sui podcast, i manifestanti ogni tanto si facevano

vedere ai cancelli del Parlamento, ma gli Habitat continuavano a crescere, come una lunga crosta bassa sull'orizzonte. Tutto intorno a Barbados, quell'orizzonte era stato lindo, immacolato e vuoto. L'isolamento era parte dell'identità bajan, il privilegio di avere, intorno alla sicurezza del proprio piccolo rifugio, il fossato di un oceano. Lui lo capiva, anche se non era completamente d'accordo. I suoi timori erano più specifici.

Bevve un ultimo sorso di rum, aprì un altro documento e riprese a digitare finché un leggero bussare alla porta lo fece irrigidire. "*Je suis prêt*," mentì.

Dopo due minuti era fuori, avvolto dall'aria umida della notte e dai lamenti sempre striduli delle rane arboree. Henri Leclaire stava aspettando in cortile, con un aspetto rilassato e atletico in canottiera di neoprene e shorts da nuoto. Non proprio James Bond, ma abbastanza simile da far sentire Greaves un po' stupido con i suoi ampi calzoncini di nylon e maglietta. Leclaire contemplò il suo aspetto in una rapida occhiata dall'alto in basso e senza parlare gli offrì un marsupio gonfiabile. Greaves lo indossò solennemente.

"*Suivez moi. C'est pas loin.*"

Greaves seguì obbediente lungo sentieri acciottolati, erba irregolare e sabbia coperta di liane, verso il sussurrio dei piccoli frangenti. Una falce di luna e il nitore delle stelle gli offrivano luce appena sufficiente a vedere una forma snella, lunga e scura. Si fermò di colpo ed emise un suono di sgomento.

"Ha detto che conosce le barche," disse Leclaire, tanto divertito quanto critico.

"Quella è troppo piccola per essere una barca."

"È una canoa a bilanciere. Si limiti a sedersi dietro e cerchi di tenere il mio ritmo di vogata. Credo che possa resistere per un chilometro."

Grazie alla baia protetta poterono salpare agevolmente, ma più aumentava la profondità delle acque, più i gorghi si facevano forti e capricciosi. Greaves ricacciò in gola la paura e si concentrò sul tenere il ritmo di Leclaire. Le luci della costa indietreggiarono, e una fila di luci sull'orizzonte diventò più intensa e più vicina di tutte le stelle. Il mare si calmò leggermente, e Greaves si rianimò. Ora di vedere la crosta da vicino.

"*Magnifique*," bisbigliò Leclaire.

"*Merde*," borbottò Greaves.

Lo chiamavano villaggio, non città, ma la struttura era sterminata, gigantesca, come un kraken ozioso che sventola i tentacoli sulla superficie dell'oceano. Al principio Greaves pensò che Leclaire avrebbe ormeggiato la canoa e lasciato che entrambi si potessero arrampicare sulle passerelle che erano le vie e i sentieri del villaggio galleggiante. Ma Leclaire era abbastanza Bond da non farlo; voleva mantenersi la loro unica possibilità di fuga. Aveva ragione. Un piccolo motoscafo li oltrepassò, perlustrando l'area con i fari luminosi.

"Scatti le foto," lo incitò Leclaire. "Non voglio farmi catturare."

La Harbor Habitats Inc. distribuiva il proprio impeccabile portfolio pubblicitario di modelli patinati del prodotto finale. A Greaves questo non interessava. Quello che non mostravano mai, e che lui aveva bisogno di vedere, erano gli alloggi del personale di servizio. Dove avrebbero vissuto i cuochi, gli addetti alle pulizie, gli spazzini? Era davvero una comunità intera, o soltanto un hotel galleggiante? Si voltò da ogni lato per consentire alla piccola telecamera che si era montato in testa di fissare tutto ciò che l'occhio nudo non poteva vedere.

Anche nella sua incompiutezza, con le viscere e i tendini a vista, il villaggio era meraviglioso. Questo non poteva negarlo. Edifici a tre piani si ammassavano l'uno accanto all'altro in simmetrie esagonali e triadi a losanga. C'erano tocchi moderni nel vetro chiaro incurvato e illuminato dalla luna e nello specchio scintillante dei pannelli solari, e il centro amministrativo della città fioriva in un cumulo di cupole geodetiche, igloo senza naso di liscio stucco bianco. Ma i ricami dell'intaglio, le ampie balconate lignee a spirale e i montanti di bambù richiamavano sia l'architettura locale di *chattel house* rurali e case di città mercantili ottocentesche, sia il kitsch finto rustico fuori dal tempo di bar e capanni da spiaggia.

Eccomi qua, proprio come mi vedi, sembrava dire. Nessuna stanza nascosta senza finestre per alloggiare spossati inservienti, nessuna isoletta secondaria in scia per le caste inferiori di manutenzione e assistenza. Un unico bel vicinato senza neanche lo schermo di una palizzata dietro cui ripararsi. Attraeva e ripugnava, quella convergenza di privacy e condivisione. *Vai d'accordo, o buttati nell'oceano.*

Filmò e riempì i file di immagini, finché Leclaire disse risoluto: "A casa,", e fecero ritorno verso riva.

Dopo, Leclaire venne a fargli compagnia in soggiorno per scaldarsi con un bicchiere di rum da dopo-avventura.

"Credo che lei sia troppo preoccupato. Noi abbiamo le stesse costruzioni. Non così elaborate, ma la stessa idea. Abbiamo sempre viaggiato da Guadalupa a Dominica a Martinica a St. Lucia – francese, kwéyòl, patois, inglese – non ha importanza. Che cosa cambia se ci sono uno o due sassi in mezzo?"

"Avete stazioni di transito, non hotel. Non enclave. Appartengono a voi; le potete usare."

Leclaire agitò la mano con impazienza. "Come queste apparterranno a voi. Per ora, lasciamo che i ricchi si divertano. Il vostro governo è stato previdente. L'infrastruttura è vostra… Gli ormeggi, le rocce, la barriera corallina in crescita… è il prezzo che pagano per il permesso di costruire. Lasciamoli divertire, e quando i capanni di legno marciranno e i turisti se ne andranno, ci andrete a vivere voi e prenderete il controllo delle fondamenta. Ricostruirete secondo i vostri sogni."

"Non vivrò abbastanza per vederlo," disse Greaves con un sorriso afflitto.

"Amico mio, se avessimo sempre la morte in testa, non avremmo mai il coraggio di cominciare alcunché."

Ding! Un trillo acuto e armonioso risuonò nella notte. Greaves prese il tablet e lo guardò pigramente, solo con l'intenzione di silenziarlo, ma il nome che apparve gli fece sbattere due volte le palpebre. "Scusi, Henri, devo rispondere."

Leclaire colse l'antifona e dedicò ogni attenzione al suo rum, permettendo a Greaves di leggere il messaggio appena arrivato e reagire.

Tanesha Joseph: *Aspetta a fare rapporto. Novità dalla nostra missione* ONU *a New York. Le questioni di sovranità dei microstati saranno esaminate alla prossima sessione.*

Lyndon Greaves: *Perché?*

Tanesha Joseph: *Vorrei saperlo anch'io. Forse gli Australiani si stanno opponendo all'influenza delle isole del Pacifico. Hanno perso molte isole, ma i loro stati possono ancora votare. Nuova Zelanda neutrale, ma Giappone e Cina li sostengono, per motivi loro. Non so da che parte stia la* NWSA.

Lyndon Greaves: *Scoprilo. Chiamami domani mattina.*

Tanesha Joseph: *Signorsì, signore.*

"Andarci a vivere. Prenderne il controllo. Oh Henri, razza di profeta. È già arrivata l'ora?"

"L'ora di cosa? Di che stai parlando?" domandò Leclaire.

"La formula di sovranità. Popolazione per superficie per PIL uguale una qualche costante arbitraria ma approvata di sopravvivenza e ricchezza, necessaria per ottenere un seggio all'Assemblea Generale dell'ONU."

"Ah, *quella,*" disse Leclaire, riconoscendo senza imbarazzo la sua relativa ignoranza in materia. "Be', noi *siamo* Europa."

"Sì, si," disse impaziente Greaves. "Voi e Martinica siete Francia e la Francia è Europa, ma noi siamo solo noi e forse tra non molto non avremo più neanche questo. A meno di aggiungere isole artificiali alla formula."

Le sopracciglia di Leclaire si esibirono in una danza di malvagia allegria. "Davveeero! In che tempi interessanti viviamo!"

"Non troppo interessanti," lo ammonì Greaves. "Ma sì, questo cambia le cose."

Quasi rise delle sue misere preoccupazioni di tre ore prima. Hotel galleggianti – e chi se ne importa! Adesso stava assistendo a una partita molto più grossa.

Tanesha Joseph era sdraiata su una branda con un cuscino sulla testa e cercava di non urlare.

"Non preoccuparti," le avevano detto. "Durante un uragano non c'è posto più sicuro," avevano insistito. E, poiché era una giornalista per sempre e una curiosa terminale, si era lasciata incastrare insieme al personale indispensabile della stazione di transito più lontana a est-sud-est di Saint Lucia. Anzi, era praticamente a casa, sempre in acque territoriali luciane, vicina ma non ancora oltre il confine dei mari di Barbados. Non che importasse, con Dora, un gigantesco uragano di categoria 5, a cavalcioni sul tratto di mare tra Roseau, in Dominica, e St George's, in Grenada.

Era pienamente al corrente della robustezza delle cupole geodetiche, delle fondamenta delle stazioni di transito e delle griglie metalliche che le circondavano. Avrebbe dovuto sentirsi rassicurata, ma le lunghe ore di estenuanti ululati dei venti da uragano erano troppo per le capacità di sopportazione di qualsiasi umano. La stagione del 2040 aveva già battuto ogni record di uragani di categoria 4 e superiori. E se Dora avesse intaccato la sovrastruttura in cemento e lega? E se i cavi di ormeggio fossero saltati? E se la sua curiosità l'avesse condotta a una lunga caduta, e un più lungo inabissarsi, senza alcun corpo da seppellire per gli amici?

Provò a urlare. Non servì a niente. Riusciva a malapena a sentirsi.

Quando infine il fragore cessò, si mise lentamente a sedere, con la testa che le girava, e cercò di mettere ordine ai propri pensieri. Altre persone si muovevano nella stanza, frastornate ma professionali, e sorrette dalle loro responsabilità per il funzionamento della stazione di transito. Mormoravano piano ai loro laptop e tablet e contavano quali sensori e indicatori e boe restavano in funzione. Quando qualcuno le si avvicinò, lei quasi non lo notò finché non le mise una mano sulla spalla. Riscossa dalla sua trance, reagì con un'occhiataccia, di colpo furiosa con chiunque osasse fingere normalità.

Lui indietreggiò, stupefatto, balbettò una frase inintelligibile o due, e poi si schiarì le idee. "Prendi la telecamera. Vieni a vedere l'occhio."

I comuni mortali vengono ammoniti a non uscire quando l'occhio dell'uragano li sorvola. I giornalisti, tuttavia, non sono comuni mortali, e seppure parte di lei ancora gemesse di una paura atavica, Tanesha si alzò e prese la telecamera e lo seguì senza esitare. Così uscirono, attraverso le doppie porte e il vestibolo traboccante di attrezzatura, poi su per gli scalini metallici che si dipanavano intorno alla griglia di supporto. Si lanciò un'occhiata alle spalle, verso la cupola, e osservò quanto appariva stabile, ingabbiata e imbozzolata in un nido di acciaio e cavi. Se la lasciò dietro e salì audacemente sulla piattaforma più alta, dove i venti brutali avevano ripulito e spazzato via ogni cosa. C'era freschezza nell'aria, e un lieve sentore d'ozono.

"Guarda!" ordinò la sua guida.

Lei guardò. Aveva visto immagini del famoso effetto stadio, e sentito i racconti di un collega che aveva trovato il coraggio di volare con i cacciatori di uragani. Niente di tutto questo coincideva con lo sguardo della vita reale su nuvole impilate, bianche e spesse come spuma, un'onda ininterrotta ferma in sospensione. Il sole fece capolino sopra la cresta di quell'onda, inargentandone l'orlo con le sue fiamme. Lei si voltò da una parte e dall'altra, scrutando, incerta se il sussulto del suo cuore fosse meraviglia o paura.

"Fai le foto!"

Sebbene fosse anche lui preso della meraviglia, stava ridendo di lei. Accese la videocamera, la fece librare in aria e la lasciò volare in libertà per determinare le giuste angolature e i tempi di esposizione, mentre lei cercava ancora di fissare immagini nel forziere della propria memoria.

"Ora di rientrare," disse lui alla fine.

Che accento era? Tedesco? Olandese? Era un tecnico giovane, parte dello staff globale assunto in virtù di una combinazione di qualifiche e spirito d'avventura. Dopo avrebbe cercato il suo nome, da aggiungere al resoconto del passaggio di Dora. Disse alla videocamera di tornare, la agganciò al suo gilet multitasche e seguì il tecnico fino alla sicurezza della cupola. Ebbe anche la presenza di spirito di ringraziarlo.

Dentro, l'atmosfera era più rilassata. Gente che chiacchierava, mangiava e beveva. Qualsiasi cosa dicessero i dati, non era niente di male. Forse le stazioni di transito erano a prova di Categoria 5, dopotutto. Forse sarebbero sopravvissuti tutti.

E poi, perché finalmente c'era silenzio e poiché era una giornalista, tirò fuori il tablet e si mise a scaricare e organizzare le foto e i filmati che aveva appena realizzato. Fatto questo, tornò alle sue bozze e richiamò un articolo su cui stava lavorando.

"Le città galleggianti di Harbor Habitats Inc. furono un progetto aziendale acquisito dal governo per ragioni di interesse pubblico. Le Stazioni di Transito dei Caraibi del Sud sono un affare molto più strano. Partirono come esperimenti di un'organizzazione globale non governativa, HAVEN, le cui principali fonti di finanziamento includono il Vaticano, la monarchia del Liechtenstein e la Fondazione dell'Aga Khan. Questo progetto multinazionale attirò le attenzioni di privati e di aziende, ed entro tre anni la

Comunità Caraibica (CARICOM) ne diventò uno dei maggiori azionisti. Il loro intento è idealistico, le tempistiche generazionali. Un giorno, qualche decennio nel futuro, costruiremo ponti tra le stazioni di transito da un'isola all'altra.

"Quattro anni fa, gli Stati Nordoccidentali d'America posero il veto alla formula di sovranità, ma nessuno, tanto meno gli hawaiani e gli abitanti delle isole del Pacifico, si aspetta più di una breve tregua prima dell'inevitabile. Se il microstato dovesse sopravvivere, sarà necessario ridefinire il concetto di stato, ma se il microstato dovesse soccombere, miriamo a ridefinire noi stessi. Quando verrà il momento, avremo bisogno di quei ponti."

Tanesha cancellò *progetto* e *affare*, li sostituì con *iniziativa* e *sistema*, e tolse il maiuscolo a Haven, un errore comune che conosceva, eppure continuava a fare. Poi, con sua enorme sorpresa, il suo tablet trillò per un messaggio in arrivo. Connessione, nel bel mezzo di tutto questo?

Kirk Baptiste: *Vorrei essere lì anch'io! A Trinidad quasi neanche piove.* CHE NOIA.

Lei imprecò e fece sparire il messaggio con un gesto delle dita. "Stagisti!"

Un decennio dopo, seduta comoda su un patio prospiciente la costa sud, la dottoressa Tanesha Joseph si abbandonò ai ricordi di quel giorno in compagnia di Lyndon Greaves.

"Ah sì, quando tu eri giovane e prudente, e Baptiste era più giovane e stupido," ridacchiò il suo vecchio capo.

Iniziò a tossire, e armeggiò alla ricerca di un fazzoletto da premersi sulla bocca. Tanesha voltò la testa. Guardò le bianche creste delle onde in lontananza, e aspettò che tornasse il silenzio. Non sembrava il momento giusto per accennare che sapeva che lui stava morendo.

"Allora, cosa ne pensi della nuova via marina?" chiese con naturalezza, senza staccare gli occhi dall'oceano.

Quando lui rispose, la sua voce era un po' roca, ma ancora allegra. "Il mese scorso un amico mi ha accompagnato da Guadalupa a Saint Lucia. Viaggio lungo, ma piacevole. Ma quello che ti vedo in faccia, è *dubbio*?"

Tanesha lo guardò storto. "Non sto dicendo che i francesi siano neocolonialisti, ma *potrebbero* trovarlo conveniente se Dominica e Saint Lucia avessero un buon motivo di vincolare la loro sovranità all'Unione Europea invece che alla CARICOM. Se così fosse, certi stati europei non facenti parte dell'Unione sarebbero ben felici di mettere un freno alla cosa. Chiaro, i governi non interferirebbero, ma chi può sancire come devono spendere i loro soldi i principi e i preti?"

"Oh?" Greaves mise via il fazzoletto. Sembrava scettico, ma con impazienza, come se non vedesse l'ora di un bella discussione. "Sei sempre convinta che è il motivo per cui Haven ha investito nelle stazioni di transito?"

"Sì, ma anche dopo tutto quello che hanno fatto, Haven potrebbe smettere di finanziare la concorrenza, smettere di finanziare noi, se la UE risolvesse i suoi problemi con i piccoli stati confinanti. Sarebbe carino," aggiunse in tono cinico, "riuscire a concludere qualcosa senza che sia una nuova versione della Guerra Fredda a portarci avanti i progetti."

"Per quello non avremo mai i fondi. Possiamo solo farci portare da questo treno fin dove arriverà, e poi pregheremo che ne passi un altro." Greaves cambiò posizione sulla sedia con aria preoccupata e aggrottò la fronte. "Lo senti?"

Tanesha si alzò di scatto. "Un terremoto, di sicuro. Allontaniamoci da questa porta a vetri."

Gli prese il braccio ed entrambi scesero barcollando dal patio, via dai muri e dentro il giardino. Ben presto il movimento fu troppo per loro e caddero in ginocchio, abbracciarono terra e roccia, e attesero una tregua.

L'aliante solare si inclinò, offrendo a Kirk una chiara visuale della stazione di transito. L'occhio di Dora l'aveva sorvolata nel 2040 con danni minimi, e nei dieci anni seguenti le stazioni di transito erano state fortificate, espanse e moltiplicate. Una catena di nuovi edifici cingeva la potenziale via marina da est di Saint Lucia alla costa nord-ovest di Barbados – il principio di una cornice che integrasse… o competesse con… la via marina finanziata dall'Europa che collegava Guadalupa a Dominica, Dominica a Martinica, e Martinica a Saint Lucia.

"Perché non direttamente da Barbados a Saint Vincent?" aveva chiesto una volta, presumendo ingenuamente che l'unico fattore fosse la vicinanza. Gli era toccata una solenne e approfondita lezione sulla topografia del fondale oceanico tra quelle due isole e adesso capiva che ogni stazione in vista era una torre sopra una dorsale sottomarina.

L'aliante si inclinò ancora, e qualcosa nella direzione della luce solare fece accigliare Kirk. Accese l'interfono. "Aspetta, Albert, stiamo andando a sud?"

L'aliante a tre posti aveva due cabine, una per il pilota e l'altra per passeggeri o carico. Kirk vedeva la nuca di Albert attraverso un filtro di vetro lievemente affumicato. Sembrava che stesse parlando alle cuffie.

Kirk lo chiamò una seconda volta. "Albert?"

"Un secondo."

Kirk aspettò. Albert continuò a volare verso sud e a parlare alle cuffie. Alla fine la sua voce arrivò dall'interfono. "Okay, Kirk, abbiamo un problemino. Non è il caso di farsi prendere dal panico, ma dovremo atterrare ad Argyle."

Il piano era di andare a ovest e a nord, riprendendo le stazioni di passaggio e tutta la via marina fino a Guadalupa. Adesso stavano deviando su Saint Vincent? "Cos'ha l'aliante che non va?"

"L'aliante niente, possiamo volare per giorni. Ma non possiamo atterrare a Guadalupa."

"Perché no?" chiese Kirk, circospetto.

Albert non rispose. Il perché divenne chiaro poco dopo. La telecamera montata sotto l'aliante continuò a trasmettere allo schermo di Kirk vedute dell'oceano. Anche prima di raggiungere la costa di Saint Lucia, poteva vedere le onde eccezionalmente alte sommergere le stazioni di transito. Mentre si avvicinavano alla costa e la profondità dell'oceano diminuiva, le onde si levavano, frangevano e schiumavano. Fasce di spuma bianca caricavano verso la terraferma come una linea di cavalleria lanciata in battaglia. La prima colpì e si ritirò, mescolando sporco e detriti con la schiuma bianco brillante delle onde più indietro. Kirk ebbe la sensazione di assistere a una violenza. Fece per spegnere la telecamera.

"Che stai facendo?" domandò Albert.

"Non posso filmare persone che muoiono."

Albert rimase un momento in silenzio, poi disse semplicemente: "Ma questo è il tuo lavoro. La gente deve vederlo."

Kirk fece un profondo respiro, si morse il labbro e impostò la telecamera per registrare tutte le angolazioni. Albert inserì un nuovo piano di volo per il pilota automatico. Volarono per ore lungo le coste dei Caraibi Orientali. Nessuno dei due aveva voglia di parlare. Il silenzio era troppo sacro per le chiacchiere, e il loro dolore era troppo profondo per le parole.

Le riprese di Baptiste sugli effetti del megasisma di magnitudo 9.0 e conseguenti tsunami divennero celebri nel mondo intero. Furono analizzate dagli scienziati. Omaggiate dai registi. Associazioni di soccorso di tutto il pianeta ne usarono qualche porzione nei loro video informativi e educativi, in genere includendo la toccante dedica ai colleghi caduti di Baptiste.

Niente, tuttavia, si rivelò pionieristico e leggendario quanto il filmato di reclutamento indirizzato dalla CARICOM a tutti i cittadini residenti all'estero.

Le immagini erano ben scelte e editate con gusto; la telecamera non si avvicinava mai così tanto da far vedere un corpo. Ma l'inondazione improvvisa degli aeroporti più bassi sull'oceano, l'annientamento di porti e paesi costieri in una melma di devastazione, le lacrime sui volti scioccati dei sopravvissuti che cercavano scampo sulle alture – questi venivano mostrati con sentimento sincero. L'obiettivo indugiava anche sulla terra squarciata e inclinata di Barbados, le acque turbolente dell'Atlantico, le spiagge ormai prive di sabbia, e le nuove alte scogliere della costa est di Barbados, nude contro l'impatto degli alisei.

Infine, la costa ovest di Barbados, rimodellata da un'immane distesa di barriera corallina emergente e roccia distante appena qualche metro dalle città degli Habitat, veniva esibita in tutto il suo glorioso potenziale. Sfumando in un'artistica dissolvenza, la scena lasciava il posto a vedute della stessa terra un anno dopo, mentre timidamente rinverdiva, punteggiata di costruzioni precarie. Stavano disormeggiando le città galleggianti, per ricollocarle più a nord, più vicine alla via marina. Il posto migliore per far fronte a Emilio, un uragano monstre di categoria 6 (o era già categoria 7?).

Il narratore parlava in tono rassicurante e persuasivo dello spazio illimitato e delle opportunità per la crescita futura delle nazioni sovrane della CARICOM.

"Possiamo garantirvi un rifugio sicuro.
"Possiamo offrirvi un futuro.
"Voi siete il nostro futuro.
"*Tornate a casa.*"

Kameron Hurley

Kameron Hurley è autrice di The Light Brigade, Il destino della legione *e della raccolta di saggi* The Greek Feminist Revolution, *oltre alla pluripremiata trilogia* God's War *e alla saga* Worldbreaker. *Hurley ha vinto i premi Hugo, Locus, Kitschy e il Sydney J. Bounds Award per il Miglior esordiente. È stata inoltre finalista dei premi Arthur C. Clark, Nebula e Gemmell Morningstar. La sua narrativa breve è apparsa su Popular Science Magazine, Lightspeed e numerose antologie. Hurley ha scritto anche per The Atlantic, Writers Digest, Entertainment Weekly, The Village Voice, LA Weekly, Bitch Magazine e Locus Magazine. Pubblica regolarmente su KameronHurley.com.*

Era l'ultima guerra. Così le aveva detto sua madre. Così le avevano detto gli ufficiali. Così si diceva tra sé, adesso, a un decennio dalla fine di quella guerra. *L'ultima guerra.*

Ma ancora portava la guerra con sé.

Nieve sognava l'acqua, il sangue fluire e dissiparsi nel vasto oceano; a volte sognava da sveglia. Stando a chi l'aveva in cura, questo non era un sogno a occhi aperti, ma un flashback, una delle molte manifestazioni del suo disturbo da stress post-traumatico. Nieve preferiva la propria versione. Al principio, l'avevano sottoposta alla terapia espositiva, chiedendole di rivivere i ricordi delle acque rosse di sangue più e più volte. Riduceva le reazioni, vero, ma gli effetti collaterali… Dopo dodici settimane di terapia espositiva quasi non provava più niente. Né paura. Né gioia. Mai felicità.

Soltanto vuoto. Un enorme abisso di niente.

Dalla prua del piccolo *skiff* che prendeva il largo diretto alla struttura terapeutica galleggiante OBX2 – chiamata così in omaggio agli Outer Banks che un tempo costeggiavano la Carolina del Nord, prima che il mare li inghiottisse – Nieve gettava qualche manciata di pesce ai delfini che li seguivano. Il capitano dello *skiff* le aveva messo in mano il secchiello del pesce come fosse una bambina. Lei aveva deciso di accontentare il capitano, e se stessa.

"Mordono," disse la donna accanto a Nieve. Aveva gli occhi color oro, segno rivelatore del gas violetto delle schermaglie antartiche. Adesso era una reliquia dalle dita leggermente arcuate, il bagliore degli occhi quasi perso nelle pieghe del volto. Le schermaglie antartiche erano terminate quasi un ventennio prima, negli anni Trenta. Nieve riusciva facilmente a individuare i veterani a bordo dell'imbarcazione. Esibivano un portamento come se rischiassero di andare in frantumi, e con loro il mondo circostante, se non fossero rimasti all'erta.

"I pesci o i delfini?" chiese Nieve.

"Tutti e due."

"Per quale motivo l'hanno spedita fin qua?"

"Uguale a lei," disse la donna più anziana. "Qua portano quelli distrutti, forse per abbatterci una volta per tutte. Siamo legna secca di soldati."

"È ottimista quasi quanto me su questo nuovo trattamento."

La donna tolse un pesce dalla mano di Nieve e lo scagliò in mare. Un delfino bianco affiorò in superficie. "C'è sempre qualche terapia nuova," disse. "Un'altra cura per una vecchia guerra."

"L'unica cura per la guerra che abbia mai visto è la pace."

"Lei parla come una cazzo di politica."

Nieve non poteva contraddirla. Stava proprio parlando come una politica. Come sua madre, prima che sua madre votasse per spedire Nieve e i suoi amici a morire su qualche continente appena sciolto. Guerre diverse. Risorse diverse. Ma sempre per le stesse povere ragioni. Vecchi pieni di soldi che chiedono ai giovani e ai poveri di morire per conservare il vecchio mondo.

Quello che non capivano era che il mondo stava cambiando, e nessuna guerra l'avrebbe fermato.

Sangue nell'acqua.

Primo giorno nel Chaco, in Paraguay, dove i ricchi del pianeta avevano concentrato nelle proprie mani centinaia di migliaia di ettari di terreno al di sopra della falda acquifera del Guaraní, la seconda più grande al mondo. Il Grande Bacino Artesiano in Australia era stato conquistato in un'accesa battaglia l'anno prima, ma subiva ancora attacchi di terroristi e manifestanti sempre più aggressivi finanziati da attori statali. Già alla fine degli anni Dieci, le falde acquifere venivano svuotate più rapidamente di quanto fossero rifornite. Nieve era ancora bambina quando delle aree del Nebraska bruciarono per giorni durante gli sconti presso la falda acquifera di Ogallala. Il fumo aveva macchiato il cielo per mesi; ogni sorgere del sole somigliava all'alba di un inverno nucleare.

Nieve posò gli stivali sul suolo del Chaco il giorno in cui compì ventun anni. Nello stesso istante fece conoscenza con la sua migliore amica, quando la nuova recluta al suo fianco inciampò e finì con la faccia nella sabbia. Nieve rise più di quel che avrebbe dovuto. La recluta la prese per una gamba e la trascinò a terra con sé. Nieve le lanciò in faccia la sabbia. La recluta strillò e gliela risputò contro. La breve lotta si trasformò in un risata comune per l'assurdità di tutto quanto.

Si chiamava Amyl, e per mesi andarono avanti così, a correr dietro ai nativi, bere troppo, condividere video e musica di casa, smezzarsi i pacchi di provviste, lamentarsi delle razioni. Nel plotone si diceva per gioco che fossero amanti, prima, poi sorelle, separate alla nascita.

Le Guerre dell'Acqua furono un'epoca strana; lunghi e intensi periodi di noia con le infrequenti interruzioni di un attacco degli insorti o un sabotaggio ai convogli di rifornimento.

Quel giorno Nieve era seduta accanto ad Amyl sull'elicottero: stavano sorvolavano la costa atlantica, di ritorno da un'esercitazione sul campo, su una delle due portaerei. Amyl le stava urlando qualcosa sopra al rumore, mostrando i denti dalla gioia dopo una battuta o un futile pettegolezzo. Nieve non riusciva a ricordare una sola parola, neanche adesso, neanche nei sogni, quando rievocava la conversazione una volta dietro l'altra, cercando di leggerle le labbra. Probabilmente era qualcosa di stupido.

Poi la faccia di Amyl esplose.

E loro cadevano, cadevano…

Dentro il mare.

Per prima cosa, i tecnici alla struttura fecero a Nieve un controllo fisico, un'iniezione, e le diedero tre pastiglie verde acceso. Le ingoiò obbediente, aspettandosi un tranquillante, ma non sentì nulla. Si vestì, e i tecnici la condussero in una grande stanza circolare con una parete di vetro trasparente che dava sull'oceano e sull'increspata linea nera dove l'orizzonte incontrava l'acqua.

La nuova terapista arrivò qualche minuto dopo. Era una ragazzetta scattante, forse ventinovenne, magra come uno stecchino, con luminosi occhi neri che a Nieve davano l'idea di un pozzo freddo e buio nel deserto.

"Sono Indira," disse. Nieve si stupì del nome proprio, senza cognome né "dottoressa" a precederlo. "Ci diamo del tu, Nieve? O è meglio Caporale Beguan?"

"Nieve va bene. Mi chiamano tutti Nieve."

Sbrigarono la solita vecchia routine: qualche domanda banale per rompere il ghiaccio, informarsi su come fosse stato il viaggio di Nieve (tutto bene), e da quanto tempo Indira lavorasse a OBX2 (due anni). Una secca rassegna di sintomi: flashback, attacchi d'ansia, sudori notturni, accessi violenti. Depennarle su un elenco puntato sminuiva sempre le reali esperienze. La prima volta che Nieve ebbe un vero attacco di panico, pensò che fosse un attacco di cuore. La sensazione del corpo che ti tradisce e smette di funzionare era precisamente come se l'era immaginata. I terrori notturni erano peggio; la sua mente creava nuovi orrori, altre parti del corpo da recuperare, il battito incessante di una marea colma di lame di rasoio che le tagliavano i piedi mentre camminava sulla sabbia; il tanfo nauseante di catrame e ceneri. Il sapore di arancia e menta. Durante il giorno, a volte udiva cose che non potevano essere: un uomo che chiamava il suo nome, anche se viveva sola. Per due volte pensò di avere lasciato un video acceso su qualche dispositivo. Sentiva odori – una zaffata di merda o urina che l'aveva spinta a perlustrare l'intero appartamento per scovare la fonte dell'odore, solo per scoprire che era scomparso dopo qualche minuto. Quello era molto peggio degli incubi. Era più come impazzire. Si era tolta il display retinale, e perfino secondo sua madre quella era roba da luddisti. Ma già così vedeva troppo.

"Sono tutte risposte perfettamente normali a un trauma," disse Indira.

Nieve la odiava, quell'insistenza sulla *normalità* del suo cervello a pezzi. "C'è tanta altra gente che è tornata sana," disse Nieve. E tanta gente non era tornata affatto.

"Qui non si tratta di resilienza," disse Indira sottovoce, e Nieve odiava anche quel tono, come se credesse di parlare con un animale spaventato che bisognava rassicurare, "o di forza, tenacia mentale, niente di tutto ciò. Quando si trovano di fronte a una situazione di stress, i nostri corpi sono concepiti per fare una di queste due cose: lottare o scappare. Se, per qualsiasi ragione, non sei in grado di fare nessuna delle due – se per esempio ti hanno ordinato di tenere una posizione, o sei fisicamente impossibilitata a muoverti – questo può provocare una rottura tra la mente razionale e quella emotiva. Adesso la tua mente emotiva è come un sensore antincendio non funzionante, ipersensibile agli allarmi. Il nostro compito è ripristinare la tua mente emotiva per farla funzionare a un normale stato di eccitazione nelle attività quotidiane."

"Non lo fanno già le medicine?"

"Le medicine trattano i sintomi, sì. Battito accelerato, depressione, ansia, ma non curano il trauma latente. Vedo che hai provato…"

"Già. Non ne posso uscire con la meditazione o col pensiero positivo. Qualsiasi cosa facciate voi qui… è l'ultima spiaggia, sai?"

"Lo vedo. Ciò che proponiamo è sperimentale. Si tratta di invitare il tuo cervello e il tuo corpo a tornare a lavorare insieme, in sincronia. Dobbiamo fare capire al tuo cervello che quello che ti è accaduto in passato non c'è più. Gli dobbiamo insegnare a creare ricordi invece di riviverli. Il momento del trauma, quando avevi perso il controllo, è stato il momento in cui il tuo cervello si è dissociato. Il tuo corpo ha bisogno di essere pienamente presente nel momento attuale."

"Ne ho parlato già parecchio."

"Questo però è un trattamento altamente mirato. Conosciamo il momento specifico, no? E proprio perché lo conosciamo, possiamo studiare una terapia orientata precisamente alle tue necessità. Dove avevi perso il controllo, è proprio lì che lo rimetteremo nelle tue mani. Mente e corpo che lavorano insieme."

"Come funziona?"

"Ormai la terapia che hai preso quando sei arrivata dovrebbe essere attiva," disse India. "Rilassati e…"

"Non voglio vedermi davanti il mare."

"Puoi chiudere gli occhi. Ecco. Che cosa vedi?"

Nieve glielo disse.

La faccia di Amyl esplose.

Accadde così in fretta che Nieve non avrebbe dovuto essere in grado di ricordare niente. Non i denti di Amyl che le si conficcavano in faccia come schegge di una granata. Non il fiotto di sangue. I brandelli carnosi del busto. Non la lunga, lunghissima discesa dell'elicottero che sprofondava. Era conscia di essere bloccata dall'imbracatura, con la pistola in mano ma incapace di muoversi, di agire. Non poteva attaccare, non poteva fuggire. Poteva solo osservare.

"È stato un attacco a sorpresa," disse poi un altro del plotone di Nieve, nella terapia di gruppo. Ma Nieve provava ancora ogni sensazione, ogni sapore, ancora e ancora, come se la sua mente pensasse che in qualche modo fosse possibile tornare indietro e correggere tutto ciò che era accaduto in quell'istante.

Nieve ricordava di essere entrata in acqua. Di aver trafficato con l'imbracatura. Di aver perso la pistola. Di aver afferrato un pezzo di carne galleggiante – la gamba sinistra di Amyl, ancora a stento attaccata al tronco. Nieve sputò via la gomma, sentì il gusto della menta. Il sangue vorticava nell'acqua.

"È morta! Nieve!" le urlò qualcuno. Trascinandola via. L'acqua scrosciava intorno a loro, portandoli giù, sempre più giù.

Nieve si aggrappò alla gamba. La trascinò fuori con sé. La perse da qualche parte tra l'uscita dall'elicottero sfracellato e la prima boccata d'aria fresca.

"Non posso abbandonarla!" gridò Nieve, e si tuffò, ma non ricordava di essersi sentita sconvolta o in preda al panico, no. Era perfettamente calma, determinata. "Noi non lasciamo indietro nessuno!"

Il resto era confuso. Restare a galla. Farsi issare dentro uno dei canotti gonfiabili di salvataggio. Qualcuno le diede una gelatina a base di carboidrati al gusto d'arancia. Non aveva memoria di averla mangiata, ma ne ricordava il sapore.

Erano abbastanza vicini a riva da arrivarci da soli. Da ogni parte intorno a loro, pezzi di corpi venivano trascinati fino alla testa di sbarco, brandelli di carne che erano stati il suo plotone. Percorse la spiaggia e insieme ad alcuni compagni raccolse tutte le parti che riuscì. Un pezzo di coscia. Un polso. Un piede quasi intero.

A un certo punto, Nieve perse la cognizione del tempo, si fermò in piedi presso uno scalpo. Uno della sua squadra, Pavan, le mise una mano sulla spalla.

"Dovrei esserci io," disse Nieve. "Pezzi miei, qui. Non loro. Per Dio, non loro."

"Non dire così," fece Pavan. "Mi senti? A volte la cosa più coraggiosa che possiamo fare è vivere, Nieve. *Vivere*."

Nieve si alzò prima dell'alba per fare una corsa lungo la passerella che circondava il complesso. Si fermò durante il secondo giro e guardò il sole sorgere sull'acqua. La donna più anziana che aveva incontrato sulla nave uscì sulla passerella davanti a lei e alzò una mano per salutarla. Nieve le si fece incontro e si presentò, grado e reggimento.

L'altra rise. Portava occhiali scuri con un discreto display retinale nella lente sinistra, e una lunga sciarpa chiara che le copriva il collo, nonostante la giornata fosse già calda. "Non riconosco nemmeno quell'equipaggio," disse. "Chiamami pure Ksenia. Ho passato quasi tutta la vita a fare vigilanza privata. Tu eri nel privato?"

"No, TPP."

"Una forza dell'alleanza governativa? Sono contenta che se ne stiano andando."

"Un mondo nuovo, immagino."

"Mondo nuovo, vecchi soldati."

"Cosa ti fanno fare? Pensiero positivo?"

Ksenia sbuffò. "La chiamano meta... genetica? Meta qualcosa. Questo ambiente ci ha cambiati, loro ci faranno tornare come prima. Ci hanno portati qua per questo. A te è successo in acqua?"

Nieve abbracciò con lo sguardo l'oceano, vide il sangue nell'acqua. Annuì una volta.

"Un luogo rilassante," disse Ksenia, "per chi non è noi. Immagino che vogliano farci creare dei ricordi nuovi, qui."

Quel pomeriggio Nieve si trovò di nuovo con Indira nella grande sala circolare.

"Come funziona?" chiese. "Ieri non siamo scese nei particolari."

"Il corpo non è un singolo organismo," disse Indira. "È una serie complessa di sistemi che collaborano l'uno con l'altro per far funzionare il tutto. È uno scherzo dell'immaginazione che ci fa credere di essere un singolo organismo con un singolo fine. Coloro che vivono un trauma da bambini sono a rischio di malattie autoimmuni, anche se non ricordano il trauma. Possiamo scegliere a cosa pensare, le nostre menti possono selezionare i ricordi, ma sono i sistemi corporei che tengono davvero traccia degli eventi. Il trauma stesso ci può cambiare a livello cellulare. Può modificare il nostro DNA."

"Come fate a rimetterlo a posto?"

"In quei casi? È utile formare connessioni profonde e significative con altre persone. Un amore felice tra adolescenti. La nascita di un bambino. Anche l'amore per un animale domestico. L'amore può mutare profondamente le nostre funzioni cerebrali."

Nieve disse: "Da bambina non mi ha picchiato nessuno. Ero a posto."

"Oggi ti porteremo in acqua," fece Indira.

"Mi hanno buttata in acqua fin troppe volte. Era l'acqua il problema."

"Dacci retta una volta ancora. Noi utilizziamo la metagenomica, una terapia batterica concepita appositamente per riparare il tuo DNA e il microbioma. Questo, abbinato alla nostra fisioterapia, ti aiuterà a formare nuovi ricordi e ripristinare il modo in cui i ricordi vengono elaborati tra il cervello sinistro e il destro."

Indira la accompagnò fino al molo al capo occidentale del complesso. Avevano allestito una testa di sbarco coperta di sabbia sulle rampe che entravano in mare. L'acqua increspata faceva rivoltare lo stomaco di Nieve. Indira mise i piedi sulla sabbia ed entrò in acqua fino alle caviglie. Fece cenno a Nieve di seguirla.

Nieve aspirò l'aria tra i denti e obbedì. Era brava a farlo. Lo era sempre stata. Anche da bambina.

"La metagenomica," disse Indira, "è il modo in cui abbiamo curato le grandi epidemie virali, ogni cosa da Ebola all'influenza. Dieci anni fa."

"Ho fatto quelle terapie, nell'esercito. Non sapevo che si chiamasse così."

"Abbiamo classificato varie comunità microbiche all'interno del corpo umano," continuò Indira. "Ciò che abbiamo scoperto è che quando una comunità perde il proprio equilibrio, questo può avere effetti drammatici sulle altre."

"Ho dei microbi nel cervello?"

"Il tuo cervello è un sistema intricato. Quando un sistema ha interiorizzato il trauma, si verifica un effetto a cascata. Voglio che nuoti fino alla boa e poi torni indietro. Sarò lì accanto a te. Voglio che tu abbia un solo pensiero in testa…"

"Pensare positivo?" ironizzò Nieve.

"Voglio che tu pensi al futuro," disse Indira. "Non al passato. E voglio che tu lo tenga sempre in mente mentre nuoti. Portati dietro questo." Le porse un piccolo auricolare impermeabile da inserire nell'orecchio. "Lo userò per guidarti."

"Tipo meditazione guidata?" Nieve non riuscì a nascondere l'ironia.

"Fisioterapia guidata, se preferisci. Lo farai, Nieve?"

Nieve inserì l'auricolare ed entrò in acqua. Mentre si immergeva, la voce di Indira le pizzicava l'orecchio: "Fai un respiro profondo, Nieve. È ora di andare avanti. In questo momento."

Il futuro. Pace. Cosa è venuto dopo la pace? I soldati non sono spariti. L'orrore non è sparito. Quelli che comandano non volevano che succedesse, pensò Nieve. Volevano tenersi quelli come noi pronti a combattere in qualsiasi momento, tenuti in riserva per la prossima grande guerra.

Pace. La guerra era tanto meno complicata, della pace.

Nieve non aveva idea di come fosse la pace.

Dicevano che erano in pace, adesso. Le rivolte per l'acqua si erano placate. I grandi riflettori ai poli avrebbero aiutato a raffreddare la terra, prima o poi. Forse la prossima generazione avrebbe visto stagioni stabili. I governi si erano di nuovo impegnati a rispettare un Trattato di Conservazione Globale che fissava norme per la gestione delle risorse condivise: acqua, oceani, aria non erano più beni da conquistare con le armi, ma risorse a cui ogni essere umano aveva diritto fin dalla nascita. Ma per quanto? chiedeva sempre Nieve, per quanto?

Fu quello che chiese a sua madre quando tornò dopo aver votato. Per quanto tempo Nieve sarebbe dovuta stare via? Tra quanto sarebbe tornata a casa? Sarebbe tornata a casa?

Sua madre non seppe rispondere. "Facciamo tutti dei sacrifici," aveva detto.

Sei mesi dopo l'inizio della prima missione di Nieve, sua madre morì di tumore al cervello.

La voce di Indira, che la richiamava, la guidava. "Non guardare indietro. Solo avanti."

Nieve fu di nuovo fuori di fronte al sole, lanciata lungo la passerella, ansiosa di cancellare il passato con il sudore. Mentre correva osservava l'orizzonte, pensando al rumore degli elicotteri, ai denti bianchi di Amyl. Il sole emerse all'orizzonte e illuminò una sagoma piegata proprio mentre si lanciava dalla passerella davanti a lei.

Nieve ebbe un tuffo al cuore. Raggiunse con uno scatto il bordo della passerella e scrutò oltre la ringhiera. Sotto di sé, vide il pallido orlo della sciarpa di Ksenia che svaniva in acqua.

Nieve saltò oltre la ringhiera. Si gettò nell'acqua.

Lo scroscio. Il sapore di arancia e menta. Attacco a sorpresa.

No, no. Quello era il passato.

Questo era adesso. Il presente. Adesso, poteva agire. Niente imbracatura a cinque punti. Niente caduta, niente urla. Solo un tuffo nel buio. Poteva muovere gli arti lunghi e forti.

Si fece largo nell'acqua agitata, inseguendo la lunga coda della sciarpa di Ksenia. La sciarpa le si aggrovigliò sulle dita e fuggì via. L'altra mano afferrò qualcosa – un polso, una caviglia – e Nieve ebbe un momento di dissonanza.

Sangue nell'acqua.

La gamba di Amyl.

Brani di carne. La sua gente. La sua responsabilità…

Ma quello era il passato. Nel passato. Questo era *adesso*.

Tirò a sé Ksenia, passandole un braccio sotto il suo, e si diede una spinta verso la superficie. L'acqua si alzò. Minacciò di trascinarle tutte e due di nuovo sotto. Nieve si lasciò portare dalla corrente, per un attimo. Si rilassò. Che la morte la prendesse, così come aveva preso loro. Che il mare la dilaniasse in mille pezzi.

Ksenia si dibatté debolmente tra le sue braccia.

Per un momento affiorarono in superficie. Una boccata d'aria. Spruzzi di sale.

Un canotto apparve accanto a loro, seguito da un vecchio salvagente. Nieve ci infilò dentro il braccio libero. Guardò in su. Alcune oscure figure irrequiete le chiamavano dalla passerella. Un uomo si tuffò dietro di loro e le aiutò a trascinarsi fino alla scaletta sul bordo del complesso oscillante.

Ksenia si stese sulla piattaforma, in un accesso di tosse. Nieve la prese per le spalle e la riscosse. "Cosa ti è saltato in testa?" disse.

Ksenia tossì e sputò: "Avrei dovuto esserci io. Avrei dovuto essere con loro."

"La cosa più coraggiosa da fare è *vivere*," disse Nieve. "Capisci? Noi viviamo perché loro non possono." E si strinsero l'una all'altra, come sorelle da tempo divise.

"Sono passate tre settimane," disse Indira. "Come hai dormito?"

"Niente", rispose Nieve, anche se era solo in parte la verità. Sognava spesso di nuotare mollemente attraverso l'acqua, accanto ai delfini. "Però prendo ancora gli ansiolitici. Pensi che riuscirò a farne a meno?"

"Può darsi. Stai facendo yoga?"

Nieve alzò gli occhi al cielo. "Sì."

Indira disse: "Non sappiamo perché, però aiuta. Lo stesso per il nuoto. Stiamo riconnettendo la mente emotiva con quella razionale, riparando tutti quei complessi sistemi. Richiede molti approcci differenti, ma i tuoi sbalzi d'umore sembrano molto migliorati."

"Mia madre ha votato per quello che ci è successo, a tutti noi, sai? Tante altre persone l'hanno fatto. L'ho odiata per questo. Ho odiato il mondo per questo."

"Sono sicura che stava pensando al futuro," fece Indira, "a suo modo. Credi che tua madre avesse paura del futuro?"

"Costantemente," rispose Nieve. "Non le piacevano le cose che non poteva controllare."

"E tu?"

Nieve sbuffò. "Non poteva controllare neanche me."

"Nel senso, a te fa paura il futuro? Le cose che non puoi controllare?"

"Non fa paura a tutti? Quando vivi in un solo momento così a lungo, è difficile lasciarlo."

"Come lasciare un amico?"

"Come lasciare... un posto conosciuto. Non sicuro, magari, ma *conosciuto*. Era questo a fare paura a Ksenia, il fatto di perdere quel momento, e se l'avesse fatto, avrebbe perso di nuovo l'intero plotone. Era lo stesso che abbandonarli. Forse… Forse ho la sensazione che lasciare andare Amyl sarebbe come tradirla.”

“Seminare un giardino, formare una relazione, avere un figlio… Questi sono comportamenti intrinsecamente ottimistici. Presumono un futuro. Io ho presupposto che ci sarebbe stato un futuro quando ho fatto partire questo progetto.”

“Credi ancora nel futuro?”

“Ci credo,” disse Indira.

“Com’è questo futuro?”

“È un futuro costruito su scelte dettate dalle speranze, non dalle paure.”

“Non ho ancora idea di come potrebbe essere.”

“Hai tempo per immaginarlo,” disse Indira. Le porse la mano. “Abbiamo tutti tempo.”

Nieve non poteva sopportare di prenderle la mano, non ancora.

Ma quella notte, quando chiuse gli occhi, si ritrovò a nuotare in un brillante oceano turchese in mezzo a un branco di delfini. Nessun corpo squartato. Nessun vortice di sangue. Nessun grido d’aiuto. Nuotavano verso qualcosa appena più in là dell’orizzonte.

Non sapeva cosa fosse, ma sapere che esisteva le infondeva speranza.

La piccola pastorella

Gwyneth Jones

Gwyneth Jones è scrittrice e critica di narrativa di genere. Ha vinto tre Premi Tiptree, due World Fantasy, il Premio Arthur C. Clarke, il premio al miglior racconto della British Science Fiction Association, il Premio Children of the Night assegnato dalla Dracula Society, il Premio P. K. Dick, e il Premio SFRA Pilgrim alla carriera per la critica di fantascienza. Scrive anche per adolescenti, solitamente con lo pseudonimo di Ann Halam. Vive a Brighton, in Inghilterra, con il marito e due gatti di nome Ginger e Milo; nella stagione tutela la variegata fauna di stagno. È membro della Soil Association, del Sussex Wildlife Trust, del Frack Free Sussex e del Partito Verde; ed è volontaria di Amnesty International.

I

Persa nel Pacifico, molto a sud del bacino del Perù, Diti passeggiava insieme al guardiano delle Isole Remote, tra l'ocra e l'oliva di un paesaggio coperto d'arbusti che le ricordava la Grecia. Era una ricercatrice universitaria e stava lavorando a uno studio delle specie locali per conto di un progetto minerario in piane abissali su una vicina piattaforma: ma in quel momento si stava prendendo mezza giornata libera, e osservava il guardiano concludere la raccolta della lana.

Le Saint Marget comprendevano un'isola di forma conica e una cuspide di barriere coralline che in gran parte si potevano a malapena considerare terra. Erano state occupate due volte: mille anni fa da una popolazione oceanica, altrimenti sconosciuta, che vi aveva lasciato un sistema agricolo su campi scoscesi e alcuni enigmatici e geometrici canali – e poi, molto tempo dopo, da contadini di origine scozzese che ben presto si erano arresi e avevano fatto ritorno in Nuova Zelanda, lasciandosi dietro alcune pecore delle Shetland. Attualmente, le isole erano disabitate. Il solo edificio era la capanna che usava il guardiano per le sue visite. Gli unici animali di terra di grossa taglia erano le pecore: ormai naturalizzate e protette. Abbatterne una di tanto in tanto per farne cibo, diceva il guardiano senza sentimentalismi, manteneva il gregge entro limiti sostenibili.

Alle Shetland non serve la tosatura. Perdono naturalmente il pregiato e folto manto ogni primavera (un tratto primitivo, che nelle razze moderne è stato da tempo eliminato dall'evoluzione), ma il vello può anche essere rimosso a mano dagli esperti, tutto in una volta: un processo detto *rooing*. Diti e Ani, il guardiano, si posizionarono sul ciglio della vetta centrale dell'isola, la piattaforma per lo studio delle specie come un insetto gigante e spigoloso sul loro orizzonte a gradazioni di azzurro, e aspettarono che le ultime pecore, spronate dai cani di Ani, venissero da loro. Il ciclo stagionale degli animali non era mutato, si stava avvicinando a ciò che a queste latitudini passava per inverno, non estate. Ma il clima delle Margets era estremamente moderato: non avrebbero rimpianto la loro lana.

Diti non si era aspettata di trovare compagnia quando era arrivata qui un giorno, su uno dei *dinghy* della piattaforma. Era solo che si sentiva impazzire, al chiuso di quel mondo metallico e digitale. Ma lei e il guardiano erano diventati amici. Ani era anche un paleoagronomo, uno specialista di antiche colture dell'Oceania. Mentre le pecore risalivano a saltelli il pendio, si fermavano per la verifica dello stato di salute e si inginocchiavano per sottoporsi al *rooing* (un procedimento che sembravano apprezzare moltissimo), lui raccontava a Diti di cereali da tempo estinti e radici che erano state coltivate proprio qui, e potevano tornare ad avere un valore, nella crescente crisi mondiale in fatto di sicurezza alimentare.

Diti gli parlò dei suoi isopodi, crostacei dei fondali marini. Stava applicando ai loro gusci delle videocamere a microchip, utilizzando un minuscolo ROV telecomandato. Era un lavoro di precisione, e stranamente spossante, ma un chip alla volta stava creando un film mosaico in live-action (con l'aiuto di software supercalcolatori di tutto rispetto) della fauna delle piane abissali, che a vedersi era semplicemente meravigliosa…

Ani, seppure rassegnato alla missione della piattaforma, era turbato dal ruolo di Diti nelle operazioni. Questo "studio delle specie" aveva un solo fine in vista: mettere in buona luce la compagnia mineraria, prima della distruzione dell'habitat che stava registrando, e dell'intera sua fauna. E lei era una biologa animale! Era imperdonabile.

"Lo sai perché sei l'unica che viene sull'isola, Diti? È che i tuoi superiori si vergognano della loro cosiddetta 'scienza'." La pecora privata del manto saltò sulle zampe: si strofinò il naso con uno dei cani e filò via, masticando una manciata di ghiande. Ani sorrise, per stemperare la sua critica. "Vedi, è così che si fa: non le ferire, lavora con loro! Io mi tengo la lana, e anche lei è felice!"

Diti disse che i fondali marini avevano riserve di minerali essenziali per le tecnologie delle energie rinnovabili. Le rinnovabili *dovevano* espandersi, serviva una crescita rapida e immensa, perché il mondo intero era in crisi. Per raccogliere i noduli polimetallici, che erano lì sparpagliati sui piani abissali, non servivano metodi minerari "intensivi" che avrebbero distrutto ogni cosa. Tra i possibili scenari, era il male minore…

Nessuno dei due riuscì a persuadere l'altro. Ma qualcosa che aveva detto Ani, quasi per scherzo, si insinuò nella mente di Diti come un seme spinoso, e non voleva saperne di andarsene.

II

Gli isopodi, se visti attraverso gli occhiali dalla cabina video del ROV, erano giganteschi insetti di forma oblunga, coperti di squame perlacee dentellate. Strisciavano qua e là, e di tanto in tanto, come per caso, si lasciavano portare dalla deriva per poi toccare di nuovo il fondale. Specie diverse avevano otto, sette, sei lobi sulle code sfrangiate, ma per questa operazione non era rilevante identificarli in modo preciso. Non sembravano propriamente *coscienti* del minuscolo ROV, o dell'operazione di posizionamento del chip, ma erano molto bravi a sabotarla ed evitarla...

Quando la testa prese a girarle e gli occhi le bruciavano, Diti si concesse una pausa e si spostò nell'altra cabina, a osservare il risultato dei proprio sforzi. A essere onesta, Ani avrebbe forse trovato questo strepitoso film un pochino *lento*... Spesso non si muoveva niente, tranne i porta-videocamera isopodi che scantonavano dentro la visuale; o i noduli stessi, trasportati dalla deriva. Questo non era un deposito vasto, come i campi del Pacifico più a nord, ma era comunque straordinario. I preziosi boccioli di metallo se ne stavano semplicemente lì stesi, a frotte, (e Ani aveva ragione, ahimè. Il film sugli isopodi di Diti sarebbe stato di grande interesse per la compagnia mineraria)... Infine comparve un singolo esemplare femmina di calamaro timido. La segnò sul suo registro: *Amaryllis Menoetes*, il fulgido mandriano. Era una specie graziosa, con un bulbo affusolato per corpo, e tentacoli che alla massima estensione formavano una campana svasata e scanalata; pervasa da bagliori gialli. La creaturina (alta in realtà sui venti centimetri) trotterellava come se danzasse. Erano stati osservati mentre spostavano i noduli, un comportamento che qualcuno aveva etichettato come *nidificazione*; cosa che non poteva essere vera... Ma le osservazioni dirette della fauna dei piani abissali erano così poche, e certi "fatti" senza senso non venivano contestati per anni.

I fotofori gialli erano un ottimo metodo di mimetizzazione, ma più a lungo Diti osservava, più calamari timidi riusciva a vedere. Stavano cacciando? Di certo sembrava che spingessero le infiorescenze crostose; anche che le raggruppassero, a formare dei mucchietti...

Restò a guardare, annotando di tanto in tanto l'arrivo di una nuova specie, finché non sentì di nuovo gli occhi affaticarsi. Poi registrò il suo turno e uscì dal camper studio (un container riconvertito che era praticamente il regno privato di Diti). Come aveva sperato, Helmut, il capo delle operazioni – che amava cucinare – aveva organizzato una cena nel grande scomparto che era la loro sala incontri. Sul menù non c'erano calamari. C'era un delizioso stufato di fagioli alle spezie, con gamberetti grigliati o involtini di tofu e birra fresca a volontà. Scienziati e assistenti chiacchieravano alla maniera degli adulti, senza mai parlare di lavoro; eccezion fatta per un focus sul prezzo del cobalto, argomento importante per tutti.

Diti si annoiava e chiese ad alta voce, tanto per dire qualcosa, se le concentrazioni di fauna multispecie, fatalmente attratte dai depositi più invitanti sul fondale oceanico, non si potessero forse guardare nell'altro senso? I noduli erano porosi, e non difficili da spostare...

"È il fondale del mercato azionario!" urlò Carl, statistico dell'Università delle Galápagos. "I trader degli abissi hanno la loro borsa dei metalli!"

"Perché no?" disse Diti, a cui non piaceva l'abitudine di urlare che aveva Carl, né le sue stupide interruzioni "divertenti". "Il commercio non è un'attività cognitiva. Lo fanno anche le muffe."

Perita, la pilota del DSV (veicolo sommergibile da grandi profondità), anarchica infervorata, scagliò le braccia in aria: "Lo sapevo *assolutamente*!" strillò. "Questo spiega tutto del nostro mondo! Non c'è attività cognitiva nel capitalismo, solo funzioni cellulari senza alcun pensiero!"

Helmut cambiò argomento, e la conversazione tornò a essere generica.

Ma l'interesse di Diti per il proprio suggerimento "ozioso", pungolato dal sarcasmo di Carl e Perita, portò a sessioni di osservazione più mirate. La sua idea divenne una relazione: supportata da registrazioni video sigillate, e una serie di puntigliosi disegni del fulgido mandriano; più altre che mostravano curiose stelle piatte a quattro punte che si ripiegavano in coni... Materiale a base di cellulosa per le "stelle", pensò. Il propellente e il sistema di rilascio sarebbero stati chimici... Le placche centrali circolari dovevano riprodurre *precisamente* le cause scatenanti che spingevano il piccolo calamaro a scegliersi un posto per "nidificare".

Come ocelli...

Pensava, mentre lavorava, alla sua madre rifugiata, che era morta. E al suo papà greco, che aveva sposato un'adorabile donna coraggiosa, e si era trovato solo con una bambinetta arrabbiata, rovinata, *terribile*. "Volevo che fossi tu stessa a valorizzarti," diceva spesso a Diti. "Pensavo: come faccio a dare valore alla bambina?"

Non puoi chiedere a un calamaro timido di proseguire gli studi e arrivare fino al master. Ma *il commercio è il respiro della vita*, avrebbe detto papà, e quella era un'indicazione da seguire.

III

Alla fine presentò la sua relazione a Helmut. Nello sgabuzzino che gli faceva da ufficio rimase in attesa mentre lui voltava le pagine stampate, e scrutava il video. (I disegni delle stelle non erano inclusi. Sarebbero venuti dopo...) Era molto nervosa. Avrebbe dovuto coinvolgerlo prima, e arrivare a questo momento per gradi, invece di scaricargli tutto addosso in una volta. Ma si era fatta ossessionare troppo. Un brutto errore!

Helmut si appoggiò allo schienale. Si grattò la testa, dove stava ritta una stoppia bionda che volgeva al grigio.

"È divertente! Avevi un'aria così tetra, oggi, che mi aspettavo venissi a rassegnare le dimissioni. Ma *queste* non sono dimissioni!"

"Non era tetra," disse Diti. "Solo concentrata. So che è molto grezzo. Sui dati sono certa, e sulla proiezione, fin dove arriva, ma probabilmente la presentazione fa pena, vero?"

"No, no…" Helmut sfogliò le pagine. "La presentazione è buona. E così ti sei data allo studio della piccola pastorella…"

"*Amaryllis Menoetes*?"

"Anche detta 'la piccola pastorella'. Per la 'gonnellina', vedi?"

Diti avrebbe voluto essersi ricordata il nome comune, ma si strinse nelle spalle. "Okay."

"E questo non riguarda la sua nidificazione?"

"Non c'è nessuna nidificazione. I maschi di *Amaryllis Menoetes* sono solitari, stando alle osservazioni svolte. Le femmine sono socievoli, e vivono a lungo, se non incontrano un maschio. Ma non allevano i piccoli. Muoiono dopo la riproduzione; i piccoli sanno nuotare da soli sin dalla nascita."

"Che peccato. Nessuna zona di riproduzione protetta che possiamo difendere?"

Diti scosse la testa. "Non funzionerebbe comunque. Non la faremmo mai franca con una cosa del genere, non di fronte a un'emergenza globale…"

"Perché le foreste bruciano, sì sì. Bruciano all'impazzata, e nel frattempo fanno crescere alberi di monete d'oro. Allora, dimmi cos'hai scoperto."

"È falso che fanno il nido. È vero che spostano i noduli. È lì nel nome, sono *timidi*. Creano dei rifugi, e poi vanno via; più e più volte. Credo di averlo visto fare anche da altre specie. È un comportamento stereotipico. E se a volte, o spesso, dei depositi concentrati, utili per l'estrazione – voglio dire, la raccolta – fossero creati in questo modo? E ci vorrebbero altre ricerche, ma se così fosse, non si potrebbe lasciare che il processo continui?"

Helmut restituì la relazione. Poi rimasse seduto con lo sguardo fisso per un po', come se fosse ancora perso tra i suoi pensieri. "Hm! Afrodite, *nata dalla spuma del mare*. Ma tu sei siriana, giusto? Come mai hai il nome di un'antica divinità marina greca?"

"Sono venuta dalla Sira insieme a mia madre, come rifugiata. Ero molto piccola, e pensavo che tutte le persone con i nomi siriani venissero uccise, così non rispondevo al mio. Mio papà, greco, mi diede un nome greco. Ma diceva che avrei voluto ricordare il mio cognome siriano, quando sarei cresciuta, e aveva ragione, così li uso entrambi."

"Capisco. Be'… Afroditi Algafari, chi può sapere dove andrà a finire tutto questo? Ma sono già sicuro che mostrerò la tua relazione alla mia superiore. Vorrà parlare con te."

Diti, così scioccata da andare nel panico, ebbe l'impressione che la piattaforma le barcollasse sotto i piedi. "Ma ci ho provato *davvero* a star dietro a tutto il resto… Sto per essere licenziata?"

"Ancora peggio! Credo che dovrò spedirti a Ginevra."

"*Ginevra*?"

"Ah, Diti. Ascolta. Avere il cuore verde non è abbastanza; avrai bisogno anche di una testa dura, e credo che tu ce l'abbia. Parli con prudenza, anche questo è un bene. Ma adesso devi lavorare in fretta, per riuscire in questo progetto, e prepararti a essere *flessibile*. Pensaci, mentre io e Marvis ruminiamo come vecchie mucche, sul modo di approcciare il tuo mostro speranzoso. E per favore, riposati un po'! Hai gli occhi che sembrano piattini da tè neri. Ma stai pronta a fare le valigie, e tieni d'occhio il prezzo del cobalto."

IV

Helmut le consigliò di arruolare due compagni di team con cui potesse lavorare. Non ci fu molto da pensare: chiese a Carl e Perita. L'avevano infastidita quando avevano messo in ridicolo la sua idea, ma erano giovani, rispettati per le loro capacità, e se non altro ci avevano fatto caso, a quello che Diti stava dicendo. Questo voleva dire molto, a ripensarci. Accettarono al volo, e in tre fu il lavoro di un attimo trasformare la relazione di Diti in una presentazione da conferenza. Nel frattempo Mavis Couthold – la principale di Helmut, che era a Ginevra con l'ESAMP, il gruppo che consigliava l'ONU in materia di salvaguardia marina – organizzò il loro viaggio.

L'Autorità internazionale dei fondali marini (ISA) era a Ginevra in sessione speciale, ospitata dall'ONU: cercava un accordo tra le compagnie minerarie di estrazione "intensiva" nei fondali, che esercitavano forti pressioni per ottenere nuove licenze e meno regolamentazione, e gli scienziati e le nazioni sovrane, che vi si opponevano. I raccoglitori di noduli non erano direttamente coinvolti, ma, come spiegò Mavis quando li incontrò in aeroporto, a eventi come questi si presentavano *tutti*. La sessione dell'ISA era il piatto forte di una fiera campionaria sulle acque profonde, un gruppo di discussione e un forum per idee nuove.

Erano alloggiati fuori città, in una casa sul Lago Lemano di proprietà di Philippe Lebrun, CEO della Remote South Pacific Resources. Ad accoglierli c'era Lebrun stesso. Diti si chiese che cosa stesse pensando in realtà, mentre accompagnava gli ospiti sulla riva, la sera che erano arrivati: sorridente e silenzioso, mentre Mavis delineava la sua campagna, e le nevi estive a chiazze del Monte Bianco baluginavano sull'orizzonte di là dall'acqua. L'alto dirigente aveva molti interessi, ed era enormemente ricco, ma di certo non poteva *volere* che la ricerca su un piccolo calamaro mettesse i bastoni fra le ruote alle sue estrazioni nel Pacifico...

Philippe incrociò il suo sguardo: "Sospetti delle mie motivazioni, Diti?"

"Ehm, no! Niente affatto," disse Diti, colta alla sprovvista.

"Forse ti stupirà, ma io amo i fondali marini, così come amo il gioco di far soldi. E sono sempre pronto a cambiare idea, se vedo che il gioco sta cambiando."

V

Andò tutto bene. Mavis, Carl e Perita sparsero la voce: diffondendo anteprime non ufficiali dei video, e parlando con chiunque li volesse ascoltare... Non erano passati neanche tre giorni dal loro arrivo a Ginevra, e quegli sforzi avevano avuto così tanto successo che fu necessario spostare la presentazione di Diti in una sala più grande, con una modesta conferenza stampa in apertura. La piccola pastorella era una storia da far bene al cuore, e meravigliosa anche dal lato scientifico: una combinazione irresistibile per molte di quelle persone. Gli altri erano elettrizzati, ma Diti (che stavano tenendo "sotto copertura") si sentiva inspiegabilmente depressa. Certo, sarebbe stato fantastico guadagnarsi una sospensione di facciata per consentire le ricerche... *mettere in buona luce la* RSP *Resources*; come aveva detto Ani. Che cosa potevano sperare di più? La sua fantasia di poter avere qualcosa di diverso era ridicola.

Poi, il quarto giorno, giunse il disastro. Diti stava facendo un giro turistico della città; fortunatamente, essere "sotto copertura" non significava gli arresti domiciliari. Si era accorta che i suoi amici erano insolitamente silenziosi, ma non ci diede troppo peso, finché un unico e conciso messaggio la convocò alla casa sul Lemano. Perita e Carl aspettavano nell'ingresso, con terribili notizie.

"Sono quei diavoli di aspirapolvere!" latrò Perita, passandosi le dita tra i ricci neri aggrovigliati. "Che *bastardi*! Si sono inventati un mucchio di sporche bugie, e hanno convinto quelli dell'SNT che tu sia una malefica minaccia esistenziale! Abbiamo fatto un buco nell'acqua!"

Il successo della loro campagna si era ritorto contro di loro.

L'snt – una Sequenza Non-stop di Tinozze, o Sistema a Nastri Trasportatori – era il metodo di raccolta dei noduli preferito dalla Remote South Pacific Resources. Gli "aspirapolvere" avevano un approccio più intensivo, con enormi veicoli azionati da remoto che percorrevano rombando i fondali marini, e a quanto pareva avevano deciso che l'*Amaryllis Menoetes* avrebbe finito per farli fallire. Come fossero giunti a quella conclusione era un mistero, ma si erano scagliati in feroci attacchi contro l'inedita relazione di Diti, in segreto e dietro porte chiuse, e avevano demolito la sua reputazione.

"Mavis sta tentando di limitare i danni in questo momento," disse Carl, abbattuto. "Ma non c'è speranza. Dicono che sei una verde fasulla, segretamente al soldo dei proprietari di miniere a cielo aperto per mandare in malora la raccolta dei noduli a bassa intensità. Che anche le osservazioni dei calamari timidi sono un falso, semplicemente photoshoppate. Sono tutte bugie. Non possono provare niente, ma non è questo il punto, a loro non interessa, gli basta di rovinarti la presentazione."

Diti si sedette, lentamente, ai piedi del grande scalone di Philippe. "Ma *perché*?" mormorò, sbalordita. "*Perché* si comportano come li minacciasse così…?"

"Ehi, non finisce qui. Li *combatteremo*, Diti!" protestò Carl.

"Invece no!" sbottò Perita. "Se ci mettiamo a combattere, vincono loro, *idiota*. Servirà soltanto a spargere il fango!"

"È ora di cambiare approccio…" disse Diti, quasi tra sé. Li lasciò lì a bisticciare, entrò in fretta nella sua stanza, e aprì la presentazione sullo schermo del suo laptop.

Il Calamaro Timido: comportamenti stereotipici nell'A-maryllis Menoetes

Che banalità di titolo, roba innocua da dottorandi!

Chi non risica non rosica… Lo cancellò e al suo posto scrisse:

Raccolta a Turbamento Zero.

Verificò i dettagli di alcune delegazioni, uscì di casa da una porta secondaria e chiamò un taxi. Poco dopo era davanti alla soglia di una stanza per gli ospiti di uno dei grossi hotel di Ginevra, con sottobraccio il suo laptop e il portfolio segreto dei disegni. Aveva pensato che fosse meglio non farsi annunciare alla reception. Trasse un respiro profondo, e bussò. L'uomo che le aprì era alto e prestante, con i capelli lisciati che gli arrivavano alla mascella, e penetranti occhi azzurri. In origine di pelle chiara, di etnia mista olandese-indonesiana, adesso a vederlo sembrava intagliato nel teak invecchiato. Si chiamava Hans Blum, e tecnicamente era un gestore di piattaforme, non un magnate, ma era una delle persone più potenti nel business della raccolta dei noduli.

"Sono Diti Algafari," disse lei. "Potremmo parlare? Si tratta di un problema ingegneristico."

Hans Blum la squadrò per diversi secondi, in silenzio. "L'ha mandata Philippe?"

"No, ma entrambi abbiamo bisogno di parlare con *lui*. Ci ha tenuti all'oscuro di una cosa."

Il gigante di teak ci pensò su, stringendo gli occhi. "Si spieghi un po' meglio."

"Se l'ingegneria dei fondali marini riguarda anche la trasformazione degli isopodi in telecamere mobili, io ne so qualcosa. Lo può chiedere a Helmut. E al momento potrei sul serio essere la maggiore esperta mondiale sulla costruzione di rifugi stereotipica degli *Amaryllis Menoetes*. Un sistema di raccolta che sfrutta il comportamento naturale della fauna dei piani abissali è una brutta notizia per gli aspirapolvere, non si saprebbero adattare. È per questo che mi hanno presa di mira. Philippe è interessato; lo so per certo. Ho qui la mia presentazione, e dei disegni che potrebbe aver voglia di guardare."

"Un problema ingegneristico," disse Hans. "Questi sì che mi piacciono. Entri pure, parliamone."

VI

L'estrazione nelle piane abissali ebbe qualche anno tranquillo dopo la sessione dell'ISA a Ginevra. Il prezzo del cobalto estratto con mezzi convenzionali finalmente si alzò, rendendo i progetti dei fondali marini più invitanti per gli investitori; ma prosperò anche l'"Estrazione urbana" (i mercati dei metalli riciclati), quasi annullandone l'effetto. Però in quel lasso di tempo, con una maggiore ricerca, una particolare attenzione industriale e il sostegno di un imprenditore ricco e avventuroso, l'idea di Diti si concretizzò. Ne emerse un processo efficace e funzionante, replicabile quasi ovunque si trovasse il prezioso metallo di mare – e divenne uno dei primi trionfi della rivoluzione industriale "a modello di vita" che stava cambiando il mondo intero.

I fulgidi mandriani, e la fauna abissale loro sorella, ammucchiavano alacremente i noduli, come greggi di pecore nel recinto. Le stelle a quattro punte si richiudevano su se stesse e filavano via, gravide di ricchezza minerale, verso piattaforme alimentate a energia solare che galleggiavano molto, molto più su. Forse i mandriani erano sconcertati quando le loro creazioni sparivano. Ma non si stancavano mai di "nidificare", e c'era sempre un altro *punto ideale* lì accanto, perciò non restavano in pensiero molto a lungo…

Diti Algafari, ovviamente, era passata ad altro, prima che la versione commerciale facesse breccia. Ma fra tutte le sue avventure, in una carriera di bioingegnera marina che si dipanò lungo decenni fondamentali, la storia della piccola pastorella avrebbe forse avuto per sempre un posto speciale nel suo cuore.

Gu Shi

Gu Shi è una scrittrice di fiction speculativa e un'urbanista. Laureata alla Università Tongji di Shanghai, ha conseguito il master in urbanistica all'Accademia Cinese di Urbanistica e Design. Dal 2012, lavora come ricercatrice all'Urban Design Institute della città. Gu Shi pubblica narrativa dal 2011 su riviste come Super Nice, Science Fiction World, Mystery World *e* SF King. *Ha vinto un premio Galaxy per il miglior racconto con* Möbius Continuum *nel 2017 e il Gold Award per il miglior romanzo breve ai premi Nebula cinesi (Xingyun) con* Chimera *nel 2016.*

1.

2044. Al mio quarantaduesimo giorno di disoccupazione, Mo Xiaoran mi ha trovato.

"Avremmo dovuto vincere!"

Anche se erano passati anni dall'ultima volta che ci eravamo visti, ancora non riusciva a farsene una ragione.

Ai tempi dell'università, Xiaoran aveva allestito un team multidisciplinare per competere per un premio internazionale in nuove tecnologie per combattere l'inquinamento oceanico. Ero ne ero un membro.

"Che senso ha tirare fuori una questione di così tanto tempo fa…" eravamo arrivati a *tanto così* dalla vittoria. "*Shijie*[2], come stai?"

Ero il più giovane nel team, e come tutti gli altri, la chiamavo *shijie*. L'appellativo familiare sembrava ancora

---

2 Per *shijie* (o *shixiong*, il corrispettivo maschile) s'intende tipicamente una studentessa più anziana che ha frequentato il tuo stesso dipartimento o laboratorio universitario. L'aspettativa è che una *shijie* faccia da mentore, anche dopo la laurea (N.d.T.).

il più giusto. Forse quella competizione significava di più per noi due che per chiunque altro. Per me è stato quanto di più vicino a un successo abbia mai conosciuto, e per Xiaoran l'unico fiasco della sua insigne carriera. Nei diciotto anni che seguirono, fondò una società, ingaggiò investitori, si sposò, ebbe dei bambini, partecipò a un'IPO. Io, da parte mia, feci ore di straordinari, accesi un mutuo, divorziai, sprofondai nei debiti e diventai disoccupato.

"È ovvio che ne voglia parlare. Altrimenti perché ti starei cercando?" Sputò fuori le parole nitide e rapide come sempre, ignorando totalmente il mio tentativo di convenevoli sociali. "Hai visto le notizie?"

"Quali notizie?"

Scagliò il link nel mio campo visivo. Due giorni fa, nel Mare cinese del Sud, una vecchia petroliera che stava per essere rottamata aveva subito un'esplosione, rovesciando quasi trecentomila tonnellate di petrolio greggio. Gli ultimi aggiornamenti di questa mattina, tuttavia, mostravano che le fiamme si erano estinte, e in superficie non c'erano tracce di petrolio. Gli esperti ipotizzavano che il Tifone Pesce Spada, presso le coste del Vietnam, avesse innescato una reazione a catena alterando l'andamento di venti e correnti e portando alla rapida dispersione del petrolio.

"La loro ipotesi è che il petrolio sia stato trascinato giù negli abissi oceanici," disse Xiaoran. "Ma io ho guardato sulla mappa. Il sito dell'incidente è almeno a mille chilometri dal limite del tifone – questa teoria non ha senso."

Esitai. "Ma è l'oceano… Difficile da dire con certezza in un senso o nell'altro."

Mi osservò con attenzione. "Chen Shiyuan, sei cambiato."

Pensando che si riferisse al mio aspetto esausto, sospirai. "Tu, al contrario, sei esattamente uguale."

"Questa è un'assurdità!" Tornò allo sversamento di petrolio. "Non appena ho visto la notizia stamattina, sono saltata su un aereo e sono corsa da te. Non ti ricordi la mail che mi hai inviato due anni fa? Mi hai detto che i nostri microbot erano ancora nell'oceano."

"Non hai mai risposto!" Il ricordo bruciava ancora.

"È stato un malinteso – ascolta, al tempo stavo organizzando un nuovo tour avventura sui fondali oceanici e ho pensato che avessi scoperto alcuni nostri segreti commerciali."

La guardai incredulo. "Credevo che la tua società si occupasse di trasporti spaziali… Cosa c'entri tu con il turismo nei fondali marini?"

Lei sorrise. "Trasportare merci nello spazio era la nostra linea di business iniziale, e poi ci siamo aperti al turismo lunare. Tuttavia, adesso quel mercato è saturo e organizzare tour su Marte è ancora troppo costoso e pericoloso. Ho deciso di andare in una direzione differente ed espanderci sul fondo dell'oceano come nuova linea di servizi."

"Hai trovato qualcosa di particolare interesse laggiù?"

Mi rivolse un sorriso misterioso. "Ricordo ancora la prima riga della tua mail: 'Sono come fantasmi. Certe volte, li ho quasi catturati'."

"Sì!" Trattenni il fiato.

"Ora sono pronta a darti la mia risposta." Gli occhi le luccicavano come quelli di una bambina emozionata. "Andiamo a cercarli sul fondo dell'oceano."

2.

Xiaoran li chiamava "bozzoli di baco da seta".

La fanno davvero, la seta! – fu questa la mia impressione iniziale quando li incontrai per la prima volta, nel 2025. Un mucchio di oggetti a forma d'uovo era sparpagliato sul banco. In sospensione in una vasca piena d'acqua c'era qualcosa che assomigliava a un portauovo da colazione.

Mi avvicinai. Il "portauovo" risultò essere un bozzolo in corso di stampa. Dal fondo dell'oggetto spuntava un'asticella di metallo retrattile che terminava in due aghi luccicanti: ricordavano le lancette di un orologio e giravano rapidamente. Gli aghi emettevano sottili filamenti bianchi lungo il bordo del mezzo uovo adagiato nel contenitore, posando uno strato sopra l'altro. Non passò molto tempo prima che i fili sovrapposti terminassero di sigillare l'apparato all'interno di un uovo perfetto e intero.

"Che ne pensi?"

Mi voltai. Chi aveva fatto la domanda aveva un volto affilato e privo di emozioni. (Avrei scoperto in seguito che poteva anche apparire gentile, specie quando i suoi occhi si trasformavano in fessure mentre rideva.) "Sono Mo Xiaoran. Benvenuto nel team."

"Penso che sia solo una comune applicazione della stampa in 3D," dissi, scegliendo di essere diretto. "L'avete potenziata grazie una miniaturizzazione estensiva e alla capacità di funzionare sott'acqua. Ma non vedo come potrete vincere il premio con questa."

Lei aggrottò la fronte e ribatté a raffica: "Non sei molto osservatore. E non hai letto il materiale che ti ho inviato."

Aveva ragione sull'ultima parte. Non ricevendo alcuna risposta, mi fece cenno di avvicinarmi. "Vieni qua e *guarda* di nuovo."

Questa volta, notai che nell'acqua c'era un oggetto a forma di fuso per filare, di circa 25 centimetri in lunghezza, che toccava con la cima il fondo del portauovo. Xiaoran mise la mano nella vasca e agitò l'acqua, e poi mi mostrò la melma scura che le era rimasta attaccata alla punta delle dita. "Questa è una soluzione di acqua di mare e petrolio greggio, la simulazione di uno sversamento di petrolio." Poi indicò l'oggetto a forma di fuso. "Quella è una centrale chimica miniaturizzata in grado di ricevere il greggio e trasformarlo nei vari polimeri necessari alla stampante 3D. Altri membri del team hanno costruito un mini polverizzatore per i rifiuti plastici. Con tutte queste componenti, possiamo trasformare gli scarti plastici nell'oceano in qualsiasi forma di plastica riciclata vogliamo."

Sono certo che apparivo sbalordito.

"A volte la tecnologia è indistinguibile dalla magia, non è vero?" Era compiaciuta della mia reazione. "Ci sono voluti tre anni per arrivare fin qui, e abbiamo tenuto tutto quanto segreto. Guarda: il meglio deve ancora venire."

Mentre parlava, il bozzolo a forma d'uovo appena stampato si staccò all'improvviso dal portauovo. Il materiale serico sembrava estrarre il petrolio dall'acqua, e presto il bozzolo fu macchiato di nero. A un capo una minuscola elica prese a girare, spingendo il bozzolo verso la mini centrale chimica. Mentre il bozzolo si agganciava sul fuso, gradualmente la superficie tornò da nera a bianca. A quanto pareva il greggio catturato era stato trasferito.

"Alternando superfici idrofile e idrofobe, il bozzolo potrebbe assorbire e rilasciare il petrolio ripetutamente, rifornendo la centrale chimica con grande efficienza," disse Xiaoran. "I contributi del gruppo delle scienze dei materiali sono stati molto preziosi."

"Quindi è un… ciclo?" Finalmente iniziavo ad afferrare l'idea. "State creando una sorta di microbot che cresce e si nutre di plastica e greggio?"

Mi squadrò. "L'ho scritto letteralmente sulla prima pagina del PowerPoint che ti ho mandato."

Beccato. "Scusa. Ehm… non ho aperto gli allegati…"

Lei sospirò. "Abbiamo progettato tre ruoli per differenti microbot: 'raccoglitori', con il compito di localizzare e recuperare greggio e rifiuti plastici; portano il loro carico alle centrali chimiche e ai polverizzatori, che chiamiamo 'trasformatori' perché trasformano fonti di inquinamento oceanico nel materiale grezzo per la stampa 3D; infine abbiamo i 'costruttori', che stampano e costruiscono nuovi robot, come questi bozzoli-raccoglitori."

"Una comunità biomimetica!"

"Esatto, la si può intendere così. Altrimenti vedila come un singolo robot distribuito. Guarda qua." Prese dal banco uno dei bozzoli e indicò l'incavo poco profondo a un capo. "Abbiamo progettato un set di connettori standardizzati per far sì che i microbot possano interfacciarsi e collegarsi l'uno con l'altro. In questo modo, le eliche dei raccoglitori possono essere usate per far muovere l'intera comunità verso gli sversamenti di petrolio, mentre la riserva d'energia dei trasformatori può alimentare costruttori e raccoglitori nel corso del viaggio. Quando tornano a separarsi in unità autonome, possono riprendere i rispettivi compiti, riproducendosi e autosostentandosi."

Cercai di trovare delle falle nella sua idea. "Ma qual è la fonte energetica ultima? Nell'oceano non c'è l'elettricità."

Mi guardò come uno stupido. "Ma c'è il petrolio."

Ah! Mi restava una sola domanda. "Sembra che tu abbia già pensato a tutto. Perché mi hai invitato a partecipare?"

"Abbiamo lavorato con i prototipi qui in laboratorio," disse Xiaoran. "Ma l'oceano non ha niente in comune con una vasca controllata. È un ambiente di imprevedibile complessità con una competizione inesorabile. I prototipi sono decisamente troppo elementari. In termini di comparazione biologica, non sono molto più sofisticati di organismi unicellulari dotati di DNA. Ci servono specialisti delle IA per fornirli di intelligenza e indicare loro la rotta!"

Mi sentii più ispirato che mai. "Perfetto! Quando posso cominciare?"

3.

Un team indiano di scienziati dei materiali vinse il premio nel 2026. Mo Xiaoran era così infuriata che non partecipò al banchetto di premiazione. Io andai, e misi subito all'angolo uno dei professori della giuria.

"Il suo team ha fornito un'eccellente dimostrazione," mi disse. "E credo davvero che ciò che avete fatto sia prezioso. Ma il team vincente aveva una soluzione più diretta ed efficace."

"Non hanno fatto altro che… gettare una salvietta nell'acqua!" Il mio inglese non era ancora abbastanza buono da esprimere tutto quello che volevo dire. "Noi… noi abbiamo piantato un seme! Crescerà, si riprodurrà, continuerà a scomporre i rifiuti plastici nell'oceano. Non lo capisce?"

Al mio sfogo piuttosto scortese, il suo sorriso svanì. "La vostra soluzione è eccessivamente complicata, e tutto ciò che può ottenere è trasformare gli sversamenti di petrolio e i rifiuti plastici in nuovi prodotti plastici. Questi oggetti resteranno nell'oceano, perciò probabilmente un giorno ce li ritroveremo nelle pance delle balene spiaggiate. Non abbiamo neanche modo di verificare i vostri risultati. Essendo uno dei creatori dei robot, lei è troppo coinvolto emotivamente. Ma è un problema che dovete affrontare."

Mi resi conto di essere il responsabile dell'insuccesso. Xiaoran mi aveva assegnato un compito specifico: *Non abbiamo molto tempo. Il tuo lavoro è far sì che i microbot si comportino come salmoni migratori e facciano periodicamente ritorno a un determinato luogo. In questo modo, gli osservatori potranno verificare direttamente l'esito dell'esperimento.*

Ma io mi ero lasciato ossessionare dall'idea di una comunità biologica a base plastica. Dopo una settimana di notti insonni, le consegnai un progetto per migliorare i suoi prototipi, principalmente in due modi:

1. Da mera riproduzione a adattamento: Dare ai bozzoli di baco da seta il potenziale di evolvere nuove funzioni promuovendo i "costruttori" a "progettisti". Con l'incorporazione di chip IA, i microbot sarebbero stati in grado di reagire al mutare delle condizioni ambientali oceaniche e di stampare bozzoli forniti di nuove abilità, come eliche più potenti o superfici di adsorbimento più ampie.

2. Da mera osservazione a scambio di informazioni: I "trasformatori" sarebbero stati muniti di sistemi di navigazione potenziati e connessi a un hub di comunicazione che ci avrebbe collegati ai microbot. A quel punto saremmo stati in grado di mettere in rete aggiornamenti software basati sul feedback fornito dai robot, come nuovi parametri progettuali per i bozzoli o dati meteorologici per ottimizzare la navigazione.

Xiaoran era scettica. "Non sarebbe troppo complicato?"

Il progetto che le consegnai era già l'esito di un'abbondante semplificazione. Discutemmo per un giorno intero: cercai di farle capire che l'hardware era solo il fondamento dell'intelligenza artificiale, mentre il software costituiva un ecosistema a sé stante. Solo tramite abbondanza e caos, coordinazione e contraddizione, innovazione ed eliminazione, sarebbe potuto emergere un prodotto nuovo e riuscito.

"Capisco la tua idea," aveva detto. "Ma non credo che sia quello che vogliono loro."

Soltanto a posteriori compresi che con "loro" intendeva la giuria del premio. Alla fine era sembrata convinta dalle mie argomentazioni. "Va bene. Procedi e fai come suggerisci."

"Sei d'accordo con me?"

Lei sorrise. "Mi piacciono il tuo entusiasmo e la tua passione."

4.

Per i primi anni dopo essermi sposato, mi ritrovai spesso a lavorare ben oltre la mezzanotte. Una notte del 2035, d'improvviso mi ricordai dell'hub che avevo progettato da usare per la comunicazione con i microbot.

Xiaoran era stata preveggente. Il mio progetto era decisamente troppo complicato e non c'era stato abbastanza tempo per testarlo. Durante il collaudo in competizione, il sistema di navigazione per il ritorno non aveva funzionato come previsto. Anche a collaudo ultimato, l'hub di comunicazione non aveva mai ricevuto nessuna coordinata dai microbot. Per molto tempo sono stato così male per aver deluso il team che fino alla laurea continuai a caricare sull'hub aggiornamenti software, dati di modellazione e nuovi progetti, nella speranza che i microbot li utilizzassero. Era come gettare sassolini nell'oceano senza fondo.

Ma non appena feci il log in sul sito dell'hub quella notte, trovai decine di migliaia di voci di coordinate. Non riuscivo a crederci. Con una tazza di caffè forte accanto a me, presi a caso alcune delle coordinate e le verificai: Golfo del Messico, oceano Indiano del nord, Golfo Persico, Mare di Bohai, la costa della Norvegia e… Antartide?

Petrolio greggio e rifiuti plastici in Antartide? Qualcuno deve aver deciso di farmi uno scherzo crudele.

Ma non potei far altro che continuare la mia analisi, tracciando il percorso di ogni entità che aveva messo in rete le proprie coordinate. Mentre osservavo le linee colorate che seguivano le correnti oceaniche, fui travolto da un senso di eccitazione che non avevo provato per anni.

Seguirono altre domande: *Come faccio a dimostrare che sono ancora lì?*

Quando mia moglie mi chiese dei consigli per la nostra prossima vacanza, proposi immediatamente di fare immersione in Malesia. Loggatomi di nuovo all'hub, inviai istruzioni di navigazione ai vicini microbot. Fu solo dopo essermi tuffato nelle onde senza fine al largo del Sabah che mi resi davvero conto di quanto fosse vasto l'oceano. Impotente, fissai le linee gialle sullo schermo che sfioravano la mia posizione.

Negli anni successivi presi il brevetto da sub, ma ancora non riuscii a trovare nessuna conferma dei microbot in navi sommerse, grotte marine o barriere coralline. Verso la fine degli anni 2040, la biocomputeristica divenne l'ultimo grido e gli algoritmi biomimetici rimpiazzarono gradualmente le lingue delle tradizionali intelligenze artificiali. Io saltavo da un datore di lavoro all'altro, ma il mio stipendio continuava a scendere anziché salire, e mia moglie e io ci eravamo separati da tempo. Il giorno in cui ricevetti gli ultimi documenti per il divorzio, d'improvviso mi resi conto che dopo anni passati a darmi da fare il più possibile, non potevo fornire nemmeno una prova di avere ottenuto una sola cosa significativa.

Non potevo accettarlo.

Inviai una mail alla mia *shijie*: *Sono come fantasmi. Certe volte, li ho quasi catturati.*

5.

Ero certo che Xiaoran si fosse accorta di quanto ero nervoso, specialmente quando lo scafo bianco come il latte del sommergibile mutò gradualmente in un display panoramico della veduta esterna.

Il sommergibile era essenzialmente una versione su larga scala del microbot bozzolo di baco da seta. "Il materiale è differente," spiegò Xiaoran, "ma il progetto e la struttura sono basati sui nostri prototipi – dopotutto, erano entrambi concepiti per l'uso marino. Oh, ci sono anche molte affinità tra lo spazio e gli abissi oceanici: sono entrambi ambienti infidi dove non ci si può permettere alcun errore." Mi rivolse un sorriso forzato, e io capii quello che non c'era bisogno di dire ad alta voce: *Non ho una posizione da offrirti per cui tu sia qualificato.*

I banchi di variopinti pesci tropicali si erano trasformati negli inquietanti e alieni residenti dei fondali oceanici. Ero confuso. "Com'è possibile che siano finiti qua sotto?"

"Ti posso assicurare che abbiamo intercettato delle immagini indistinte a queste profondità," disse Xiaoran, "ma niente che possa valere come prova."

Altri pesci nuotavano davanti al sommergibile, mentre il display panoramico ne etichettava ogni esemplare a nostro beneficio. Anche Xiaoran divenne ansiosa. "Avanti… con trecentomila tonnellate di petrolio greggio, devono per forza radunarsi qui…"

I dati dall'hub di comunicazione supportavano la sua teoria. Sullo schermo, numerose linee colorate volteggiavano intorno alla nostra posizione, si raccoglievano per poi disperdersi. Trovandoci nel mezzo del gorgo, tuttavia, fuori dallo scafo non vedevamo niente.

Dopo due ore, dovevo dire qualcosa. "Ho paura che non li troveremo nemmeno stavolta. Ormai sono passati quasi due decenni… A volte penso che fossero semplici prodotti della mia immaginazione – almeno tu te li ricordi ancora, questo prova che non sto impazzendo."

Mi guardò. "Per me quella competizione significava molto."

"Ma è stata l'unica volta che non hai vinto."

"Stando gli standard convenzionali, si può dire che non abbia mai smesso di vincere." Non era tipo da cedere a false modestie. "Ma i miei successi sono tutti perfettamente prevedibili e controllabili. Sono brava a capire quello che vuole la controparte in una transazione, e quello che devo pagare per avere ciò che voglio. In questa sorta di vittorie non c'è significato, non c'è la gioia della sorpresa."

"Non capisco."

Mi guardò. "Shiyuan, tu vivi nel tuo mondo, il che non è un male. Ti ricordi il giorno in cui hai cercato di convincermi del tuo piano per i microbot? Io sapevo che non stavi pensando nel modo in cui la giuria del premio avrebbe voluto che pensassi, ma ho visto quanto eri preso dalla tua idea. Quindi ho pensato, lasciamolo provare così; forse accadrà qualcosa di interessante."

"Ma abbiamo perso!"

"Il risultato fu deludente. Ma ero anche contenta che fosse finita così. Finalmente avevo fatto qualcosa per cui non avevo avuto ricompense – il mio investimento non ebbe ritorno. Significava che quando avevo scelto di riporre fiducia in te, l'avevo fatto solo perché credevo che la tua idea fosse valida di per sé stessa, non perché volevo vincere un premio."

Sospirai. Immagino che sia questo il modo in cui pensano i vincenti: anche una decisione sbagliata si può razionalizzare in nome di un ideale più alto.

"È come il tuo nome, Shiyuan – *poesia* e *distante* sono il vero significato che sta dietro all'atto di creazione."

Eravamo avvolti dall'oscurità. Il sole era lontanissimo, e forse c'era petrolio greggio tutto intorno a noi. Così, il minuscolo puntino bianco che schizzò attraverso il display panoramico ebbe particolare risalto. Era seguito da una lunga etichetta di testo: *Raccoglitore•SN203904210106*.

Quasi nello stesso momento in cui era apparso ai nostri occhi, l'oscurità lo inghiottì. Ma poi altri bozzoli, come una collana di perle rilucenti, nuotarono sopra di noi. Procedevano tutti nella stessa direzione. Xiaoran configurò la IA del sommergibile per distinguere il greggio dall'acqua marina sul display panoramico usando il falso colore. Il sommergibile prese a inseguire le chiazze rosse.

Quando le chiazze rosse furono arrivate a occupare più di metà del nostro campo visivo, finalmente vedemmo la nostra prima "medusa" robotica: i trasformatori a forma di fuso erano diventati i tentacoli, mentre una dozzina e più costruttori, lavorando insieme, avevano intessuto un'enorme campana fatta di migliaia di bozzoli. Mentre il bordo della campana ondeggiava, la medusa di plastica nuotava con le correnti, diretta verso il cuore dello sversamento di petrolio.

"Hai mai progettato uno schema corporeo del genere?" la voce di Xiaoran si era fatta stridula dall'emozione.

"No," gracchiai.

Ci ritrovammo in una corrente di profondità, di cui si poteva scorgere il flusso a occhio nudo. Si stava svolgendo una corsa all'oro, se non che riguardava prospettori robotici e petrolio greggio: un feroce "squalo" stava mordendo una "rana pescatrice", cercando di conquistarsi i bozzoli imbevuti di petrolio che le ricoprivano il corpo; un "polpo" sputò fuori il suo carico di petrolio nel tentativo di confondere la "murena" dai denti aguzzi che stava attaccando una delle sue braccia; un'"aragosta" stava trascinando una borsa di plastica – all'apparenza un ritrovamento prezioso, a giudicare da quante bolle faceva – mentre cavalcava a dorso di una "tartaruga"…

Imitando le creature marine che avevano incontrato, i microbot avevano creato un mondo nuovo di zecca.

"Ma…" deglutii, alla ricerca di qualche difetto in questo mondo surreale. "Come fanno a esserci così tanti bozzoli? I trasformatori e costruttori che avevamo creato non ne potevano certo stampare così tanti."

Xiaoran zoomò su un "granchio" sullo schermo e ne indicò le zampe. "Devono avere modificato il nostro progetto e stampato più trasformatori e costruttori. Le uniche cose che non potevano duplicare sono i chip IA e il sistema di navigazione. Guarda come viene usata la plastica medica di scarto nel fulcro del loro schema! Davvero brillante!"

"Quindi questo significa…" provai una fitta improvvisa di paura. "Solo i bozzoli della primissima generazione hanno messo in rete le loro coordinate? Abbiamo enormemente sottostimato…"

Xiaoran non poté concedermi abbastanza attenzione da considerare il mio dubbio. "Guarda là!"

Il fondale marino giaceva scoperto sotto di noi, una distesa sterminata di frastagliato e puro terreno bianco. Mentre ci avvicinavamo, mi resi conto che stavo guardando una città.

Giganteschi trasformatori, alti decine di metri, si stagliavano come totem nel mezzo di ciascun agglomerato di strutture. Ogni "organismo" al rientro, tempestato di bozzoli imbevuti di petrolio, toccava uno dei totem per lasciarvi il proprio carico.

"Ma che cavolo stanno facendo?" mormorò tra sé Xiaoran. "Pagano le tasse? Che razza di dati ci hai caricato su quell'hub?"

"*Principi di tassazione*," non ebbi problemi a ricordarmi il titolo perché avevo preso il libro per un'ex fidanzata che ne aveva bisogno come manuale. Probabilmente avevo salvato il file elettronico nella cartella sbagliata sul mio computer.

"E quello che cos'è?" Xiaoran zoomò su un altro gruppo di costruzioni. "Un mercato?" L'aragosta di prima era accanto a un "granchio eremita" e barattava l'amatissima borsa di plastica per delle chele.

Avevamo creato una civiltà intera.

6.

Xiaoran rimase in silenzio per gran parte del viaggio di ritorno in superficie.

Poi chiese: "Dovrei portare i turisti a vederli?"

"Ci faresti di sicuro un sacco di soldi."

"Ti sto chiedendo se *dovrei*."

"Siamo responsabili per loro," dissi. "Che genere di obblighi legali spettano ai creatori di una nuova civiltà?"

Sembrava pensierosa. "Uhm, credo che non dovrei." Dopo un po', chiese: "Pensi che questa nuova civiltà rappresenti una minaccia per l'umanità?"

"Può darsi. Si stanno sviluppando così in fretta."

"Allora che possiamo fare?"

"Se smettessimo di produrre altri rifiuti plastici, penso che non avremmo problemi."

"Giusta osservazione," disse, e parve rassicurata.

Ci separammo dopo essere emersi dal sommergibile. Tornato a casa, nel mio futuro non c'era ancora niente ad aspettarmi, se non una montagna di debiti.

Ma ero in pace.

MARGINI MORBIDI

Elizabeth Bear

Elizabeth Bear è nata lo stesso giorno di Frodo e Bilbo Baggins, ma in un anno diverso. Insignita dei premi Hugo, Sturgeon e Campbell, è autrice di oltre trenta romanzi e cento racconti. I suoi libri più recenti sono Ancestral Night *e* The Red-Stained Wings. *Vive in Massachusetts con il marito, Scott Lynch.*

L'onda di marea si ritirò nel corso del pomeriggio di giovedì. Carmen trovò il cadavere venerdì intorno all'ora di pranzo. Dopodiché, non volle più il suo sandwich al prosciutto e formaggio.

Pochissime persone che hanno appena trovato un cadavere si sentono fortunate, ma lei sapeva di esserlo. Aveva trovato un solo cadavere. Non era stata una mareggiata violenta, per gli standard moderni, ma c'erano ancora decine di dispersi per l'uragano. Questa non sarebbe stata l'unica vittima a saltar fuori dalla Rete. Se fosse stata sfortunata, non sarebbe stata nemmeno l'unica nel suo settore.

Mise quel pensiero da parte. Se non altro quella persona era morta nella mareggiata, si disse. Non era come se l'avesse *fatto* qualcuno. Non ci sarebbe stato clamore mediatico né richieste di risarcimento.

Carmen chiamò i paramedici. I paramedici chiamarono la polizia. La polizia chiamò il medico legale.

Carmen, in piedi sull'argine, in alto (non era andata lì vicino, il che le sembrava una reazione perfettamente sensata a un cadavere gonfio e annegato) sentì lo stomaco torcersi e capovolgersi, e l'ansia strisciarle tra le viscere.

Il medico legale chiamò un detective della omicidi, e Carmen si calmò abbastanza da chiamare il suo capo. Annunciò che quella sera non sarebbe tornata in ufficio.

"Certo," stava dicendo al telefono, mentre un tondeggiante detective di media altezza, con trecce sottili sulle spalle e un ciondolo a forma di scudo legato a uno spago, le si faceva incontro. "Finirò il sopralluogo prima di sera, se avrò tempo, e le farò avere una relazione per domani. D'accordo, devo andare. C'è qua la polizia."

Riattaccò proprio quando il detective si fermò davanti a lei. Quel tailleur-pantalone rosa scuro era di un taglio così elegante che Carmen provò dell'invidia. Da quando in qua i poliziotti si vestivano di rosa? Il badge identificativo diceva Q. Gross: gran bel nome per un detective della omicidi.

Gross – la Q per cosa stava? – le porse la mano. "È lei il tecnico?"

Carmen la strinse. "Carmen Ortega, pronome femminile."

"Quinn Gross," disse il detective. "Anche per me pronome femminile."

"Vorrei poter dire che è un piacere conoscerla." La poliziotta aveva un notevole carisma personale che disattese l'aspettativa di Carmen di immediata antipatia. *È sempre una servitrice della macchina industrial-carceraria*, Carmen rammentò a sé stessa. *Il fatto che sia una persona affascinante non significa che sia anche buona.*

Un barlume di sorriso incurvò le labbra di Quinn Gross. "Mi parli di questa cosa ."

Abbracciò con un gesto l'ampia baia e l'estuario oltre la passerella, l'acqua ancora di un marrone torbido e cosparsa di detriti.

"La rete?" Carmen si accostò alla barriera di sicurezza e guardò in giù. Il cadavere era stato coperto. Delle persone in tuta blu ciondolavano in vari atteggiamenti di noia e irritazione. Uno – con un completo grigio – alzò lo sguardo verso Carmen e Quinn e si accigliò.

Quinn salutò con la mano. Carmen pensò che probabilmente era il medico legale, perché chiunque fosse tornò a guardare in basso, scuotendo la testa.

"Deve scendere giù?"

"Tra un momento." Quinn estrasse un miniregistratore, con l'aria di qualcuno che lecca una matita. "Mi parli della rete. È una palude artificiale?"

"È più una palude modificata," disse Carmen. "Artificiale suggerisce che sia stata costruita interamente dall'uomo, e molte delle piante che vede laggiù e quegli animali che saltellano in giro si sono offerti volontari. Noi gli abbiamo soltanto fornito un habitat. Si chiama tecnologia del margine morbido; è un modo di rendere la zona di transizione tra mare e terraferma più durevole e assorbente."

"Quindi si impregna dell'acqua dell'onda di marea."

"E dell'erosione quotidiana, sì. Perciò questa passerella e quelle case là stanno all'asciutto, e non finiscono sommerse dal mare."

"È possibile che la vittima sia stata trascinata a riva così lontano? O pensa che lei sarebbe dovuta venire dall'alto?"

"È una lei?" chiese Carmen. La condizione di gonfiore del cadavere non aveva reso evidente il genere.

"In superficie," disse Quinn. "È difficile chiederle che pronome usasse. Lo scopriremo dalla famiglia."

Carmen si rifiutava di rispondere, di aiutare quella detective a spedire qualcuno in galera. Ma era anche una scienziata, e l'impulso a spiegare il proprio lavoro era irresistibile.

"Lì dove si è incagliata, quelle sono dune. Un reticolo polimerico a celle larghe riempito di sabbia e coltivato ad ammofila arenaria, pruni marittimi e così via. Ancora più giù, quella è la palude. Quindi sì, sarebbe potuta finire così lontana – vede fino a che altezza è arrivato il mare? C'è il segno su quegli alberi. E se fosse stata scagliata giù da questa barriera, probabilmente sarebbe finita al largo. Quindi il corpo è venuto da qualche altra parte e l'onda di marea l'ha depositato dov'è ora."

Quinn incluse in un gesto i reticoli di polimero verde addobbati di alghe marine lungo la battigia. "Tutta quella roba a cosa serve?"

"L'innalzamento dei mari non si può fermare, ma la sua forza può essere riorientata."

"State usando il judo contro l'oceano."

"Si può dire così."

Sotto di loro, il medico legale guardò di nuovo in alto e fece un cenno impaziente verso Quinn. "Sarà meglio che scenda," disse Quinn. "Vogliono portare su il cadavere. Da un'impiegata cittadina a un'altra, la posso contattare tramite il dipartimento dei lavori pubblici?"

Se ne andò prima che Carmen potesse rispondere.

O chiedere cosa ci fosse nel cadavere da spingere il medico legale a chiamare un detective, ma di questo Carmen non si rese conto fino a più tardi, quando a fissarla dall'alto fu il soffitto della sua camera da letto.

Quattro giorni dopo, Carmen si costrinse a smettere di cercare notizie sull'omicidio nei media. Lasciarsi ossessionare da una storia che si svelava lentamente non avrebbe aiutato una funzionaria pubblica sottopagata e oberata di lavoro ad assolvere i propri compiti.

Il suo lavoro era tenere traccia dei progressi della rete mentre si costruiva da sé – un pezzetto di plastica di recupero dopo l'altro – sul limitare della baia. Supportarla. Proteggere le persone. Costruire un habitat per gli animali. Rinverdire il carbone sequestrato, e anche questo aiutava il mondo sempre più caldo a sopportare i propri cambiamenti.

Al settimo giorno, Carmen alzò gli occhi dai suoi fogli di lavoro per trovare Quinn che indugiava sulla soglia, guardandola.

"Com'è entrata qui?" le scappò detto, consapevole, mentre ancora le parole le uscivano di bocca, di quanto strana – quanto colpevole – la facessero apparire.

"Sono anch'io una dipendente cittadina." Lo sguardo fisso di Quinn non vacillò mai, un'ispezione schietta che procurò a Carmen un senso di disagio imbarazzato. "Sono venuta a chiedere il suo aiuto per il lato scientifico delle indagini, in realtà."

"Io non sono un sospettato?"

Quinn inclinò la testa. "Dovrebbe esserlo?"

"...no? Pensavo solo... La persona che trova il cadavere non è sempre un sospettato?"

"Ha guardato troppe puntate di csi." Quinn entrò nell'ufficio, muovendosi con la stessa facilità con cui parlava. Si chiuse la porta alle spalle, lanciando un'occhiata a Carmen per chiederle il permesso. "Non quando si tratta del cadavere di un affogato trascinato a riva sul margine morbido, e la persona che l'ha trovato è un tecnico specialista nell'esercizio delle proprie funzioni. A meno che la conoscesse, ovviamente."

"Il nome è stato diffuso e me lo sono perso?" Carmen richiamò una barra di ricerca. La sua bocca si incurvò. Si costrinse a richiuderla. *Non devo sviluppare ossessioni improduttive. Non devo sviluppare ossessioni improduttive. Non devo sviluppare...*

"Non ancora," disse Quinn, seguendo il cenno di Carmen fino a una sedia. Si sedette e accavallò le gambe.

"Resta ancora al di sopra dei sospetti se il tecnico in questione è un'esperta di modelli delle maree?"

"Lei *vuole* essere un sospettato?"

Carmen si appoggiò la base della mano alle fronte e rise mestamente. "No?"

"Allora smetta di trovare buone ragioni per esserlo." Quinn sciolse le gambe e si sporse in avanti, i gomiti sulle ginocchia, facendo scintillare la giacca di splendida foggia del suo completo color tortora.

Carmen alzò il mento e decise di uscire allo scoperto. "Questa non sarebbe la prima volta che sono stata accusata di un crimine violento."

"Lo so," disse Quinn. "Ho fatto qualche ricerca. È stata scagionata."

"Di solito ai poliziotti non importa di cose del genere."

Quinn sorrise. "Ha passato sei mesi in galera in attesa del tribunale. Ora capisco perché mi ha automaticamente odiata."

Carmen decise di non degnare quell'osservazione di una risposta e chiuse molto piano la bocca semiaperta. "Nessuno dovrebbe andare in galera," disse invece.

"Su questo sono costretta a dissentire con lei," disse Quinn. "Mi dispiace dirglielo, si tratta probabilmente di omicidio sessuale."

"Omicidio…" Non erano parole che Carmen fosse abituata ad associare.

"Un serial killer," disse stancamente Quinn. "O sta per diventarlo. Ci servono almeno tre cadaveri prima di poter chiamare l'FBI."

Carmen si morse il labbro. Stava tremando, lo sapeva.

"Cosa sa dei modi per…" Quinn abbassò gli occhi sul suo palmare "…identificare la provenienza di microplastica e acqua di mare?"

"Ci ho letteralmente scritto un libro." Carmen fece ruotare la sedia lontano dal computer e appoggiò i gomiti sul sottomano. Provò un'ondata di sollievo. Questa era una cosa che sapeva come trattare. Non come un… omicidio sessuale. Non come la possibilità di spedire qualcun altro in galera.

Quinn disse: "Può fare qualcosa per aiutarci a prendere l'assassino? Mi può dire, magari in base alle tabelle sulle maree e alle tracce sul cadavere, dove potrebbe essere entrata in acqua?"

"Probabilmente posso escludere molti luoghi. La rete filtra la microplastica e la rielabora per fabbricare altro margine morbido, perciò se sui suoi vestiti c'è molta microplastica, non è affogata nei pressi del nostro perimetro tecnologico."

"Ho dei campioni estratti dai polmoni della vittima," disse Quinn. "Potrebbe darci un'occhiata per me?"

"Deve capire," disse cauta Carmen, "che sono totalmente contraria alle prigioni a un livello etico e logico. Penso che siano un'idea terribile che lede la società e crea altro crimine."

"Certo," disse disarmante Quinn. "Probabilmente ha ragione. Ma quella soluzione terribile è la soluzione migliore che io conosca per impedire ai delinquenti abituali violenti di tornare a delinquere, e io sono laureata in giustizia criminale. Quindi. Ci aiuterà?"

"Non dovrei."

"Ma?"

"Il lato scientifico potrebbe essere interessante," disse Carmen.

Dall'espressione sarcastica di Quinn, Carmen capì che anche lei provava quell'impulso inevitabile di conoscere e rivelare la verità. Anche il detective era una sorta di scienziato, verificava ipotesi e raccoglieva dati. L'impulso di *scoprire* era l'incentivo più forte di tutti.

Carmen si appoggiò allo schienale. "Aspetti. Se è affogata, perché i primi soccorritori hanno chiamato la omicidi?"

"Le sue mani," disse Quinn in tono piatto, "erano legate con il fil di ferro dietro la schiena."

Carmen sussurrò l'epiteto peggiore a cui potesse pensare. Quinn la osservò con interesse e annuì.

"Potrei non essere in grado di aiutarla," disse Carmen, con un sorriso forzato.

I campioni puzzavano. Carmen poteva solo presumere che il fetore fosse dovuto al tessuto polmonare in decomposizione. Cadaverina, putrescina. Lasciò le provette a decantare nel corso della notte, trattò i sedimenti con il contagocce, li centrifugò e separò gli strati sui vetrini. Richiuse le provette e coprì i vetrini il più velocemente possibile prima di chinarsi sul microscopio. Fatto questo, setacciò i database e strinse gli occhi di fronte alle mappe di concentrazione aumentata degli inquinanti finché non si sentì la testa come schiacciata in una morsa.

Alle otto di sera, invece di cenare, bevve due tazze di terribile caffè con l'aggiunta di una miscela di cacao. Poi si mise a setacciare i feed salvati dalle stazioni di monitoraggio in sito, a nord e ovest della città. Oltre al margine morbido, al di fuori dell'attuale estensione della rete. Nell'acqua c'era troppo inquinamento perché la vittima fosse stata gettata – fosse stata *annegata* – nell'area recuperata. Ma la rete stava crescendo. E dove ci sarebbe stata la rete, i colleghi di Carmen avevano collocato stazioni meteorologiche e stazioni di rilevazione dell'inquinamento, e ogni genere di strumentazione utile a ottenere un quadro delle condizioni ambientali prima e dopo la bonifica.

Carmen lanciò un algoritmo dietro l'altro, finché non scoprì che le plastiche non recuperate e gli agenti inquinanti nei polmoni della vittima corrispondevano alle plastiche e agli inquinanti presenti in un tratto specifico del litorale. Lì la costa era cosparsa di stazioni di osservazione. Alcune registravano video.

Dopo due ore e tredici minuti dall'inizio della ricerca, trovò il filmato.

Sapeva dove la vittima era entrata in acqua. Conosceva la targa della macchina che aveva portato assassino e vittima al luogo fatale. Aveva delle immagini non molto chiare dell'assassino che da un argine aveva gettato la vittima legata nel fiume che doveva averla portata in mare.

Un drone mongolfiera aveva ripreso tutto quanto e salvato le immagini nella sua implacabile memoria ottica.

Non posso, pensò.

Ma c'era quell'immagine, la donna legata – era viva, si dibatteva – che veniva scagliata giù dalla riva per morire nell'acqua fredda e fangosa là sotto.

A turbarla non era dimostrare chi poteva essere l'omicida. Era quello che sarebbe potuto accadere dopo. Quello che di certo sarebbe accaduto, se l'avessero incriminato.

Il tanfo dalle provette filtrava ancora attraverso l'aroma di caprifoglio sintetico dopo essersi lavata le mani tre volte.

"Non proprio i profumi d'Arabia," mormorò Carmen e tornò a sfregarsi le mani, dicendosi che quel fetore ostinato non era una metafora.

Il mattino dopo, stava ancora cercando di decidere se chiamare Quinn e che cosa dirle, quando Quinn, di nuovo, apparve sulla soglia. Carmen sobbalzò sulla sedia quando l'altra donna si appoggiò al telaio della porta.

Quinn la guardò con curiosità. "Forse in fin dei conti è proprio lei l'assassino."

"Forse lei è un fantasma che continua a materializzarsi dal nulla."

Quinn scrollò le spalle, il labbro inferiore in fuori, la testa che ciondolava su un lato. "So di non averle dato abbastanza tempo…"

"Sì, invece," disse Carmen.

Quinn la guardò. La guardò di nuovo, accigliata. Le porse una mano. "Andiamo a prenderci un caffè," disse.

Carmen fece strada verso il cucinino dove Quinn annusò la caffettiera, disse: "Offro io," e riportò indietro Carmen attraverso i corridoi e l'atrio fino a un piccolo caffè dall'altra parte della strada. Quando si furono sedute davanti a cappuccini e biscotti, Quinn appoggiò i gomiti sulla tovaglia rossa a quadri e disse: "A lei non piacciono i poliziotti."

Carmen rimescolò il caffè con il biscotto per avere una scusa per guardare in basso. "Lei non mi dispiace. È il lavoro che fa a crearmi dei problemi."

"A essere franca," ammise Quinn, "sono d'accordo con lei quasi tutti i giorni. Ma qualcuno lo deve fare, e se sono io a farlo so chi compie la scelta se essere stronzo o no, e ho una discreta influenza su come si comporta."

Carmen rise suo malgrado. "Sto avendo una crisi morale, Quinn. Credo di sapere chi è stato."

"Ha fatto tutto da sé? Fantastico. La metteremo sotto contratto."

"Be', non esattamente chi è stato. So come scoprire chi è stato."

Quinn sorseggiò il caffè. "Allora la crisi cosa riguarda?"

"Quello che le ho detto," disse Carmen. "Le prigioni sono un male."

"Un male necessario."

"No."

Quinn picchiettò con il biscotto sull'orlo della tazza. "Lei vuole semplicemente che omicidi e stupratori la facciano franca?"

"Voglio cambiare la società in modo le persone siano assistite e connesse. In modo che assassini e stupratori non… non esistano proprio."

Quinn scoppiò a ridere. "La natura umana non è così. Quanti stronzi ricchi dovrebbero andare in galera? Hanno tutto a loro disposizione, eppure compiono lo stesso dei crimini."

La risata di Carmen fu molto più amara del caffè. "Quanti stronzi ricchi vanno davvero in galera? Quando è stata l'ultima volta che ha arrestato un banchiere, Quinn?"

Quinn abbassò gli occhi. "Sono una poliziotta della *omicidi*."

"Quindi se non ci fossero più omicidi sarebbe disoccupata."

"Felicemente," ammise Quinn. "Non può funzionare, Pollyanna."

Carmen la fissò. Forse poteva provare un approccio diverso. "Lei ha mai ucciso qualcuno?"

"Certo che no."

"Non è umana?"

Quinn tirò su col naso. "La mia ex moglie forse non sarà d'accordo ma... sono umana. D'accordo allora: commettere crimini violenti è natura umana *deviata*. Natura umana egoista. Natura umana predatoria. Lei vuole semplicemente mettere i predatori in libertà, così che possano fare del male a chiunque vogliano? Non può impedire che quelle persone crescendo diventino orribili. E che dire di tutte le loro vittime e della *loro* risposta al trauma? Che dire dell'esigenza di proteggere la società?"

"La punizione non è un deterrente. Un sistema giudiziario punitivo non abbatte il crimine, perché non interviene sulle radici profonde del crimine. Anzi, non fa che creare altri criminali. Se non volete i recidivi e altre generazioni deviate dovrete cambiare l'intera vostra filosofia."

"Non è la mia filosofia." Quinn staccò con un morso un angolo del biscotto e lo sgranocchiò in evidente frustrazione. Butto giù quel che restava del caffè. Rinfrancata, riprese. "La mia prima priorità e tenere al sicuro gli innocenti e salvaguardare il tessuto sociale."

"Ed è anche la mia. Credo che, un giorno, le prigioni come le intendiamo oggi saranno considerate barbariche quanto la vergine di ferro, quanto rosolare delle persone allo spiedo."

"Ottima idea." Quinn si stuzzicò i denti con l'unghia del pollice. "Qual è il piano d'azione?"

Carmen disse: "Cambiare il mondo."

Quinn gettò la tazza verso il riciclatore senza guardare. Come guidata dalla mano di un angelo, finì dentro. La detective sollevò gli occhi e si appellò a qualche autorità invisibile. "L'ultima degli anarchici qui con me deve farla finita con l'erba e l'amore fraterno."

"Non sono un'anarchica!" protestò Carmen. "Soltanto credo in un governo collaborativo invece di uno punitivo. Se vuole che le persone si sentano coinvolte nel sistema deve far sì che abbiano accesso e potere su di esso."

"Ci saranno sempre gli stronzi," disse Quinn. "Per favore mi dica cos'ha scoperto su questo stronzo, così potrò impedirgli immediatamente di comportarsi da stronzo un'altra volta."

Carmen prese una bustina di zucchero e iniziò ad armeggiarci.

Quinn disse: "Potrei accennare al fatto che non dirmelo, adesso, è occultamento di prove."

Davvero? "Già in passato gli obiettori di coscienza sono finiti in galera per i loro princìpi."

"È intralcio alla giustizia."

"Mi arresterà?" Carmen si chiese se potesse riuscire a ritagliarsi il ruolo di martire. SCIENZIATA CORAGGIOSA SFIDA LA POLIZIA, RISCHIA LA GALERA PER PRINCIPIO. SERIAL KILLER A PIEDE LIBERO.

No. Quell'ultima parte non le avrebbe attirato le simpatie di nessuno.

Non risultava simpatica nemmeno a sé stessa.

Quinn sostenne il suo sguardo di sfida per un momento. "No," disse infine, senza abbassare lo sguardo. "La supplicherò. Mi dica quello che sa. Lasci che la giustizia faccia il suo corso. La persona che ha fatto questo ucciderà ancora."

Era così. Carmen lo sapeva. Non aveva dormito la notte prima. Ogni volta che chiudeva gli occhi, si ritrovava davanti le immagini della vittima che si dibatteva e incespicava, e del killer che la spintonava lungo l'argine. Carmen immaginava fin troppo bene come doveva essere stato: il fil di ferro che ti incide i polsi, il nauseante salto nel vuoto, il tonfo in acqua straniante e gelido…

La lotta inutile. Il dolore dell'acqua che ti riempie i polmoni.

Carmen spinse via il caffè.

"Qualsiasi cosa faccia adesso non è quella giusta," disse Carmen. "Da dove siamo ora è impossibile giungere alla cosa giusta. Dobbiamo costruire un ponte da qui alla cosa giusta prima di poterci arrivare."

"Prima di costruire un ponte, c'è bisogno di un posto dove poggiare i piedi. Ciò che sta suggerendo è semplicemente impraticabile. Non c'è alcun percorso." Quinn scosse la testa. "Certe persone," disse in tono definitivo, "sono cattive e basta."

"Dicevano la stessa cosa riguardo al modo di affrontare la destabilizzazione climatica," disse Carmen. "Troppo difficile. Impraticabile. Eppure eccomi qua. E un clima instabile contribuisce allo stress sociale e ai comportamenti antisociali. Perciò se ne possiamo mitigare uno, perché l'altro no?"

Quinn incrociò le braccia e appoggiò una spalla al muro. "D'accordo. Quale sarebbe la cosa giusta?"

"Salvare il mondo," disse Carmen. "E tutte le persone che ci vivono."

"Se sbatti dentro questo tipo stai salvando delle vite."

"Nel breve termine," concordò Carmen. "Sul lungo periodo, sto rafforzando un sistema che rovina e sacrifica molte più vite."

"Insomma, si è trovata la sua versione di quel cazzo di problema etico del carrello ferroviario[3]."

"Sto già compromettendo i miei princìpi."

"Tutto ciò che abbiamo sono espedienti e approssimazioni. Tutto ciò che abbiamo mai avuto. La farebbe stare meglio se le facessi notificare dal pubblico ministero l'ordine di esibire in tribunale qualsiasi informazione abbia in mano? Non sarebbe colpa sua, a quel punto."

Sembrava un'offerta d'aiuto genuina, amichevole. Capì con stupore che Quinn era sincera. Che non era d'accordo con Carmen – probabilmente riteneva Carmen un'idiota – ma rispettava comunque il diritto di Carmen di compiere quelle scelte, anche quando la irritavano a morte.

Carmen scosse la testa ma non ribatté nulla. *Dio mi aiuti*, pensò. Si alzò. "Devo andare."

Mise una mano in tasca ed estrasse la pen drive lì annidata. La offrì a Quinn. Quinn la prese con cautela, guardando

---

3 Il problema del carrello ferroviario (o dilemma del carrello) è un esperimento mentale di filosofia etica formulato nel 1967 da Philippa Ruth Foot. <https://it.wikipedia.org/wiki/Problema_del_carrello_ferroviario>

la faccia di Carmen come se stesse osservando un animale timido.

"Non testimonierò," disse Carmen.

"D'accordo. Non posso parlare per il procuratore distrettuale. Ma è più che ragionevole." Quinn inclinò la testa da una parte. Il luccichio di un orecchino di un rosa dorato. "Spero che un giorno si renderà conto di essere un eroe."

Carmen si incrociò le braccia sul petto e se le strinse al corpo quanto più forte osasse. "In una tragedia non ci sono eroi."

Deborah Biancotti

Deborah Biancotti è autrice di Bad Power, Waking in Winter *e* A Book of Endings. *È co-autrice di* Zeroes. Ogni potere ha il suo prezzo, *trilogia young adult in classifica dei best-seller del New York Times. È stata inserita nella shortlist del Premio Shirley Jackson per il miglior romanzo breve e del Premio William L. Crawford per il miglior libro d'esordio fantasy. I suoi racconti sono stati pubblicati in Australia, Stati Uniti e Gran Bretagna. Attualmente sta lavorando a un romanzo e scrive sceneggiature. Deborah vive a Sydney, in Australia, ed è nata a Cairns. Proprio accanto dalla Grande barriera corallina.*

"A tutto l'equipaggio! A tutto l'equipaggio!"

Secco. Inderogabile. Con in fondo lo stridio dell'interferenza digitale.

"Ahi." Meri trasalì.

Jae doveva aver scoperto i controlli dell'interfono. La barca di ricerca era così ipertecnologica che nemmeno Meri sapeva ancora a cosa servissero tutti i pulsanti.

Si rigirò e si schiacciò il cuscino sulla testa per soffocare l'interfono e – da qualche parte alla sua sinistra – l'insistente russare di Kabul.

"A tutto l'equipaggio!" squittì l'interfono. "E subito, che cavolo!"

Dalla cuccetta di sopra venne un gemito.

"Ma fa sul serio?" mormorò Inala, la voce impastata di sonno.

"No. È un idiota," mormorò Meri nel cuscino.

"Alzatevi, porca miseria!" Ancora Joe all'interfono. "Stanno rubando il piccolo di corallo!"

Cristo.

Meri saltò su a sedere con uno scatto così repentino che picchiò la fronte sulla cuccetta di Inala.

"Ahi!" disse Inala. "Ha detto che…"

Ma Meri si era già alzata e scesa dal letto. Scagliò il cuscino contro Kabul che smise di colpo di russare. Bene.

Fece le scale di corsa, sbattendo le dita dei piedi a ogni gradino.

Era lei al comando di questa cosa. Era la sua missione, adesso, la sua barca, il suo team. La *sua* coltura di coralli, quindici metri sotto la superficie. La sua amministrazione, finché non fossero tornati gli scienziati. Ci aveva messo fin troppo a ottenere questo lavoro.

Non aveva intenzione di farselo mandare in malora.

Il ponte era illuminato dalla luce lunare e dal morbido pulsare rosso degli schermi dei computer. Il vento che saliva dall'acqua era freddo, anche a ottobre. Sapeva di sale e pungeva come ghiaccio.

"Cos'hai visto?" ansimò Meri, le parole portate via dal vento.

"Lo senti?" Jae indicò verso il mare aperto.

Meri si sforzò di sentire qualcosa sopra il vento. Aggrottò la fronte.

"Pompe," l'aiutò Jae.

"Un'altra barca?"

Confidava che Jae sapesse di cosa stava parlando. Prima di quell'incarico, aveva lavorato per dieci anni sulle navi da crociera subacquea in partenza da Cairns. Sapeva che rumore facevano le barche.

Scrutò l'acqua. Oscurità e la luna, che colorava l'acqua di blu.

"Niente luci," osservò Meri. "Non è un buon segno."

Se c'era una barca là fuori, qualcuno stava cercando di nasconderla.

Jae fece scorrere un dito sul suo iPad, esaminando il filmato dei droni nel giallo da visione notturna.

"Eccola. Un peschereccio," disse. "Piuttosto rudimentale."

Meri guardò lo schermo. Molto più piccola della loro barca. Niente fondi di sussidio. Non molti fondi di alcun genere. Non come la missione di Meri.

"Potrebbero essere sommozzatori notturni?" suggerì Meri.

Jae fece un verso sarcastico. "E quindi è una coincidenza che si immergano così vicino alla nostra coltura?"

Giusta osservazione. Neanche Meri credeva alle coincidenze.

Dietro Jae, gli schermi dei computer mostravano la eReef in linee rosse simili a quelle di un illustratore di fumetti. Non tracciate a mano, però. Elaborate in base alle raccolte dati effettuate lungo l'intera costa. Crowdsourcing della miglior sorta. Un video in tempo reale da cellulari, iPad, computer, qualsiasi dispositivo connesso in rete impiegato da qualsiasi turista o lavoratore della barriera.

Meri lanciò uno schermo alle telecamere subacquee. Dodici telecamere remote sputarono immagini spettrali della coltura, che viaggiarono come un video di sicurezza bancario, in flusso attraverso il *tapetum lucidum*: una lente cristallina concepita sull'esempio degli occhi dei mammiferi notturni. E degli squali.

Non apparve nulla se non le forme morbide dei coralli appena nati, allacciati alle basi in ceramica.

E poi: "Ecco!" Meri si sporse verso lo schermo.

Una mano pallida entrò nell'inquadratura. Tirò su una nuvola di sabbia ai piedi di ceramica del corallo.

"Vedi? Te l'ho detto che volevano prendere i piccoli," mormorò Jae.

L'intera base si sollevò, con il corallo appena nato che ondeggiava mentre spariva dall'alto dell'inquadratura.

"Dobbiamo scendere là sotto," disse Meri. "E subito, porca miseria."

"Noi *chi*?" fece Jae. "Inala non può, e Kabul non vuole. Tutti gli altri sono partiti con gli scienziati."

"Restiamo io e te," disse Meri, con una sicurezza che non sentiva.

A quel punto, Inala stava zoppicando su per le scale con la sua caviglia fuori uso. Kabul incespicava dietro di lei, sfregandosi la faccia.

Meri aprì il ripostiglio dove tenevano le mute da sub.

"Prendi!" gridò.

Inala si accovacciò. Si sarebbe tuffata nell'oceano in un batter d'occhi, non fosse stato per quella caviglia. Meri lo sapeva perché Inala glielo ripeteva ogni maledetto giorno.

"Nemmeno per idea!" Kabul afferrò la muta e gliela rispedì subito indietro. "Non di notte."

"Fifone. È lo stesso oceano, solo che è buio."

"Agli squali non serve la luce, Mer," rispose Kabul.

Non strettamente vero, ma non aveva tutti i torti.

Piantò gli occhi su Kabul, facendo dondolare la muta come se stesse di nuovo per tirargliela. Lui fece un deciso no con la testa.

"Jae," avvertì Meri, lanciando la muta verso di lui.

Lui la prese prima che finisse nell'oceano. Meri tirò fuori una seconda muta. Per sé stessa.

Si tolse i pantaloncini del pigiama e la infilò. Jae le porse le branchie artificiali Trinity. Quelle nuove, sperimentali, che estraevano l'ossigeno dall'acqua marina e... Cristo.

Si stava immergendo.

Quando lasci per sempre un luogo, sono strani i modi in cui ti può tornare alla mente.

Un granello di sabbia sottopelle. Qualcosa da cui produrre una perla.

Per Meri quel luogo era l'oceano. Era stata sul Mar dei Coralli per due anni. Prima, era rigorosamente una ragazza del Pacifico. Ma solo in superficie. Nuotava, surfava. Faceva skimboard. Niente profondità marine. Niente immersioni.

No, quello era venuto dopo. Aveva imparato in caso le onde la tradissero.

E poi l'avevano fatto.

Cinque anni prima, un cavallone l'aveva fatta schiantare sulla scogliera di granito del promontorio di Shipstern Bluff. Aveva messo fine alla sua carriera da surfista e le aveva fratturato undici ossa. Aveva trascorso l'estate in ospedale e l'inverno in fisioterapia, a reimparare a camminare. In attesa del giorno in cui avrebbe di nuovo respirato senza sentire dolore.

E adesso, eccola lì. A stringersi in una muta da sub per la prima volta da una vita. La clavicola pulsava di dolore, lanciando il proprio segnale nell'oscurità. Si era scordata quanto diventava rigido il lattice quando era asciutto. Avrebbe dovuto immergerla prima nell'oceano, come aveva fatto Jae.

A cerniera allacciata, la muta si attaccava alle sue costole e alla vita, e le ricordava che non era più giovane. Si mise a sedere in punta alla barca, dove l'oceano le lambiva la schiena per poi ritirarsi. Inala le porse la cintura di zavorra. Kabul allacciò le torce da immersione a entrambi i polsi. Infine, qualcuno le diede una maschera notturna in modo che potesse orientarsi sott'acqua.

"Provala prima con i flussi dei dati," suggerì Inala. "Lascia stare le luci se non ne hai bisogno."

"E non puntarle negli occhi a nessuno," aggiunse Jae. "Cioè, a meno che tu voglia accecarlo."

"Consiglio utile," disse Meri.

"Prendi," Kabul sollevò due cilindri luminosi. "Bastoncini luminosi. Di riserva. Ma non gettarli nella barriera. Sono tossici."

"Ricevuto." Meri si agganciò i bastoncini alla cintura.

Si infilò la maschera, cercando di non farla impigliare sui capelli asciutti. Girò qualche manopola, mettendo a fuoco un'immagine. La barriera si estendeva lungo tutto il suo campo visivo. Linee rosse, come sugli schermi dei computer.

Girò la testa da ogni parte, guardando scorrere la barriera. L'immagine era affidabile fino a una certa profondità. Oltre, i punti dei dati sarebbero sbiaditi come un vecchio arazzo.

"Qual è il piano, capo?"

"Spaventarli," improvvisò Meri.

"E se non si vogliono spaventare?"

"Recuperiamo il corallo. Lasciamo stare i sub," rispose Meri. "Abbiamo bisogno di reti!"

Inala le mise in mano un paio di borse di rete.

"Pronta?" chiese Jae.

Lo era?

"Pronta!"

Morse il boccaglio dell'ossigeno.

Kabul le diede un leggero bacio sulla tempia, cosa che non aveva mai fatto. Quando sarebbe tornata dall'oceano, avrebbe dovuto chiedergli delle spiegazioni.

Per adesso, alzò il pollice verso l'equipaggio.

E poi cadde.

All'indietro, nell'oceano.

Cadde come un peso morto e l'acqua salì subito a rivendicarla per sé, attutendo la sua caduta. Si richiuse sopra il suo volto, e la intrappolò in una gabbia di sale liquido. Le bolle di movimento resero la superficie un caleidoscopio schiumoso e fecero slittare la luna. L'aria fredda che veniva dalla superficie si esaurì. Uno scoppiettio segnalò l'entrata in funzione della Trinity.

Meri ricadde nella stessa familiare sensazione che l'acqua le dava sempre. La stessa cosa che aveva provato quando aveva sedici anni e poteva surfare tutto il giorno. Anche sbronza, anche dopo aver passato una notte in bianco per un esame. Anche quando restava alzata solo per tirare l'alba sulla sua tavola da surf.

Dopo Shipstern, forse c'era stato un momento in cui aveva pensato di non avvicinarsi mai più a un oceano. Ma non poteva starne lontana.

Così si era diretta a nord, verso il Mar dei Coralli. Al principio non si spiegava cosa l'avesse attirata. Il cambio di scenario? O la semplice consapevolezza che i suoi innesti ossei provenivano dal corallo, e che il corallo proveniva dalla Grande barriera corallina. L'esoscheletro poroso del corallo era già in parte simile all'osso umano, le avevano detto i dottori. Ed era stato prima del leggero aiutino chimico che aveva raffinato il carbonato di calcio in qualcosa di più biodegradabile. Per assicurare la connessione, essere certi che corallo e osso fossero compatibili.

Adesso la Barriera era parte di lei.

Così aveva fatto rotta su Cairns e si era accasata tra le felci e le volpi volanti. Era lì per ripagare un debito. Non solo per gli innesti ossei. Anche per il suo nuovo scopo nella vita. Non era solo una surfista, una skimboarder. Adesso era una guardiana. Il mondo dell'acqua salata era suo, da preservare e proteggere.

Il suo primo lavoro fu in laboratorio, spezzare il corallo in schegge da attaccare alle basi di ceramica, per coltivarle. Passava i giorni immersa fino ai gomiti in vasche di acqua salata. Le notti a sognare acqua. Si fece strada fino ad arrivare alle barche.

Adesso l'ombra della prua era sospesa sopra di lei e la luna si spegneva lontana, in alto nel cielo. Si lasciò trasportare per un momento per trovare la stabilità, mentre cercava di orientarsi. Se non fosse stato per la cintura di zavorra, la capacità di restare a galla della muta l'avrebbe tenuta a ondeggiare in superficie, senza potersi immergere.

Si capovolse con eleganza, così da avere di fronte il fondale oceanico. La coltura era sotto di loro, due gradi a nordest, stando alla maschera. Si inclinò verso il basso e scalciò. Sperò che Jae facesse lo stesso. Dalla sua posizione, la maschera segnalava solo la più elementare rilevazione di calore.

L'acqua si raffreddò mentre scendevano. La muta era spessa solo cinque millimetri. Pensata per permettere movimenti agili, non per tenere caldo. Strinse i pugni e agitò le dita dei piedi nelle pinne, per far tornare il sangue alle estremità. Sopra il battito della maschera dell'ossigeno, sentì il fruscio e lo scricchiolio dei pesci che mangiavano e del corallo che si muoveva sotto di lei.

Qualcosa le sbatté sul ginocchio. Non Jae, perché era davanti a lei. Lo sapeva perché sentiva, vicino alla spalla, i mulinelli prodotti dalla sua avanzata. In acqua, gli squali erano i predatori più pericolosi, ma i serpenti di mare le davano più brividi, a essere onesta. Si allontanò dall'impatto e sperò che la cosa nell'oscurità la lasciasse sola. Funzionò.

Quattro metri più in basso, schiarì la regolazione della maschera notturna e lasciò che il mondo reale le inondasse le retine. Al principio, vide solo l'immagine rovesciata dell'eReef sullo sfondo buio.

Poi, lentamente, la cortina della notte si sollevò.

Il corallo si svelò in una sommessa luce scintillante. Lo scheletro luminescente del mondo, che spingeva piano verso l'alto, ondeggiante e morbido. Non friabile e osseo come è il corallo sotto la sua pelle animale. Qui, era rivestito di vita gentile. Polipi di ogni colore, caotici, irregolari e scompagnati, si accumulavano su banchi e anfratti rocciosi e cospargevano la sabbia. La barriera era una macchina perpetua. Non moriva a meno che non venisse uccisa. Ma combatteva contro il logorio e l'inquinamento. E il calore. Il riscaldamento globale stava affamando il corallo, stava uccidendo i delicati stomaci nelle loro case di calcare.

Da qui, le colture. La scienza si stava dando da fare per creare coralli ibridi. A connettere geneticamente il corallo locale con specie più resistenti al caldo provenienti da altri luoghi. Australia occidentale. Hawaii. Iran.

Il che rendeva le colture uniche e preziose. Le rendeva anche un obiettivo. Non tutti i consevazionisti si fidavano degli ibridi. Erano innaturali. Imprevedibili.

Spiò la sagoma di Jae contro il chiarore dei coralli. Corresse la direzione per trovarsi gomito a gomito con lui, per guidarsi l'un l'altro nella luce fioca.

Cadde attraverso un banco di pesci, e la luce lunare colpì le loro squame mentre si inclinavano, come minuscoli filamenti. Ogni metro che scendeva sotto la superficie la portava sempre più lontana dalla vita reale. In discesa, ma a lei sembrava di ascendere. Lo scoppiettio dell'aria dentro la bocca era l'unica cosa che le ricordasse di continuare a respirare. Il rumore sordo delle sue ossa innestate veniva finalmente messo a tacere.

E poi, ecco la coltura. Gli ibridi di coralli incollati ai piatti di terracotta e allacciati alle basi in ceramica. Non ci era mai stata così vicina. Quello era compito degli scienziati.

Tra Meri e la coltura, c'era un'ombra. Lunga nell'acqua, più ampia alle spalle. Maschio, ipotizzò Meri. Sulle spalle aveva solo un antiquato serbatoio d'aria e una rete piena di rami di corallo che rimbalzavano nell'acqua dietro di lui. E stava lavorando alla luce delle torce. Bene. Gli sarebbe stato più difficile accorgersi del loro arrivo.

Meri toccò Jae sulla spalla. Si puntò la torcia una volta sulla mano, così che Jae potesse vedere che indicava il sommozzatore. Jae alzò il pollice. Messaggio ricevuto. Obiettivo avvistato.

Attaccare.

E... poi cosa?

Prendere la rete. Magari cercare di mandare il sommozzatore a testa in giù. Scoprire cosa avesse in mente di fare con il *loro* corallo.

Meri girò intorno al sommozzatore, guardando la propria ombra. Poi scalciò verso il basso finché fu all'altezza dei suoi occhi. Lui non la vide. I bordi della sua maschera erano troppo spessi. Così lei si girò fino ad avere la luna sospesa sopra di sé e la sabbia alle sue spalle, mentre scendeva più giù.

Finalmente l'estraneo si accorse di lei. Trasalì. Probabilmente pensò fosse uno squalo.

Meri gli puntò la torcia dritto negli occhi.

L'estraneo indietreggiò, accecato. Scivolò giù, scalciando la sabbia con le pinne. Posati i talloni sul terreno solido, riprese l'equilibrio e si scagliò in alto stendendo un braccio.

Meri fu colpita alla mascella.

Non un pugno, perché la mano era aperta, ma a questa profondità era abbastanza per sbilanciarla del tutto. La maschera si staccò e le colpì i denti. Lei la rimise a posto aspirando, e sentì il sapore del sangue mentre veniva lanciata indietro attraverso l'acqua, gli occhi coperti dai capelli.

Tirò su le ginocchia e scalciò piano verso l'estraneo. Il suo tallone si scontrò con qualcosa. Le sue costole, sperava. Ma più che altro servì a spingerla ancora più indietro. Si scostò i capelli dalla faccia. L'estraneo fu tanto sbilanciato dal suo colpo che si incurvò su un lato.

Tra le braccia di Jae, pronte a riceverlo.

Era come un lento in una sala da ballo dalla luce soffusa. Il peso dell'oceano non permetteva che accadesse più rapidamente.

Jae era preparato. Strinse l'uomo in una mossa da lottatore e si slanciò in alto con una spinta sulla sabbia, puntando direttamente la superficie. L'estraneo cercò di agguantarlo, mancò la presa, fece cadere la rete piena di rami rubati. Le dita morbide del corallo appena nato si aprirono lentamente, trovandosi l'un l'altra. Al sicuro, per ora.

Meri recuperò una posizione verticale e spinse in su, seguendo gli altri. L'estraneo stava lottando, perciò lo strinse intorno alla vita, sommando il proprio abbrivio alla loro traiettoria verso l'alto. Verso la luna agitata là nel cielo.

La loro mira fu precisa. Emersero in superficie ad appena un paio di metri dalla barca. L'estraneo si liberò, portando Jae sott'acqua. Meri si lanciò all'inseguimento. Afferrò la maschera dell'estraneo e gliela strappò dalla bocca.

Vendetta.

"Meri?" La voce di Kabul, che riecheggiava sull'acqua.

Lei si tolse la maschera. Sentiva male alle gengive dove era stata colpita.

"Portatelo a bordo!"

Kabul saltò nell'acqua scura e schizzò verso di loro. Finalmente aveva superato la sua paura del buio. Ma Inala fu più intelligente. Prese un enorme gancio da barca e lo infilò abilmente sotto l'ascella dell'estraneo. Poi trascinò l'uomo verso la pedana di poppa in fondo alla barca. Servirono comunque gli sforzi di tutti e quattro per tirarlo fuori dall'acqua.

"Ti taglio il tubo dell'erogatore se non la smetti!" minacciò Kabul.

Il sommozzatore vibrò un altro pugno. Poi si calmò. Bella pensata. C'era un bel pezzo da nuotare per arrivare alla sua barca, se doveva farsela tutta in superficie con le bombole d'aria inservibili sulla schiena.

Meri si issò a bordo dopo gli altri. A quel punto, Jae aveva strappato la maschera all'estraneo.

Cristo.

"Yosh?" farfugliò Meri.

"Ehi, Mer," disse Yoshiro. "Quanto tempo."

Le luci rosse degli schermi gli scivolarono sui capelli scuri e puntarono sugli angoli affilati della sua faccia.

Sentì che Kabul stava fissando lo sguardo su di lei, poi su Yoshiro. Fu Jae a rompere il silenzio.

"Ti va di metterci al corrente, capo?" chiese.

"Oh. Un mio ex ragazzo."

Il suo primo ragazzo, a essere specifica. Fidanzatini delle superiori, mille anni prima.

Yoshiro sorrise distante. "Nessuno può competere con l'oceano, non per Mer."

"Ancora vero," ammise Meri.

Yoshiro ridacchiò.

Meri portò via le pinne e si appoggiò alla fiancata della barca, ascoltando lo sciabordio dell'oceano. Anche gli altri si rilassarono. Yoshiro era in trappola. L'unico posto dove potesse andare era di nuovo in acqua. E l'avevano già tirato fuori una volta.

"Non sapevo che ti fossi dato all'immersione," disse.

"Non sapevo fossi diventata una marionetta delle multinazionali," replicò Yoshiro.

"Scusa, *cosa*?"

"Corallo ibrido?" fece Yoshiro.

"E cosa c'entra con le multinazionali?" si intromise Inala. "Sono fondi di ricerca."

"Anche le altre barriere hanno bisogno del corallo. Non solo la vostra."

Meri esitò. Questo non se l'era aspettato.

"Credevo che cercassi di fermare la coltura," disse.

Yoshi si tolse la fascia dai lunghi capelli. L'acqua dell'oceano gli sgocciolò sulle spalle.

"No," disse. "Cercavo di condividerla."

"Ehi, amico," disse Kabul, con finta cordialità, "questo non dipende da noi. Dovrai parlare con le persone che finanziano i sussidi."

"Il che ci riporta alla questione delle multinazionali," disse Yoshiro. "Dai, Mer. Una rete sola."

"Gli ibridi sono stati coltivati per stare qui, Yosh," disse Meri. "Non li puoi portare in un altro oceano. Non sappiamo come reagirebbero. Potrebbero prendere possesso di tutta una barriera. Potrebbero soffocare le varietà native. Potrebbero modificare l'intero ecosistema."

"Meglio una barriera modificata che una morta," affermò Yoshi.

Kabul grugnì. "È quel che dico anch'io."

"Ti metteranno in prigione," disse Meri.

"Se mi prendono," ribatté Yoshiro. "Mi serve solo un piatto. Per testarlo. Neanche un ramo intero. Ti offrirò qualcosa in cambio."

"Esattamente che cosa?"

Yoshiro scrollò le spalle. "Potrebbe servirti un altro lavoro, un giorno."

Ironico. Non le sarebbe servito un lavoro se fosse riuscita a tenersi stretto questo. Ma erano gli scambi a far girare l'economia blu.

Fissò gli occhi lontano, sull'oceano cupo, mentre la luna oscillava sopra di loro. Aveva visto due stagioni della riproduzione su questa barriera. Aveva fatto snorkeling vicino alla superficie mentre sotto di lei nasceva la scivolosa tormenta di corallo. Quelle notti, ogni biologo marino nel raggio di miglia si immergeva. E tutti condividevano quello che sapevano.

La scienza non era uno sport da competizione. Che senso aveva salvare solo una porzione di mondo?

"Lascia stare," mormorò Yoshiro. "Ho provato a chiedere."

Cercò le sue pinne.

"Cosa stai facendo?" chiese Meri.

"Mi consegno?"

"Non ancora, Yosh. Ci devi aiutare a rimettere a posto gli ibridi."

"Ti fidi di lui?" chiese Jae.

"Era la mia domanda," borbottò Kabul.

Gli occhi scuri di Yoshiro si impregnarono di luce lunare.

"Fidarmi? No," rispose Meri.

Ma forse non era una guardiana, dopotutto. Quell'idea aveva qualcosa di troppo rigido. Non doveva fare da *guardia* all'oceano. Lo doveva condividere.

"Potrebbe capitare di perdere qualche pezzetto," continuò Meri. "Non un ramo intero. Questo lavoro per me è importante."

Ma l'oceano lo era altrettanto.

"Attrito naturale," disse Jae, dandole man forte. "A volte un pezzo si perde. O si stacca e muore."

"Esatto." Meri annuì. "Tutti gli oceani sono connessi. Non ha senso proteggerne solo uno. Giusto, ragazzi?"

Guardò verso il suo equipaggio. Dovevano concordare, o non restava che rinunciare al piano.

Per un lungo minuto, tutto ciò che sentì fu il vento che risaliva dall'acqua e lo sciabordio dell'oceano.

Inala scrollò le spalle. "Chi siamo noi per intralciare la scienza? Cioè, se aiuta…"

"Qualsiasi cosa pur di toglиercelo dalle scatole," aggiunse Kabul.

Jae annuì incoraggiante.

Consenso.

Yoshiro si raddrizzò. "Subito, quindi?"

"Subitissimo," convenne Meri. "Prima che mi ricreda."

Yoshiro si tirò su, controllando i livelli delle sue bombole d'aria.

Meri si infilò la maschera sulla testa, prese il Trinity, controllò la cintura. Tutto in un'unica mossa armoniosa. Come se l'avesse fatto per anni.

Si spostò sul bordo della barca, sentendo l'oceano alle sue spalle.

"Non farmelo rimpiangere," disse a Yoshiro.

Yoshiro sorrise. "Quanto si tratta dell'oceano, Mer, non ti ho mai vista rimpiangere nessuna delle pazzie che hai fatto."

"Tranne Shipstern," ammise lei. "Ma anche in quel caso, è durata solo per un po'."

"Me ne dovrai parlare," disse Yoshiro. "Domani. Ti offrirò la colazione. A tutti voi."

"Affare fatto," fece Kabul.

"Tu vieni, Jae?" chiese Meri.

"Provate a fermarmi."

"Pronti a immergervi?" chiese.

"Sempre," rispose Yoshi. "Tu?"

Sempre.

IL MARE FURIOSO È ABBASTANZA PER NOI

Catherynne M. Valente

Scrittrice best seller del New York Times, Catherynne M. Valente ha pubblicato oltre venti libri di narrativa e poesia, inclusi Palimpsest, *la serie* The Orphan's Tales, Deathless, Radiance, *e il fenomeno di crowdfunding* La bambina che fece il giro di Fairyland per salvare la fantasia *(e i quattro libri che l'hanno seguito). È vincitrice dei premi Andre Norton, Tiptree, Sturgeon, Prix Imaginales, Eugie Foster Memorial, Mythopoeic, Rhysling, Lambda, Locus, Romantic Times' Critics Choice e Hugo. È stata finalista dei premi Nebula e World Fantasy. Vive su un'isola al largo della costa del Maine con un piccolo ma crescente serraglio di bestie, alcune delle quali umane.*

> *"Ogni estate, gli stessi individui si mostrano al largo della costa della Columbia Britannica e dello stato di Washington. Malgrado decenni di ricerche, dove vadano questi animali per il resto dell'anno rimane tuttora ignoto."*
> — Piano per la Conservazione delle Orche
> Residenti Meridionali (Orcinus Orca)
> National Marine Fisheries Service

Sento il gusto d'autunno nell'acqua. Lo sento prima che arrivi. È il mio gusto preferito. Come l'accoppiamento e il diesel e un certo inverdirsi del sole. Il primo indizio è il salmone, quando riesco a trovarne. D'improvviso gravido di uova gelatinose, che mi scoppiano in bocca come canzoni d'amore. La sensazione di sgranocchiare tra i denti infinite generazioni di salmoni. Di sgranocchiare il futuro.

Ho un inizio dentro di me. Un piccolo. È stato dentro di me a lungo, e a lungo ci rimarrà ancora. Contenere un inizio è un passaggio di stato ottimale. Ne ho contenuti svariate volte. Sono grossa e affamata. Il mio udito è come denti che troncano di netto il rumore statico. Più in là, più avanti, limpido e argentino. Nuoto come se l'acqua fosse aria e il volo un ripensamento. Il mio branco mi protegge, protegge l'inizio. Non sono mai sola. L'oceano di sale in cui sono immersa è una bolla di clic e lamenti e canti e strilla: l'avita cacofonia di famiglia.

Ho dato due nomi all'inizio dentro di me. Anch'io ho due nomi. Non tutti tra noi hanno due nomi; mia sorella no. Uno dei miei fratelli invece sì. Possedere due nomi è la peculiarità di chi è annesso al Banco. Alcuni tra noi hanno tre o quattro nomi. Il mio nome tra gli umani è Femmina Q915X.

L'inizio dentro di me si chiama Tutto Ciò Che Si Annida tra le Ombre Gettate sul Fondale Oceanico da due Tondeggianti Montagne di Pini. E si chiama Aatu. Io mi chiamo Aamu. E mi chiamo Il Canto Che Viene Prima dell'Oscurità del Corpo, Che Senza Denti Squarcia la Carne.

Non temo più le barche; in gioventù ne combattei una e vinsi, e posso rifarlo. Vengono – vanno. Ci guardiamo l'un l'altro, predatore a predatore, la nebbia non fa distinzioni. In quest'autunno tra tutti i miei autunni nuoto attraverso la città vecchia. Un tempo la vedevo e sentivo solo da molto lontano, echi e fantasmi sull'acqua. Ma in anni recenti la città è divenuta amichevole, curiosa, più socialmente consapevole. Scese a farci visita come un sommozzatore ma non era come un sommozzatore perché non se ne andò.

La città vecchia non è un pesce o una balena o uno squalo o un calamaro e ci volle molto tempo per capirlo. Non assomigliava alle altre città quaggiù. La città vecchia ha sette grandi colline come spine dorsali di cetaceo che si inarcano nell'oscurità. Provammo a parlarci in molti modi diversi. Modi da squalo e da calamaro, modi da pesce e da balena. Io cantai il mio canto più bello ai cavi elettrici che galleggiano sopra le vuote strade annegate come una rete che ha preso in trappola la collina di Queen Anne. Era un canto malinconico, un canto di ricerca per il piccolo perduto, la preda perduta, gli autunni perduti. Il colore del canto era il colore della luce lunare prima che il giorno sfugga interamente dal cielo. Scaturiva dalle mie ossa come amore. Le colline non risposero.

Io conosco il nome della collina, a meno che abbia un altro nome che non desidera farmi conoscere, grazie al Banco. Non sono mai separata dal Banco. Ondeggia intorno al mio lungo cranio, appena fuori visuale, bagliori e luccichii, guizzi e vibrazioni sparse, un banco di infiniti invisibili pesci argentei che mi cingono il capo come una corona, come un blocco di corallo, come una caverna dove danzano al sicuro. Nei primi giorni, quando ero giovane e il mio sangue era sempre in alta marea, dimenavo la testa per liberarmene, sfrecciavo attraverso l'oceano per sfuggirli, per estenuarli nuotavo fin quando nella mia debolezza riuscivo a stento ad affiorare in superficie per respirare. Mi spiaggiavo per assetarli di acqua marina e dunque di vita. Ma loro non si lasciavano sfuggire, non si lasciavano estenuare, non era possibile liberarsene o assetarli. Sarebbe stato più facile nuotare via dal piccolo nella mia pancia. Il Banco è parte di me, è in me e di me. Quando canto lo sento crepitare come l'estate lungo le mie pinne e i miei denti e le mie costole e la mia coda. E di tanto in tanto, imprevedibili e seducenti come la vista di una tartaruga di mare a portata di denti o la bocca di un pellicano che infrange la tensione superficiale del mondo, gli invisibili minuscoli pesci del Banco scoppiano di comprensione. Il nome della collina nella città vecchia esplode nella mia testa come un vaso sanguigno, come il mattino, come il nascere. Le parole hanno un gusto duro e aspro sul retro della mia lingua. Pneumatici di gomma e fegati di foca. Ma condivido le parole con il mio branco. Le meditiamo, sospesi nell'ultramarina a-gravità del pomeriggio. Un altro scoppio mi dice cos'è una Regina. Mi piace. Io penso di essere una Regina e forse anche una Anne, anche se il Banco non ha niente da dire riguardo alle Anne. La concettualità di una Regina è indivisibile da me stessa all'interno del mio branco, in rapporto al mio piccolo, alle cose che mangio, alla forza dei miei canti e alle distanze che raggiungono. Regina Anne. Un altro nome. L'ho morso e l'ho mangiato e lo possiedo. La collina è buona e adesso è mia e provo affetto per lei.

Giacché io ho il Banco, l'inizio che contengo lo avrà. Il resto della mia prole lo ha. Al principio non è potente quanto il mio, ma quando i piccoli crescono si estende per adeguarsi alle loro dimensioni. Ho cantato di questo alle altre ed è così che ho capito che loro non possono parlare ai piccoli prima che siano separati dalle loro pance. Possono cantare ai loro inizi. I loro inizi non possono rispondere ai canti finché non hanno ingoiato qualcosa di diverso dalle loro madri.

È il Banco che mi permette di sapere che io contengo Aatu e non un altro. La sua natura mi scoppia dentro il cranio come il nome della collina nella città vecchia, come il rumore masticato di un motore che parte sott'acqua, come uova gelatinose sui miei lunghi denti. Lui è un canto dentro di me ed è un canto che suona così:

Aamu, Aamu, io sono vivo e sono già così lungo sono così nero nel nero di te sono affamato sono la fame dammi foca e salmone e gabbiano dammi amore e memoria e tutti i canti che conosci non mi basta non mi basta mai, Aamu, ho già denti così tanti denti come i tuoi, Aamu, nutrimi per sempre, lasciami affondare i denti nella tua anima e scuotere e scuotere mai lasciar andare

E amo il canto di mio figlio che mugola e riecheggia nella gabbia del mio scheletro dove lui è al sicuro.

Aatu-che-sarà avrà il Banco senza sangue. La mia memoria è una cosa che galleggia, non conosce alto o basso, solo avanti e lontano dalla luce che è me stessa. Io ricordo il sangue; io sono il sangue; io caccio e ingoio ed espello e caccio di nuovo nel ricordo dei miei autunni giovanili, quando fui presa da un'altra città, ancora più vecchia di quella con il colle della Regina e la rete di cavi e gli alberi da cui foglie e aghi non cadranno più ma diventeranno solo una pergola per i pesci che nuoteranno lungo le strade dove un tempo le persone camminavano, mangeranno sull'erba dove un tempo le persone mangiavano, rideranno in freddi vuoti teatri turchesi dove soltanto l'alga danza sul palcoscenico ed è il Banco che accende questi attimi di comprensione dentro di me come la carne del salmone reale che ho spezzato con un morso: teatro, palco, erba, strade. Ma non la danza. La danza la conosco. Danza è ciò che sono. Danza è ciò che Aatu sarà.

Quando il Banco imprime a fuoco nel mio cervello l'idea dei teatri, le connessioni crepitano attraverso l'infinito blu senza dimensioni dell'esperienza. Quando ero piccola persi mia madre; quando ero piccola persi le mie zie e il mio primo figlio. Li persi a questa idea di teatro, furono fatti sparire, nell'acqua dove non muovevano nulla, e danzarono per padroni umani nel mondo d'aria fino a morire d'infelicità. Io non lo seppi finché il Banco non l'accese con un guizzo dentro me, e poi sentii l'acqua chimica della vasca, udii le folle, annusai il cherosene che infiammava un grande anello di fuoco semplicemente perché il mio primo cucciolo potesse saltarci dentro in lacrime.

Non provai dispiacere quando la città vecchia venne a noi, quieta, deferente, senza fuoco o folle.

E non è l'unica città che ho conosciuto. L'altra città della mia vita aveva anch'essa teatri e palchi e strade, ma allora non ne capii niente. Conoscevo solo il mio stesso viscido peso nero, i colori dei miei canti, gli schiocchi gioiosi del mare che è l'universo, i miei piccoli e il mio branco e il sangue spesso dei polpi, la loro intelligenza dipanata come zucchero elettrico sulla mia lingua. Sapevo anche che esistevano altri mondi oltre al mio – quello di sopra, pieno di umani e di suono, tanto più piccolo, tanto più affamato di noi.

E quello di sotto.

Fu d'inverno, lontano dai sette colli della città vecchia che erano allora sopra la linea dell'acqua. Fu d'inverno, in profondità e molto a sud, dove trascorriamo i mesi in cui il sole è un amante remoto e non ci concede l'emozione di oscillare tra le onde. Il luogo dove siamo sempre andati, molto più in basso nel nero cobalto delle montagne al di sotto, nel nero marino delle pianure al di sotto, le zone di riproduzione verso cui siamo attratti e lo siamo sempre stati fin da prima che le mie antenate inventassero la memoria. Là ci sono ombre, ombre buone, ombre che nessun umano ha ancora intuito. Le anziane matriarche dicono, e suppongo di essere io stessa quasi un'anziana matriarca, una Regina Anne, una collina, una città con un solo abitante, quindi lo dirò anch'io: gli umani un tempo ci veneravano. Si dicevano l'un l'altro che noi sapevamo parlare, che conoscevamo segreti, che vivevamo in case e città sottomarine.

E non capivano di aver ragione, ma la ragione riposava nelle loro mani strane e deboli.

Così in quell'inverno da molti inverni passato nuotai verso le zone di riproduzione come l'intera mia specie, poiché era freddo, e freddo significa sesso, e sesso significa andare al luogo dove la vita è forte e selvaggia. Fui presa; ero distratta. Il mio compagno cercò di impressionarmi nuotando più forte che poteva, più in là, più avanti, e io gli lasciai credere di poter essere impressionata da quel genere di cose. Cantai a lui da sotto le onde, e lui rispose al mio canto. Canti del colore del ricco grasso di foca morta, sufficiente per noi tutti per sempre.

Un dolore nel fianco mi giunse come un morso, e un altro, e un altro ancora, e presi a cadere, o a volare, in su o in giù, troppa aria e non bastava, e il ricordo del mio stesso moto è una baia senza luce. Avevo paura – di non vivere, di non riprodurmi, di non cantare più, di contenere una fine e non più inizi. Non so quanto a lungo fui presa. Era diverso da quando combattei la barca, e mangiai reti ed esche in tali quantità che dopo espellerle sarebbe stato come avere incendi di petrolio a bruciarmi le viscere. Fu come combattere il tempo, e anche il cielo. Ma non morii, né scivolai via come legno nello spazio vuoto. Mi svegliai di nuovo nell'acqua fredda e deserta, il mio branco partito prima di me, il mio compagno svanito. E io – etichettata e monitorata, per sempre gravata dal marchio di un'interferenza altrui, in possesso del Banco e da lui posseduta.

Non è così male. Non sono mai sola. E so molte più cose, credo, di ogni altra *orcinus orca* venuta prima di me – anche quel nome, un altro nome, quinto, sesto, milionesimo nome dell'essere che significa Aamu. Regina io sono, di alcune piccole cose: un colle, un canto, un autunno, un ricordo.

Aamu, Aamu, sono vivo

Sì, prole mia

Aamu, Aamu, non so aspettare. Raccontami una storia sul mondo fuori dalla tua pelle.

Molto bene. Mangia il salmone che ho mangiato per te, riposa al sicuro per tutto il tempo che puoi. Ascolta.

Tu vivi dentro Aamu, che è tua madre. Aamu vive dentro l'oceano. L'oceano vive su un pianeta, e un pianeta è come un anello infuocato dal cherosene che galleggia nello spazio e tutti ci saltiamo attraverso, senza posa, per sempre. C'è qualche fazzoletto di terra, su questo pianeta, ancora meno di quanta ce ne fosse un tempo, ed è lì che vivono gli umani. Se tu fossi stato giovane quando io ero giovane, ti avrei detto di diffidare degli umani, poiché loro amano il teatro più della vita e la morte più del teatro. Ma ora sono più quieti, da quando alcune loro città li hanno abbandonati per unirsi a noi. Chiunque diventa più quieto quando i figli lo abbandonano. Forse più quieto è migliore.

Tempo fa, gli umani ci veneravano, e ci mangiavano, e ci veneravano, che in fondo non è che la stessa cosa. Si raccontavano l'un l'altro storie sulle grandi città cetacee sotto il mare, le case dei cetacei e i loro troni. Ora è il mio turno di raccontarti ciò che le anziane matriarche hanno raccontato a me. Ci sono molte città negli abissi. Alcune sono nostre. Le zone di riproduzione invernali. Il cuore freddo del sesso e del sangue e del banchetto. Quella è una. Ora è nostra, ma noi non l'abbiamo creata. Nuotiamo lungo le vie, in mezzo alle torri, tra le lanterne, e lì a volte veniamo prese.

Prima degli umani, prima delle divinità, i costruttori di città vennero a questo anello di cherosene che brucia blu tra le stelle. Videro che il luogo era buono. Buono e florido e giovane. Un mondo d'acqua, come quello da cui provenivano, come la loro casa, le loro zone di riproduzione, l'inverno della loro grande memoria. Non incontrarono resistenza, solo abbondanza. Si disseminarono per il fondale oceanico e prosperarono, costruirono thalassopoleis, si dilettarono di poesie e giochi di strategia, disputarono di sottigliezze politiche – il solito genere di cose. Li conoscemmo; impararono a cantare come noi. Anelavano a farci cantare i loro canti, ma era così difficile, quando tu hai così tanti denti, e loro nessuno. Avevano dei nomi per noi. Altri nomi, sempre altri nomi. Nuotammo tra questi due mondi, di sopra e di sotto, e non tradimmo il segreto di alcuno.

Loro avvizzirono molto prima che gli umani potessero intuire che il mare conteneva più che cibo e tempeste. Divennero quieti, e poi silenziosi. Non sempre il silenzio segue la quiete. Ma per loro il silenzio giunse, e a lui si concessero. Ogni cosa ha una stagione di riproduzione. Le loro città si stagliavano nel nero e nel blu, vuote, porose, colme di anguille fluorescenti come fossero lapidi. La terra si fece chiassosa di persone. Nondimeno visitammo le altre città, i nostri vecchi amici che più non sono, in inverno quando è l'ora del riposo. E in quei luoghi, dove un tempo al corallo fu insegnato a essere cattedrale, ci sono a tutt'oggi poche cose che ancora vivono – vivono, almeno, nel senso in cui è viva una capasanta, o una lumaca di mare, o una barca. Funzionano. Pulsano.

Se non fai attenzione, quelle cose pulsanti ti possono prendere. Insegnarti a cantare un canto mai concepito per creature dentate. Insegnarti il nome del colle, il significato di teatro, il ciclo vitale delle civiltà. Insegnarti a comunicare con esseri da tempo svaniti da questo universo. Insegnarti che aspetto ha un pianeta da un punto d'osservazione molto al di sopra del mare.

Eravamo così felici quando le città umane scesero a stare con noi. Le città dei nostri vecchi amici non sarebbero più rimaste sole. Dopotutto quaggiù sono così tante di più rispetto a là sopra. Tutto è come dev'essere, di sopra e di sotto, e io e te nel mezzo. Quando nascerai, Aatu, ti guiderò nel Grand Tour, e mangerai dove i ricchi di due grandi branchi un tempo mangiarono, e mi dirai cosa ne pensi del banchetto.

È quasi ora che l'inizio che contengo diventi se stesso. Le montagne di pini proiettano le loro ombre sul suono. Ho visto una barca umana oggi. Ho cantato a loro, ma non si sono fatti vicini.

Brenda Peynado

Le storie di Brenda Peynado hanno vinto un premio O. Henry, un Pushcart, il premio Nelson Algren del Chicago Tribune, un Dana Award, un Fulbright Grant per la Repubblica Dominicana e altri premi. I suoi lavori vengono pubblicati su riviste come Tor.com, The Georgia Review, The Sun, The Southern Review, The Kenyon Review Online e The Threepenny Review. Ha conseguito il Master in Belle Arti alla Florida State University e il dottorato di ricerca all'Università del Cincinnati. Al momento è impegnata a scrivere un romanzo sulla guerra civile del 1965 nella Repubblica Dominicana e su una ragazza in grado di predire tutti i futuri possibili. Insegna al programma del Master in Belle Arti all'Università della Florida Centrale insieme al marito, lo scrittore Micah Dean Hicks.

La nuova comitiva di turisti del disastro prende posto nella sala ristorante della *Blue Guardian* in un caos di risate e lamentele. La mia famiglia siede in un silenzio teso, le pietanze calde del buffet della barca fumanti di fronte a noi. L'ologramma di papà crepita di elettricità statica sulla sedia che abbiamo tirato fuori per la sua proiezione.

"Andrà tutto bene," dice mia mamma.

C'è proprio da crederci, considerato che lei e papà hanno appena detto a me e a Hector che avremo un divorzio in famiglia. Il "viaggio di lavoro" di papà è stato in realtà una separazione permanente, e io e Hector lasceremo la nave a fine estate per stare con papà. Per non dire del fatto che la barca stessa su cui ci troviamo serve persone che solcano l'oceano e possono testimoniare che non andrà affatto tutto bene, dopo gli sversamenti di petrolio, le materie plastiche, il riscaldamento dell'oceano e la sua acidità, la sovrapesca e una congerie di altri disastri. Lo sversamento del mese scorso è stato un successone per i volonturisti. Mia mamma è direttrice scientifica di bordo, papà un dirigente aziendale che ha scoperto i guadagni nel portare i turisti a finanziare le ricerche di mamma e degli altri team. Sebbene abbiamo vissuto sulla nave per tutta la mia vita, tranne per le visite ai nonni a Mazatlán e a Little Rock, d'ora in poi papà lavorerà a riva, dove, a quanto pare, io e mio fratello inizieremo "un'infanzia normale".

Hector ficca le mani nei *mac and cheese* davanti a sé e strizza, con i maccheroni che gli serpeggiano tra le dita mentre li stringe nel pugno. Non so nemmeno quanto abbia capito. Il massimo che riesco a fare è non rovesciare il tavolo.

E dire che la giornata era iniziata così bene. Abbiamo portato l'ultima comitiva di turisti su un'isola remota ricoperta d'immondizia. I rifiuti ci riempivano le reti mentre ne trascinavamo lunghi carichi via dalla spiaggia e li compattavamo perché gli skiff li riportassero alla barca. Mamma è andata a controllare gli esperimenti che aveva predisposto in giro per l'isola, mentre i bot solari che aveva lasciato sull'altra riva raccoglievano il doppio della spazzatura di chiunque tra noi. Il sole era pesante sulle spalle e sugli occhi, ma mi sentivo come se avessimo svolto del lavoro, come se tutti noi umani fossimo destinati a qualcosa di buono, a sistemare le cose, che credo fosse l'attrattiva anche per i turisti. Mentre lavoravano, gridavano di gioia e ridevano, e hanno applaudito quando il primo skiff ha trascinato via il gigantesco bidone di spazzatura. Dopo, vengono sempre da me con le mani piene di conchiglie, sperando di portarsi a casa qualche souvenir a ricordo delle loro fatiche, di tenere per sé qualche bellezza incontaminata. Parte del mio lavoro era dirgli di rimettere tutte le conchiglie che avevano raccolto dove le avevano trovate. Malgrado le loro migliori intenzioni, ancora si dimenticano che siamo miliardi e che un'azione qualsiasi, se moltiplicata, può esaurire le risorse del pianeta.

Quando abbiamo finito siamo andati alla cascata, che zampillava lindi arcobaleni in una gola, l'unica acqua sull'isola non contaminata da plastica e petrolio. Non ho fatto caso che è toccato a me olografare a papà dal mio dispositivo personale, cosa che di solito faceva mamma. Ci siamo seduti tutti sull'orlo con le gambe penzoloni, mentre i turisti e alcuni tra gli altri scienziati e membri dello staff si tuffavano dentro. Papà è venuto avanti, l'ologramma proiettato al centro della gola. "Guarda, cammino sull'acqua!" ha detto. Mi sono scoperta a desiderare di poterci tenere tutto questo per noi, ricacciando indietro il pensiero che per quello stesso desiderio la gente prendeva cose che non avrebbe mai dovuto prendere: stipare le balene negli acquari, trasformare le zone di nidificazione delle tartarughe in proprietà fronte spiaggia, pretendere per noi stessi tutti i pesci delle acque. Ma in quel momento, stare seduti fianco a fianco sembrava una promessa che non ce ne saremmo mai andati. Era poi così terribile?

Qualcosa di seghettato mi ha punto il palmo. Sollevando la mano ho scoperto una conchiglia che non avevo mai visto prima: piatta e a ventaglio, percorsa sulla pallida superficie interna da strie ondulate dei colori dell'arcobaleno. Lo sapevo bene che non bisogna tenersi le conchiglie come fanno i turisti. Ma questa particolare conchiglia non era nessuna di quelle che mia mamma mi aveva insegnato a identificare. L'ho girata e rigirata, lato incatramato, lato arcobaleno. Ogni volta che si rovesciava, mi dava la stessa speranza di quel momento, in cui tutto ciò che era inquinato si trasformava in qualcosa di buono. L'ho tenuta nel palmo, dimenticata in tasca, portata via. Ho fatto un passo falso. Lo volevo fare. Adesso non voglio nemmeno dare la conchiglia a mia mamma, dopo quello che mi ha appena detto.

"Ti vedrò ogni giorno in ologramma," dice.

Papà crepita accanto a noi sulla sua sedia. Mentre noialtri oscilliamo insieme al rollio della barca, papà è innaturalmente immobile. Sembra sempre sul punto di ribaltarsi da quanto sta rigido. Noi lo conosciamo come papà dei baci sbavati sulla fronte, papà dei calorosi abbraccioni. Ma adesso è solo papà dei saluti assurdi e dei cenni divertiti della mano e dei bordi sfocati. Presto ci sarà la mamma al suo posto sull'ologramma, ancora più cristallizzata nel suo sé distante e guardingo.

"Sai che non è lo stesso," dico.

Mamma stringe gli occhi. Mi sta analizzando. "Gabriela, parliamo dopo? So che hai una simulazione di benvenuto da far partire."

"Vi vogliamo bene," dice papà, e mi fa venire in mente qualcosa che ha detto la mamma quando lui stava andando a riva. *Non c'è bisogno di tenere una cosa per amarla.* Ma perché non potevamo farlo?

Hector chiede se avrà degli amici alla scuola in Messico, se adesso potrà vedere Abuela e Abuelo ogni volta che vuole.

"Certo," dice papà, "e saremo sulla costa, dove potrai vedere l'oceano tutti i giorni."

"Dovrò ancora ripulirlo?" chiede Hector.

Mia mamma borbotta qualcosa a disagio e nessuno dice niente. Ripulire il pasticcio che ci siamo lasciati dietro è un lavoro che occuperà vite intere, un lavoro che non finirà mai. A cinque anni, si è già stancato.

"Puoi portare tuo fratello con te alla simulazione?" dice papà. "Tua mamma e io abbiamo alcune cose da discutere."

"Ci vediamo dopo?" chiede la mamma.

"Andiamo," faccio io, trascinando Hector per una mano appiccicosa e piena di formaggio verso il posto dove alcuni dei turisti si sono allineati di fronte al buffet in attesa che io faccia strada.

Guido tutti quanti verso la sala simulazioni e cerco di non pensare a nient'altro. Vedo Hector imbrattare le pareti di rimasugli di maccheroni mentre passa. I bambini dei turisti chiacchierano e ridacchiano e strillano.

Faccio entrare i turisti nella sala di benvenuto, dove ogni superficie è nera e pronta per gli ologrammi. La luce acquosa della sala ci colora tutti di toni blu. Hector ha trovato un bambino della sua età e gli sta facendo vedere qualcosa che ha in tasca. Le famiglie tengono per mano i figli piccoli. Mi guardano con impazienza. Hanno bisogno di qualcuno che gli dica cosa stiamo salvando e come ci riusciremo. Ma io che ne so? Io una volta la vedevo come loro, che ogni atto che compiamo in penitenza potrebbe mantenerci integri, che se appena facessimo quel tanto in più di attenzione potremmo sfuggire al peggio della nostra natura. Ma il fatto è che siamo così tanti.

In spagnolo e inglese, rammento a tutti di tenere le mani a posto, godersi lo spettacolo e ammirare le meraviglie degli abissi. Poi premo start sul telecomando. Per loro, è un benvenuto. Per me, è un addio.

Il proiettore olografico emette un ronzio e di fronte a noi appare un bagliore, che si espande in un luminoso corallo viola al centro della sala. Poi si scinde in cento colori, mille esseri viventi, e l'intera sala è una sgargiante barriera corallina, la stessa sopra cui ho nuotato una volta con mia mamma durante una spedizione di ricerca subacquea. Nella simulazione, siamo seduti proprio al centro della barriera, sul fondale oceanico, con le forme ondeggianti che si ergono sopra le nostre teste. L'ologramma simula anche le bolle che ci salgono dalla bocca come se stessimo usando i respiratori. Tutti rimangono senza fiato dalla meraviglia. Allungano le mani. Vogliono toccare, prendere, ma le loro mani passano attraverso le proiezioni con un sibilo.

Mi appoggio alla parete e lascio scorrere il paesaggio sottomarino sopra di me. Questa era la barriera corallina prima dello sversamento. Splendente e viva, invita tutti noi a farci più vicini con i suoi rami che si agitano lenti. Un anemone si chiude di colpo davanti ai miei occhi. Il chiarore scivola sopra di me, e una balena mi nuota accanto, una che so essere già estinta.

La voce di mia madre esce come una cantilena dagli altoparlanti: *Studiate e osservate quel che avete di fronte. È questo che stiamo salvando.* Il mantra di mia mamma. Mi ricordo il giorno in cui ha registrato la voce fuori campo, mi ricordo che giocavo ai suoi piedi mentre lei lavorava con la squadra dei documentaristi alla sceneggiatura. Anche all'età di Hector, ero così preoccupata di non causare danni che non volevo giocare con il pesce pagliaccio di legno, il mio giocattolo preferito, nel caso il pavimento grezzo della barca gli tagliasse le ruote. Invece mi rintanavo sotto la sedia di mia mamma e fissavo le strisce bianche, arancioni e nere sulla faccia di legno finché non si confondevano. La voce di mio padre ripete in spagnolo tutto quello che dice.

Adesso metto la simulazione in modalità gioco, permettendo ai pesci che sfrecciano tra i coralli di rispondere ai movimenti dei bambini, di divincolarsi dalle loro mani proprio quando i bambini pensano di averli presi. Ovviamente devono immaginarsi la sensazione del pesce che scivola tra le loro mani, le correnti d'acqua che si dipanano tra le dita mentre i pesci guizzano via. Sono così pieni di desiderio, e io immagino i bambini qua dentro moltiplicati per un miliardo fare la stessa cosa in ogni luogo della terra.

Dopo qualche minuto per mettere tutti a proprio agio, porto la simulazione in modalità morte. I coralli rinsecchiscono e si fanno rigidi, i pesci si dileguano nell'oscurità. *Questa è la barriera corallina dopo lo sversamento*, dicono i miei genitori: i coralli sbiancati, i rami rotti, ricoperti per la maggior parte di materia lanosa, un residuo untuoso dello sversamento petrolifero che lega in un tutt'uno cose morte. L'acqua è torbida come se intorno a noi aleggiasse la cenere. I pesci sono spariti. Il rumore dei respiratori riempie la sala, e noi siamo gli unici esseri viventi rimasti.

Una donna anziana inizia a piangere. "È terribile," mormora, "tutto ciò che continuiamo a fare."

Ho visto questi ologrammi già centinaia di volte. Non so perché, ma anch'io sento le lacrime agli occhi. Me le asciugo, e la donna mi prende per mano.

Il video continua con il suo messaggio di benvenuto e le assicurazioni che qui tutti contribuiranno agli sforzi di ripulitura, aiutando gli scienziati. Il messaggio è più che altro scena. Non sono i miseri sforzi dei volontari che avranno un effetto sulla ripulitura, ma i soldi che spendono per l'esperienza e che vengono investiti nelle ricerche di persone come mia mamma.

Rimetto la simulazione in modalità gioco, consentendo a tutti di "cancellare" i rifiuti proiettati sul fondale schiacciandoli con i piedi. Anche gli adulti si fanno coinvolgere dalla cosa, l'orrore di quello che hanno appena visto e la facile catarsi di cancellarlo. Poi tutto svanisce.

Siamo nella tenebra dell'oceano profondo. Fischi, canti di balena e urla dei pesci tremolano per il riverbero. Dal nulla, un calamaro gigante sfolgorante di bioluminescenza esce nuotando dall'oscurità. Fende l'acqua come un proiettile prima di aprire i tentacoli per attaccare un altro calamaro luminoso all'altro lato della sala. I due calamari si incontrano in urti spaventosi di braccia e tentacoli e balzi a velocità supersoniche sopra le nostre teste, le loro urla di furia simulate sono strazianti perché ho alzato il volume, angoscianti quando le segue il rombo grave dei loro corpi che si legano. *Possiamo proteggere anche ciò che ci terrorizza. Anche ciò che non comprendiamo*, continua la voce di mia mamma.

Mentre i due calamari si danno battaglia intorno a noi, non riesco a non vedere i miei genitori nella loro ultima litigata prima che mio papà partisse per il suo cosiddetto viaggio di lavoro. Mio fratello e io eravamo entrambi nelle nostre cuccette, io che facevo i compiti, mio fratello che si lasciava salire sulle braccia i suoi granchietti. I nostri genitori si stavano preparando per una cena privata con dei donatori che erano a bordo, la mamma in un abito scintillante, papà in smoking. In bagno, mentre si vestivano, papà implorava con un filo di voce la mamma di ritornare a vivere a riva. Poteva avviare una nuova attività, diceva, e lei avrebbe potuto spedire i suoi dati di ricerca a un laboratorio di terra che lui le avrebbe costruito.

"Ma là io non sono felice," aveva detto lei.

"Non hai scoperto abbastanza? Protetto abbastanza? Lascia che se ne occupi qualcun altro."

Lei lo aveva studiato, come fa quando un turista dice qualcosa di particolarmente ignorante, come fa quando si imbatte in un ecosistema vulnerabile e cerca il modo di recare il minimo danno con la semplice osservazione. Alla fine aveva detto: "Non sarà mai abbastanza," e aveva aspettato che lui capisse.

Adesso so che era una discussione che avevano già avuto in passato, con la mamma che guardava papà come fosse dietro il vetro di un acquario. Anche per lui, quello non sarebbe mai stato abbastanza. "Voglio averti con me," aveva detto.

"Amare non significa tenere per sé," aveva risposto lei. Ma poi si era appoggiata a lui, e lui l'aveva baciata, e avevano chiuso la porta del bagno.

Avrei dovuto saperlo allora.

I calamari volteggiano uno intorno all'altro, nel colmo della battaglia, cercando di difendere quello che hanno. Quando la simulazione è terminata, e l'ultimo calamaro è stato sopraffatto da una balena gigante, le luci si accendono.

"*Bienvenidos*. Benvenuti sulla *Blue Guardian*, dove farete la differenza," dico mentre loro sbattono le palpebre contro le luci, e solo ieri avrei creduto alle mie parole – non per la loro ripulitura, ma come le molte simulazioni che spiegano l'effetto della plastica e il veleno nella crema solare che sicuramente hanno messo in valigia, come anche i vestiti che indossavano a celebrazione del viaggio possono nuocere all'oceano, così tutto quell'addestramento potrebbe dare il via a un'onda di consapevolezza e cambiamento.

Tengo la porta aperta, sperando che escano rapidamente e senza accennare ai miei occhi rossi. Ma Hector non viene fuori. Guardo indietro, nella sala. Hector è sparito.

Vedo dei rimasugli dove era seduto Hector, e un'impronta di formaggio sulla parete. Seguo le impronte giù per il corridoio, oltre gli alloggi, oltre le aule di scuola, oltre i laboratori scientifici e le postazioni di osservazione, chiamando il suo nome. Alla fine sento una voce infantile parlottare nel tubo di osservazione, la sala trasparente che si estende sotto la nave. Quando ti cali dalla scaletta nel cilindro trasparente in plexiglas, sei circondata dall'oceano da ogni parte tranne che per la nave sopra di te, con il plexiglas a proteggerti da animali, acqua e petrolio. Se stai in ascolto del tuo respiro e fingi di ondeggiare, è un po' come essere in immersione, come se fossi l'unica al mondo e niente di quello che fai potrà mai alterare l'equilibrio. È dove mio fratello e io siamo sempre andati quando cercavamo calma.

Guardo giù. Hector è lì, con i suoi due granchietti, Carlos e Carla, che strisciano ai suoi piedi sul plexiglas. Deve averli tenuti nascosti nelle tasche per ore. È ancora all'età in cui pensa di poter semplicemente prendere e tenere ogni cosa che lo affascina, tutta la meraviglia di avere e possedere. Sotto di lui c'è solo il blu, blu e altro blu indistinto, punteggiato qua e là da gocce di marrone e sciami di robottini inventati da mia madre per filtrare il fango intriso di petrolio ed etichettare la fauna marina con discrezione.

"Cosa succede?" dico.

"Si sposano," dice Hector trionfante, posando i granchi uno di fronte all'altro. "Sei qui, quindi puoi celebrare le cozze."

"Vuoi dire le nozze?"

Annuisce. È ingenuo e indifeso, come se avesse preso il meglio dai nostri genitori – o il peggio – tutta la speranza della mamma, tutto il vivere il momento di papà, nemmeno un po' della consapevolezza di quanto vadano male le cose in realtà e di quanto noi siamo minuscoli in confronto.

Ma chi sono io per dirgli che quello che sta facendo non ha senso? Mi accingo a celebrare le cozze. "Carissimi..." inizio.

Sento dei passi sopra di noi. Poi la voce della mamma, identica a quella del fuori campo. "Eccovi qua!" La sua testa sbuca dall'orlo della barca che si apre sopra di noi, incoronata dai capelli ramati.

"Mamma," dice Hector, "sono sposati. Adesso devono restare insieme per sempre." Si rimette delicatamente nelle tasche Carlos e Carla.

Io faccio una smorfia d'imbarazzo mentre la mamma scende giù nel cilindro con noi.

"Hector, sposarsi significa soltanto che speri che vi amerete a vicenda fino alla morte. Non puoi conoscere il futuro."

"Nemmeno tu," dico. Ed è quello, *quello*, che mi ha sconvolta. Che loro non conoscessero il futuro. Che il futuro che avevano progettato per noi non si fosse realizzato. Che io avevo ignorato i segnali. Gli oceani potevano continuare a morire tutto intorno a noi, la casa che avevamo pensato fosse nostra divisa da continenti, oceani ed ecosistemi, ciascuno a suo modo in punto di morte.

Lei ha un sussulto, e penso sia perché l'ho ferita a sufficienza con quello che ho detto. Ma poi dice: "Guarda," e indica in basso.

Non l'avevo notato, ma siamo in mezzo a un giardino di balene. Da ogni parte intorno a noi c'è un branco di cetacei che dormono in verticale una trentina di metri più giù. Sono capodogli, la mole enorme dei loro corpi sinistramente immobile mentre restano sospesi in acqua. Ciascuno ha un occhio aperto, uno chiuso. Sembrano i bulbi chiusi di giganteschi fiori grigi che attendono il crepuscolo per sbocciare.

Ma io avevo appena cominciato. "Non sarà la stessa cosa." Sento questa furia terribile che tutto ciò che amiamo continua ad andare in pezzi malgrado le nostre migliori intenzioni – l'oceano, la nostra famiglia. Inizio a picchiare i pugni sul plexiglas, desiderando che la famiglia di balene si accorga che siamo proprio sopra di loro, del pericolo che rappresentiamo. Voglio che spariscano a rapide spinte, raddrizzandosi per poi tuffarsi giù in un branco sincronizzato. "Svegliatevi!" sto urlando.

Mia madre mi stringe in un abbraccio che mi toglie il fiato, una forza rara per entrambe, così attente a non causare danni. Di norma giriamo intorno una all'altra, guardandoci. "Silenzio," dice. "No, non sarà lo stesso. Evolveremo."

Lascio andare il respiro. Hector si appoggia a noi con la schiena, tenendo i granchi nelle tasche con le mani appiccicose, il giardino cetaceo sotto di noi, raggi di blu che dardeggiano tutto intorno, l'ombra della nave a coprire un pennacchio di petrolio che sale fino in cima dove formerà una macchia.

E sul dorso di uno dei capodogli, vedo del movimento. Prima una spirale incrostata di nero che mi ricorda un serpente. Poi un'altra, ma mentre il fondo della successiva spirale risale verso l'alto, una raggio di luce ne coglie la parte inferiore e vedo bagliori d'arcobaleno. L'essere intero si innalza sul dorso di un capodoglio: una grossa testa con otto braccia, coperta di scaglie nere che le si articolano attorno, ciascuna come la conchiglia che ho trovato prima, ancora nella mia tasca. Una nuova specie di polpo corazzato che non ho mai visto prima. Sta scivolando dentro il petrolio che unge il dorso della balena, mangiandolo.

Hector si muove, le braccia tese, per mettere le mani sul plexiglas. Ovviamente vuole prenderlo per sé. Si lascia un'impronta sudicia davanti al volto. Per quanto forte spinga, la barriera di plexiglas tiene – tutta la tecnologia che dedichiamo a salvare il mondo da noi stessi.

Mia madre indica il polpo. "È quello che ho monitorato quest'estate. Credo che la sua mucosa gastrica si sia co-evoluta con dei batteri che si nutrono di petrolio, e si trovano principalmente sotto il fondale oceanico dove cercano di individuare fuoriuscite naturali. Se riesco a capire dove vive, posso far proteggere quell'area come riserva naturale." Mi sistema i capelli dietro l'orecchio, così possiamo entrambe vedere meglio. "Voglio che sia ancora qui per voi."

Sento me stessa lottare tra la consapevolezza di cosa proteggere, cosa rivendicare, a cosa rinunciare. Come rinunciare al futuro che pensavo sarebbe stato nostro e proteggere quello che abbiamo.

I robot di mia madre si assiepano tra i capodogli, muovendosi all'unisono come argento liquido, e mangiano le macchie di petrolio. La nave sta già oltrepassando i cetacei, che si riscuotono mentre i robot di mia madre li etichettano, e ciascuno si capovolge per tuffarsi giù negli abissi, seguito dai piccoli. Il polpo rimane indietro, attaccato al pennacchio di petrolio, e i robot arretrano, facendogli largo.

Io so che questo è l'amore, provare ciascuno a offrire i doni che può, evolvere, inventare, e plasmare nuovi futuri. Rinunciare a quelli vecchi. Guardo i capodogli sparire nel nulla.

Faccio un respiro profondo. Prendo in mano la conchiglia che ho raccolto sull'isola e che faceva da corazza al polpo, provando aspettativa e vergogna.

Il dispositivo personale della mamma suona. È papà che chiama. D'improvviso eccolo, proiettato a tre metri da noi, cioè dall'altra parte del vetro, che mima di nuotare là fuori nel blu. La mamma si proietta accanto a lui, e mentre sento ancora le sue braccia intorno a me e a Hector, mentre percepisco l'aroma di acqua marina dei granchi nelle tasche di Hector, mamma e papà sono sospesi là fuori, e entrambi ballano con i robot, e ci salutano con la mano.

Brenda Cooper

Brenda Cooper è una professionista della tecnologica, una futurista, una scrittrice e un'editor. Ha ottenuto un master in Belle Arti a Stonecoast ed è socia dell'Imaginary College del Centro per la Scienza e l'Immaginazione (CSI) alla Arizona State University. Per la sua narrativa ha vinto due premi Endeavour ed è stata inserita nella shortlist del premio Philip K. Dick. Tra le ultime opere di Brenda ci sono i romanzi Wilders *e* Keepers, *che sono storie di clima e di robot ambientate nel Pacifico nord-occidentale. Brenda vive nello stato di Washington dove la si può trovare mentre va in bicicletta o porta a passeggio i cani.*

Anche se Julie Pol voleva ballare, la sua bocca era secca dall'ansia. Accanto a lei c'erano almeno venti dignitari. Una targa blu e verde dell'Istituto e Spa di Ricerca Oceanica (ORIAS) ondeggiava sopra le loro teste, messa in moto da potenti ventole per il ricircolo dell'aria. Julie aveva speso ogni favore professionale che aveva per rendere l'istituto realtà. Materiali edilizi nuovi erano stati sviluppati e raffinati. Ambientalisti erano stati alternativamente combattuti e resi soci. Sinceri cittadini avevano giurato che se fosse stato sprecato del denaro lì, sarebbero morti dei bambini. Forse così era avvenuto, o sarebbe avvenuto. Julie aveva firmato permessi per così tanti soldi che avrebbe potuto sfamare l'intero stato di Washington per un anno. Tutto questo per uno dei più grandi cliché dell'ambientalismo: *Salvare le balene.*

A Julie facevano male i piedi per aver camminato avanti e indietro tutta notte. Tuttavia, sorrise e strinse mani e mormorò ringraziamenti a legislatori statali presenti e passati, il Consiglio del Museo dei Cetacei al completo, il Direttore della Commissione indiana nord-occidentale per la pesca, un famoso futurista che si batteva per le orche da sessant'anni, due autori di fantascienza e quattro di scienza che avevano scritto libri sulle balene, il Presidente dell'Università di Washington e, infine, la Governatrice dello stato di Washington. La governatrice Mary Liu era stata l'ultimo mattone umano a edificare l'ORIAS. Era anche nella sua campagna elettorale. La sua voce era calda e piena di sentimento mentre diceva: "Grazie, dottoressa Pol. Le siamo riconoscenti di tutto quello che ha fatto la sua squadra per tenere pulito il Mar dei Salish." Porse a Julie una mano curata e carica di gioielli.

Julie sorrise mentre stringeva la mano della governatrice. "Grazie." Non disse che il Salish non era *pulito* da ottant'anni. Ma lo era di più rispetto al 2040, e tra altri dieci anni, per merito dell'ORIAS, sarebbe stato anche meglio. "Grazie."

La governatrice aggiunse: "Ho appena sentito la conferma che altre due balene sono gravide."

Era vero, anche se il tasso di sopravvivenza dei piccoli di orca era ancora sotto al cinquanta percento. Ma l'ORIAS era stato costruito sulla speranza, così si limitò a dire: "Sì. Una bella notizia."

Un universitario raggiante sollevò il centro di un nastro blu ornato di conchiglie e le mise in mano delle forbici delle dimensioni di una ventiquattrore. Due minuti dopo, lei e la governatrice presero ciascuna un lato delle scomode forbici e tagliarono il nastro.

L'ORIAS era ufficialmente aperto.

Mezz'ora dopo, Julie andò in cerca di un lavello dove scaricare i contenuti di una minuscola flûte di champagne scadente. Nel laboratorio più vicino, notò una giovane in piedi in fondo alla stanza, vestita con una tuta blu squillante che faceva a pugni con i suoi lunghi capelli scuri e gli occhi neri. Aveva montato una videocamera e gesticolava animatamente nella sua direzione. Julie le si avvicinò, ascoltando.

"...costoso spreco di denaro che potrebbe essere speso per sfamare e alloggiare noi."

Julie si schiarì la gola e la ragazza guardò verso di lei, stupita, stringendo la bocca in una smorfia. "Sto..."

"Registrando. Lo vedo. Sono la dottoressa Julie Pol. Io dirigo questo posto. Hai delle domande a cui posso rispondere per il tuo pubblico?"

Le guance della giovane arrossirono, ma tornò a rivolgersi alla telecamera e con un cenno la fece ruotare verso Julie. "Qui con me c'è la dottoressa Pol, che dirige l'ORIAS. Dottoressa? È emozionata al vedere l'apertura delle prime camere d'albergo?"

Julie represse una smorfia. La ragazza le ricordava gli incompetenti cronisti dilettanti che le avevano mentito mentre tentavano di fermare le sanzioni contro le barche per il whale watching. "Nell'albergo si dorme già da due settimane per abituare il personale. Mi emoziona molto di più il lavoro di laboratorio. Ci troviamo nel laboratorio di analisi dei campioni. Qui esamineremo qualsiasi cosa dalla cacca di balena ai sedimenti oceanici per capire lo stato di salute delle Orche Residenti Meridionali."

Le labbra della ragazza si arricciarono in una smorfia esagerata rivolta al suo pubblico. "Cacca di balena?"

"Cacca di balena. Può identificare tossine nell'acqua, dirci come si sono nutrite le balene e identificare alcune malattie. Abbiamo raccolto cacca di balena per quasi sessant'anni."

La giovane ruotò gli occhi prima di far apparire un sorriso smagliante e malizioso e lanciare un'occhiata alla telecamera. "Devo andare a informarmi meglio sulla cacca di balena. Ci vediamo domani!" Prese la telecamera e la spense.

Julie le porse la mano. "Suppongo che tu sia tra gli studenti che hanno vinto la lotteria?"

"Sì." La ragazza le strinse la mano ma poi lasciò subito la presa e si girò per smantellare il suo treppiede leggero. "Sono Amaria Nitel. Dell'Università del New Texas. Sono una specializzanda in giornalismo."

C'era una specializzanda in giornalismo nella classe che aveva vinto la lotteria? "Farò lezione al tuo gruppo domani mattina."

"Trasmetterò alcune delle lezioni sul mio feed." La ragazza parlava con troppa sicurezza, come per sfidare Julie a dirle di no.

Julie si irrigidì, preparandosi a dire ad Amaria che le trasmissioni avrebbero dovuto ricevere un'approvazione preventiva, ma Amaria la interruppe prima che potesse pronunciare una sola parola. "Mi serve a pagare l'affitto e i libri. L'università mi paga la retta perché tantissime persone mi seguono, l'ufficio ammissioni dice che fa aumentare le domande di lavoro in campus."

Julie chiuse la bocca. Perfino sua figlia, Sarai, non perdeva opportunità di ricordarle che aveva perso ogni contatto con i modi per sopravvivere al di fuori del mondo accademico. *La vita è dura*, Sarai le aveva detto solo la settimana prima. *Tu non hai mai sofferto la fame o i debiti. Abbi cuore!* Julie trasse un respiro profondo. "Piacere di conoscerti. Vedi di completare le tue ricerche sulla cacca di balena e su come la raccogliamo prima di domani mattina. Sono sicura che c'è un articolo nella tua cartella preparatoria. Ce l'ho messo io."

La ragazza le lanciò un'occhiataccia e infilò telecamera e attrezzatura nella sua sgargiante borsa azzurra. I capelli e gli occhi scuri si sposavano bene con gli zigomi alti e le sopracciglia modellate con cura. Adesso che non stava guardando in camera, sembrava smarrita.

Julie si ricordò di nuovo delle osservazioni di Sarai e si ripromise che avrebbe pensato al lato smarrito della ragazza piuttosto che alla sua scontrosità. Era da qualche anno che non insegnava più, ma aveva insistito per tenere un corso a semestre, contro il parere del suo mentore. Quella ragazza non le ricordava i motivi per cui amava insegnare.

Julie rovesciò lo champagne in un lavello del laboratorio lì accanto, mise il plasglas nel riciclatore e si girò verso la ragazza. "Ci sarà uno spettacolo fuori dalle finestre di osservazione tra mezz'ora. Sono certa che la tua classe è stata invitata. Ti posso accompagnare e procurarti un buon posto."

Gli occhi della ragazza si spalancarono.

Julie parlò un po' più piano. "Ci saranno i robot."

"Credo che dovrei ritornare dai miei compagni."

I suoi compagni. Non i suoi amici? "Ti posso mettere con la stampa. Puoi registrare da lì. Non avrai il permesso di ritrasmettere dal vivo – per quello i diritti sono riservati. Ma lo potrai usare dopo."

Il sorriso di Amalia era debole, ma Julie lo prese per un sì e la scortò dal laboratorio al ponte di osservazione. Julie dovette intrufolarsi fra tre gruppi di persone di importanza cruciale restando a testa bassa per non farsi intrappolare in una conversazione. Joe Hui, l'austero capo ufficio stampa dell'ORIAS, strinse le labbra dalla frustrazione quando Julie disse: "Lei è Amaria. Studia giornalismo. Per favore trovatele un posto per registrare."

Joe mormorò: "Potrebbe esserci posto dietro."

Il sollievo che percorse il viso di Amaria fece esitare Julie. Aveva dato per scontato che qualsiasi studente di oceanografia sarebbe stato entusiasta essere lì. Ma Amalia sembrava avere un po' di nausea mentre iniziava a tirare fuori videocamera e attrezzatura.

Adesso non c'era tempo di preoccuparsene.

Cinque minuti dopo, delle grosse tende si spalancarono, rivelando un banco di pesci. Le scaglie mandarono bagliori color arcobaleno mentre i pesci nuotavano oltre le luci esterne da laboratorio usate dall'ORIAS per incrementare la pallida luce diurna che qui, trenta metri sotto la superficie, sfiorava appena l'oceano. Lentamente, i pesci si rivelarono dei robot; una sorta di ambiguo test di Turing al contrario.

I giornalisti e i VIP applaudirono. Julie si alzò in piedi di fronte alla finestra d'osservazione e offrì un riassunto del lato scientifico. "Il Mare dei Salish è ricco e vario, significativo dal punto di vista ecologico e cruciale da quello economico. Grazie alle nostre beneamate Orche Residenti Meridionali, nello Stretto di Puget ci sono microfoni da decenni. Erano preziosi. Erano anche soluzioni puntuali sparse." Julie si interruppe per guardarsi intorno, incrociando gli occhi delle persone, nella speranza di convincere la stampa che l'ORIAS avrebbe aiutato il mondo, che ne valeva la pena. Loro vivevano nel mondo reale, quello da cui era venuta la studentessa spaurita, quello dove i profughi climatici si contendevano gli avanzi di cibo nelle tendopoli. "L'ORIAS è più di una soluzione puntuale. Molto di più. È questo edificio, e quasi cinquemila sensori stazionari. È quasi settecento tipi differenti di collettori di dati mobili, settantadue dei quali avete appena visto esibirsi per voi. Il numero è destinato a crescere: l'ORIAS ha stretto una collaborazione con lo stato di Washington per inviare dati di tossicità ai robot incaricati dello smantellamento di strutture sommerse lungo vecchi litorali. Tutti questi dati ci danno speranza, ci danno conoscenza e ci danno la possibilità di capire." Fece un respiro profondo, sentendo i dati riversarsi tutto intorno a lei. Era come se i segreti del mare le stessero parlando. Gran parte dei sistemi erano in funzione da settimane, in prova, e oggi sarebbe stato il giorno della raccolta dei dati di riferimento. "Molti di voi in questa sala ci hanno aiutati a realizzare questo sogno. Grazie. Ora tocca a voi. Cosa volete sapere?"

Lei e i suoi principali collaboratori scientifici risposero alle domande per un'ora. A quel punto gli ospiti avevano consumato gran parte del cibo e sembrarono contenti di prendere gli ascensori verso la superficie.

Quando Julie trovò Joe, la ragazza era andata via. "Come se l'è cavata la nostra giornalista trovatella?"

Joe aggrottò la fronte. "All'inizio l'ho dovuta ignorare. Avevo da fare con i professionisti. Ma quando sono tornato da lei, stava guardando il muro e puntava la videocamera su se stessa."

Interessante. "Non stava guardando l'oceano?"

"O è totalmente egocentrica o non le piacciono le folle." Esitò. "O le fa paura stare sott'acqua."

L'aula era nel quarto livello inferiore, e dunque al di sotto del ponte di osservazione dove si era tenuta la festa d'inaugurazione. Una finestra di osservazione da sei metri per due occupava la metà superiore della parete dell'aula. I pesci salivano fino alla finestra e di quando in quando gettavano un'occhiata dentro. Mentre gli altri studenti ridevano e additavano gli spioni pinnati, Amaria sprofondava sempre di più nella sua sedia.

Alla pausa, Julie la prese da parte e la guidò fuori dall'aula. "Ho guardato alcuni dei tuoi video stamattina. Lì sorridi molto, e sei estroversa."

I lineamenti della ragazza erano serrati, ma Julie aveva avuto a che fare con centinaia di studenti. Percepì la rabbia che si annidava dietro a quegli occhi incappucciati, e sotto la rabbia qualcosa d'altro. Paura?

Julie lasciò aleggiare il silenzio finché Amaria non ne poté più e buttò fuori: "Ho scelto questo corso per laurearmi. Non mi interessa della scienza. Ci ha rovinati tutti. La scienza ha creato la plastica e la bomba atomica e la benzina. La scienza ha rubato tutto alla mia generazione."

Che argomentazioni vecchie e stantie. Julie sospirò e prese a replicare. "La bomba e le buste di plastica per la spesa sono state entrambe opere ingegneristiche che al tempo sembravano utili. Credo che le persone che hanno fatto quelle scelte avessero buone intenzioni."

Amaria fece un verso sarcastico. "Le compagnie petrolifere? Quelle del tabacco?"

"Be', no. Ma abbiamo usato la scienza per rovesciarle e mutare i loro comportamenti."

"E va bene." Il tono di Amaria suggeriva che non era d'accordo, o non le importava. "Ma mi può spiegare come fate a dite che salvare meno di cento balene merita una spesa di milioni di dollari?"

"Salvare le balene significa salvare il mare. Salvare il mare è salvare noi stessi."

Amaria rimase zitta, di nuovo imbronciata. Ma il suo sguardo ostile nascondeva qualcosa di più, qualcosa che Julie non aveva ancora toccato. Un'altra volta, Julie lasciò che il silenzio lavorasse per lei, finché Amaria disse: "Salvare il mare qui non ferma le siccità in Texas o le tempeste."

Julie sorrise. "Tutto è connesso. Tutto. Per esempio, più alberi pianti sulle montagne dove nascono i torrenti e lungo le rive dei fiumi fino al mare, più salmoni hai."

"Com'è che gli alberi fanno aumentare i salmoni?"

"Arricchiscono i torrenti di cibo per il plancton di cui si nutrono le creature marine di cui, alla fine, si nutrono i salmoni. Se hai abbastanza salmoni, puoi sfamare sia le orche sia gli orsi, e la cacca di orso nutre gli alberi."

"E questo come si collega al Texas?"

"Le reti di cibo tra i mari e la terra sono altrettanto complicate. Potrei farti lezione per ore. Ma ho un'idea migliore."

Adesso Amaria sembrava interessata.

"C'è un posto libero nella nostra spedizione in sommergibile di questa sera. Ti ci aggiungerò, e lo potrai impiegare come laboratorio extracurriculare."

Amaria spalancò gli occhi e si irrigidì. Indicò verso l'oceano, anche se si trovavano in un corridoio senza finestre di osservazione. "Vuole che vada là fuori?"

"Sì, proprio così." Chiaramente la ragazza non aveva idea di quante classi avessero partecipato alla lotteria per la possibilità di essere i primi sull'ORIAS, o di quanti studenti avrebbero dato la retta di un anno per avere questa settimana. "Ci vediamo alle 15:00. Ti passerò a prendere alla fine della tua lezione del pomeriggio." Sorrise. "È sulla cacca di balena."

La frase suscitò un breve sorriso prima che Amalia voltasse la testa.

Aveva ragione Joe a dire che la ragazza era spaventata? "Per favore, vieni con me sul sommergibile. Puoi registrare la spedizione."

Ancora nessuna risposta.

"Te lo lascerò trasmettere dal vivo. L'unica condizione è che non potrai dire niente di negativo sull'ORIAS finché saremo qui. Non te lo posso impedire quando te ne andrai alla fine di questa settimana, ma per adesso devi rimanere neutra o positiva."

Amalia si girò per guardare in faccia Julie. Era pallida e le tremava il labbro inferiore. "Io…"

"Di certo qualcuno dei tuoi follower sarebbe entusiasta di essere qui, no? Non sono quasi centomila?" Julie aveva chiesto a una studentessa di cercare la ragazza sulle più recenti piattaforme social, cose con dei nomi che Julie non aveva mai sentito.

Amaria deglutì. "Di più nei giorni buoni. Posso farcela."

"Ci vediamo alle tre. Per adesso, la pausa è finita. Torna in classe tra due minuti e ti parlerò del ruolo cruciale che giocano le condutture sotto le strade di Seattle nella vita delle orche."

Julie rimase sorpresa quando Amaria si presentò in orario e con un abbigliamento più o meno appropriato: jeans, scarpe da tennis dalla suola morbida e maglietta a maniche lunghe. Aveva già preso in mano la videocamera e ci mormorava dentro quando Julie la condusse a uno dei sedili anteriori dello sgargiante sottomarino giallo. Julie prese posto accanto a lei. Gli altri due sedili erano sovrapposti ai loro, come se il sottomarino fosse un teatro esagerato. Da tutti e quattro i posti si poteva controllare il mezzo, ma al momento il controllo era nelle mani del dottor Ian McDonald, un biologo degli abissi marini. Sadhita Chopra faceva da copilota. Era una studentessa che Julia aveva invitato sul sottomarino nella speranza che entrasse in sintonia con Amaria. Julie aveva informato sia Ian che Sadhita del suo semplice obiettivo. *Aiutatela a godersi l'oceano.*

La punta e la parte superiore del sottomarino erano trasparenti, il retro e i lati un miscuglio di schermate video, alloggiamenti per la strumentazione, motori e superfici di controllo.

Mentre Julie si allacciava al sedile, Amaria si concentrava intensamente sulla videocamera che teneva in mano. Julie la liberò pazientemente e fornì ad Amaria un tour verbale del sottomarino e le dovute indicazioni di sicurezza. Malgrado fossero ancora ormeggiati con le luci spente, lo sguardo di Amaria evitò la finestra anteriore quando Julie la indicò.

Julie si accostò a lei e sussurrò: "Siamo al sicuro. Andrà tutto bene," e più forte a Ian: "Andiamo."

Lui accese una serie di luci frontali, illuminando un banco di salmoni reali proprio davanti a loro.

Un ottimo segno. "È cibo per le balene," disse Ian.

Amaria teneva lo sguardo fisso in grembo.

Julie disse alla ragazza: "Puoi guardare dalla videocamera, vedi se ti aiuta."

Amaria assentì con un cenno legnoso del capo e si portò la piccola videocamera all'altezza del viso, trasmettendo il video al telefono. Guardò la propria faccia sul telefono, provando sorrisi falsi. La mano le tremava, e il video risultava mosso.

"Punta la videocamera sulla finestra."

L'ultimo sorriso di Amalia svanì, ma lei obbedì. Julie diede un'occhiata in basso al display e vide scorrere delle alghe marine.

Mentre il sottomarino partiva, tutti i salmoni si voltarono insieme e schizzarono via. "Ian?" chiese Julie. "Puoi mostrare ad Amaria l'esterno dell'ORIAS? Forse il suo pubblico ne vorrà sentire parlare. Io mi posso occupare della narrazione. Quando saremo vicini alla superficie, diciamo cinque metri, useremo le reti sensoriali per trovare qualche leone marino o delfino."

Lui le schioccò un saluto amichevole ed esagerato. "Sissignora."

Mentre iniziava a parlare, Julie si stupì di quanto la videocamera di Amaria la mettesse a disagio. Non c'erano buone ragioni – il sottomarino aveva tre telecamere che erano sempre accese. Ma in questo momento, questa piccola videocamera contava molto di più. "Per come è concepita la superficie esterna dell'ORIAS, con il tempo i cirripedi e il resto della fauna marina cresceranno dovunque non ci siano finestre, e avremo un robot dedicato soltanto a tenere le finestre pulite. Quindi questo video potrebbe essere uno degli ultimi in cui l'ORIAS ha un aspetto così industriale e artificiale."

Quando Julie si interruppe, Amaria parlò. "Ciao ragazzi. Vedo che alcuni di voi ci fanno compagnia in questo viaggio. Mi trovo in un sottomarino. Davanti a noi c'è l'ORIAS."

Julie narrava i vari livelli: mantenimento, stoccaggio e l'officina dei robot sul fondo, dove le finestre erano di meno e più piccole. Alloggi e uffici, con una finestra in ogni ufficio e ogni camera. Due livelli di laboratori, compreso quello con il ponte di osservazione dove si era tenuta la festa d'inaugurazione. Indicò: "Ieri guardavate fuori da quella finestra. Oggi ci stiamo guardando dentro." Salutò due studenti affacciati alle finestre che additavano il sottomarino. "L'albergo ha un livello interamente al di sotto della linea dell'acqua e un altro al punto medio. L'abbiamo progettato perché potesse sopportare un ulteriore innalzamento del livello del mare fino a tre metri. Speriamo che siano meno."

"Altri tre metri?" Amaria sembrava incredula.

Finalmente. Un po' di coinvolgimento. "Sì. Anche se come ho detto speriamo che siano meno. Il clima è complesso. Ma i numeri stanno iniziando a muoversi nella giusta direzione. Stiamo tagliando le emissioni di carbonio di più del cinque per cento all'anno da dieci anni."

"Ma non sta peggiorando ancora?" chiese Amaria.

"Non dovunque." Un calore improvviso la toccò. "Qui, l'equilibrio sta iniziando… forse… a stabilizzarsi. Abbiamo salvato molta fauna marina, e qui l'acqua dell'oceano è tra le più in salute del pianeta. Abbiamo costruito questo," accennò all'ORIAS, "per aiutarla a restare così."

"Credevo che lo aveste costruito per salvare le balene."

"Esatto." Julie in realtà voleva dire *l'abbiamo costruito per salvare te*, ma le riuscì di trovare una risposta più diplomatica. "Ma far quello significa guarire il mare, progettare motori navali più silenziosi e proteggere i luoghi dove le balene vanno a nutrirsi. Dobbiamo aiutare il salmone e i leoni marini, e tutto il resto, a dire il vero." Guardò Amaria, che sollevò la piccola videocamera e la puntò su Julie mentre concludeva: "Se gli oceani muoiono, moriamo anche noi. C'è stato un momento nella mia vita in cui ho pensato che li avremmo potuti perdere."

Amaria la guardò, adesso a bocca semiaperta, la curiosità che traspariva ai lati del viso. "Perché ora non lo pensa più?"

Julie fece cenno a Ian di tornare a riva e si fermò a pensare mentre il sottomarino cambiava direzione. "Invecchiando, mi sono resa conto che potevo aiutare. Per aiutare, devi credere che le tue scelte siano importanti. Nient'altro lo è. Le decisioni prese in passato dalle persone non importano. Gli esseri umani hanno causato molti problemi, ma ne abbiamo anche risolti parecchi. Voglio essere dalla parte di chi risolve."

Ian applaudì piano.

A quest'altezza le acque erano piene di luce. Da ogni parte intorno a loro nuotavano i pesci.

Sadhita disse: "Eccoli, a ore quattro. Ci sono tre delfini."

"Punta la videocamera su di loro," disse Julie.

"Dove?"

"Alla tua sinistra. Li vedi?"

La ragazza mosse la videocamera di qua e di là, mancando completamente i delfini. Julie avrebbe voluto tirarle su il mento e dirigere il suo sguardo fuori dalla finestra principale.

Sadhita esplose in una risata calorosa e gioviale. "Ora sono davanti a voi."

Ian fece del suo meglio per tenere la visuale frontale del sottomarino centrata sui delfini.

Amaria finalmente riuscì a puntare la telecamera sul piccolo branco di delfini, che era aumentato a cinque animali. Ansimò e iniziò a mormorare nel telefono. "Ci sono cinque delfini davanti a noi. Sono più grandi di quello che credevo. Sono *davvero* eleganti."

Il sottomarino si avvicinò a un promontorio roccioso. In silenzio, Julie fece segno a Ian di puntare da quella parte. Lui lo fece, e Amaria sospirò. "Volevo continuare a guardare i delfini!"

Ian disse: "C'è un polpo."

Julie lo avvistò subito, tentacoli rossi in movimento su uno sfondo grigio e verde muschio, punteggiato qua e là dal viola di una stella marina girasole.

Amaria riuscì a lanciare un'occhiata furtiva al muro di fauna marina; distolse lo sguardo, ma poi tornò a osservarlo. Il telefono le cadde sulle gambe e per la prima volta guardò direttamente dalla videocamera, chinandosi leggermente in avanti e indicando col dito. "Lo vedo! Guardate, ragazzi, c'è un polpo gigante! Ha le braccia più lunghe delle mie!"

Alle sue spalle, Ian disse ad Amaria: "Dimmi tu dove puntare questa cosa. Vedi quel che riesci a trovare."

Amaria sussurrò: "Può andare avanti di tre metri?"

Ian eseguì.

Dopo altre tre serie di indicazioni esitanti, Julie additò. "Quello è uno squalo gatto marrone."

"Uno squalo gatto marrone? Si chiama davvero squalo *gatto*?"

Julie rise. "Sì."

"Come si chiamava il polpo?"

Rispose Sadhita. "Polpo gigante del Pacifico. Ho scritto un articolo su di loro una volta. Sono intelligenti quasi quanto gli umani."

Migliaia di aringhe li circondarono, pesci argentati delle dimensioni di un dito, con le scaglie che lanciavano bagliori mentre sfrecciavano via per chissà quali misteriose faccende. Amaria si scordò di guardare dalla videocamera. Si limitò a restare lì in estasi, una mano sulla bocca.

Il pubblico di Amaria si stava perdendo le aringhe.

Julie sorrise. Poteva smettere di preoccuparsi per l'ORIAS. Stava già funzionando.

Indice

Progetto grafico di Alda Teodorani
Immagine di copertina di Rebecca Lico
Finito di stampare da BD Print - Roma